MW01178052

La Doncella de las Flores

ARLETTE GENEVE

Editado por Harlequin Ibérica.
Una división de HarperCollins Ibérica, S.A.
Núñez de Balboa, 56
28001 Madrid

© 2014 Arlette Geneve
© 2016 Harlequin Ibérica, una división de HarperCollins Ibérica, S.A.
La doncella de las flores, n.º 95 - 1.1.16

I.S.B.N.: 978-84-687-7794-8
Depósito legal: M-34563-2015
Impresión y encuadernación: LIBERDUPLEX
08791 Sant Llorenç d'Hortons (Barcelona)
Fecha impresión Argentina: 29.6.16
Distribuidor exclusivo para España: LOGISTA
Distribuidor para México: CODIPLYRSA
Distribuidores para Argentina: Interior, DGP, S.A. Alvarado 2118.
Cap. Fed./Buenos Aires y Gran Buenos Aires, VACCARO HNOS.

A mi madre, mi vida. La flor más hermosa de todas.

Capítulo 1

Salzburgo, Austria. 1865

Johann von Laufen, conde de Salzach, se atusó el pelo con gesto cansado.

El interés de Isabel, emperatriz de Austria, por las cuestiones de Estado había creado tensiones entre el emperador y sus consejeros, incluido él mismo. La emperatriz siempre había influido en su marido desde el matrimonio de ambos, pero, sin lugar a dudas, su aportación había sido mucho más crucial y significativa en la cuestión del nacionalismo húngaro.

Tras el aplastamiento de la revolución de 1848, Hungría estaba sometida y era gobernada desde Viena, lo que provocaba fuertes tensiones entre la nobleza húngara. No obstante, la pasión que sentía la emperatriz por dicha nación limaba tensiones hacia la corte vienesa, mucho más rígida que la húngara. Isabel había aprendido el idioma, y había convertido a Ida Ferenczy, una joven de la nobleza provinciana húngara, en su dama de compañía, provocando con ello la suspicacia y la reprobación del resto de damas de la corte. Ida era su más íntima confidente. Compartía todos sus secretos. Su influencia sobre la emperatriz era tan fuerte que había logrado que esta se implicara directamente en el Ausgleich, el movimiento encaminado a la devolución a Hungría de sus privilegios del pasado, cuestión que rechazaban al completo los asesores y consejeros del emperador de Austria. En la corte también se especulaba sobre un posible romance entre la emperatriz Isabel con el líder nacionalista Gyula Andrássy, algo que molestaba por completo a su suegra. De hecho, los viajes de la emperatriz a Budapest los consideraba desproporcionadamente largos e innecesarios. El último había desencadenado una fuerte discusión con la archiduquesa, y que habían pagado el resto de consejeros, pues Francisco José se encontraba en Hungría con su esposa, y Viena sin su emperador. Los asuntos políticos del imperio se recrudecían, y él tenía muchas decisiones que tomar al respecto.

Johann bajó los ojos para observar la carta abierta que había dejado sobre la madera pulida del escritorio. Su amigo de la adolescencia, Max von Amerling, había fallecido en París donde se encontraba realizando asuntos diplomáticos para el emperador. Su ahijado, Karl von Amerling, viajaría en breve a Salzburgo donde tendría lugar la lectura del testamento de su padre. Él, como único amigo de la familia Amerling debía estar presente, también como padrino.

Johann entrecerró los ojos mientras meditaba; hacía más de diez años que su ahijado no visitaba Bramberg. Era ya un hombre de 25 años. Su padre, Max, había deseado que ingresara en el Ejército, pero el muchacho, desde niño, se había interesado por la política, por ese motivo había ingresado en la Universität Alma Mater Rudolphina Vindobonensis con unas calificaciones ejemplares. Siempre había sido un niño aplicado, el hijo que todo hombre desea. La universidad había sido fundada en el año 1365 por Rodolfo IV. Era una de las universidades más antiguas de las que se habían fundado en el Sacro Imperio Romano Germánico, él mismo había sido un brillante estudiante de la misma.

El ruido de la puerta al abrirse interrumpió sus pensamientos y le hizo girarse de golpe hacia la intrusión. Una muchacha cruzaba en ese momento el umbral con un ramo de flores variado. Al verlo frente a la ventana se detuvo, y su rostro mostró la gran sorpresa que sentía al verlo.

—Disculpe —dijo la chica—, creí que no había nadie en la biblioteca.

Johann se llevó las manos a la espalda y las cruzó en actitud pensativa.

—No hay necesidad de que se disculpe —respondió él.

Ella se apresuró a explicar su presencia.

—Traía las flores para el centro de la mesa.

Acto seguido enfiló hacia la mesa llevando el oloroso ramo. Con sumo cuidado fue depositando cada flor en el centro del jarrón combinando los colores y las distintas flores con la hiedra y las ramas de naranjo. Johann la miraba absorto. Hasta él llegaba el intenso aroma del azahar.

—Confío en que no hayan sido compradas.

Ella lo miró perpleja por el comentario. El palacio de Bramberg poseía uno de los jardines más bonitos de todo Salzburgo, compuesto de una serie de bosques y parques ajardinados y ornamentados con numerosas fuentes y estatuas, y un hermoso invernadero de cristal donde se cultivaban las flores más exóticas traídas de lugares lejanos como la India o Japón. También tenía árboles autóctonos del mediterráneo, como olivos y naranjos.

—No tiene que preocuparse. Los jardines de Bramberg producen suficientes flores. Estas han sido recién cortadas del invernadero.

La respuesta de ella había sonado cohibida, como si se sintiera incómoda en la presencia de él.

—¿Es nueva? —preguntó el conde.

La muchacha negó con la cabeza, pero sin levantar los ojos.

—Vivo con mi abuelo desde la niñez y trabajo como doncella en Bramberg desde que mi abuelo tuvo el accidente el invierno pasado —le respondió algo vacilante.

Johann entrecerró los ojos porque era la primera vez que la veía, no obstante, su rostro con forma de corazón le recordaba a alguien, aunque no sabía precisar a quién.

Ella interpretó correctamente la expresión masculina, por ese motivo le explicó:

—Mi abuelo es Alois Moser.

El conde continuó mirando el jarrón adornado y reconoció que le gustaba lo que veía porque ninguna flor desentonaba con el resto. Los diferentes aromas combinaban perfectamente entre sí.

—¿Moser es su abuelo?

La pregunta era retórica y no precisaba una respuesta, por eso ella no se la ofreció.

Alois Moser era el jardinero oficial del palacio Bramberg. Vivía en una pequeña casita en la parte norte del huerto, cerca del lago y del embarcadero.

—Quería terminar la decoración antes de que llegaran los invitados —le dijo ella con una tímida sonrisa.

Esa noche había prevista una reunión y posterior cena con Rudolf von Alt, asesor del emperador Francisco José y de los emisarios Peter Fendi y Gustav Klimt. En ausencia del emperador, el gabinete oficial tenía potestad para concretar asuntos del imperio.

—Los jarrones del comedor ya están terminados —le dijo ella—. También los de las alcobas del ala oeste.

Eran las estancias que iban a ocupar Rudolf y Peter. Gustav venía directamente de Múnich, y por ese motivo se reunía el gabinete en Bramberg, porque Salzburgo quedaba en la ruta, y casi a mitad de camino entre la ciudad de Múnich y Viena.

—¿Es la muchacha que se encarga de los arreglos florales? —inquirió él con interés, ya que ese trabajo le correspondía al jardinero.

Ella le hizo una afirmación con la cabeza.

—Como ya le he mencionado anteriormente, mi abuelo se cayó por la escalera el invierno pasado —reiteró—, está mayor y no se ha repuesto del todo. Su andar ya no es tan rápido como antaño —le informó—. Moser pidió permiso al ama de llaves para que yo ocupara su lugar hasta que se recuperara, y esta accedió.

Alois Moser era el único sirviente que no vivía en Bramberg, y Johann era la primera vez que veía a su nieta en palacio, aunque últimamente pasaba demasiado tiempo en Viena por asuntos del imperio.

—Está bien, puede retirarse —le indicó él.

Ella obedeció solícita, pero, antes de salir por la puerta, Johann inquirió:

—No me ha dicho su nombre.

Ella se giró hacia él con un brillo de precaución en sus pupilas, como si no le hubiera gustado su gesto de interés hacia su persona. El conde Salzach raramente se interesaba por el servicio, no pasaba mucho tiempo en Bramberg. Sus diversas obligaciones para con el emperador lo mantenían continuamente en Viena.

—Amalie Sophie Moser —le respondió con sencillez.

—Confío que el viejo Moser se recupere del todo.

Ella se preguntó si acaso esas palabras eran una crítica a la labor que realizaba ella en Bramberg. Miró el ramo para comprobar que cada flor seguía en su sitio y, al comprobar que sí, entrecerró los ojos realmente preocupada.

Johann percibió en el suave rostro femenino la inquietud que sus palabras le habían causado.

—No es una crítica —matizó él—. Realmente deseo que su abuelo se recupere pronto.

Ella asintió con la cabeza y desapareció de la estancia. Cerró la puerta con mucha suavidad tras de sí. Johann se quedó solo en la biblioteca todavía con el ceño fruncido y retomando sus pensamientos sobre Karl von Amerling y los negocios que había emprendido junto a su padre. Confiaba en que el muchacho se mostrara emprendedor y con miras al futuro, porque, de lo contrario, podían tener más de un enfrentamiento.

Instantes después, el mayordomo anunció la llegada de Gustav Klimt, y Johann se dispuso a recibirlo mientras esperaban la llegada del resto de asesores.

En la casita del lago, Alois Moser miraba a su nieta con el cejo fruncido. La veía frente al hogar encendido atizando las ascuas con inusitada energía. El comienzo de primavera estaba resultando demasiado frío, y él, a su edad, no llevaba bien las bajas temperaturas. Ansiaba tanto la llegada del verano...

—Hoy estás inusualmente callada. —La voz del anciano llegó hasta ella como un quejido.

—Meditaba sobre el encuentro que he tenido con el conde.

Alois entrecerró los ojos para observarla mejor. Su visión ya no era tan buena.

—Si descubre que ocupas mi lugar no solo en los arreglos florales sino también en el cuidado del jardín, del huerto y del invernadero, es posible que nos despida y que perdamos nuestro privilegio de vivir en la casa del lago.

Ese era el mayor temor de Amalie. Su abuelo ya no podía ocuparse del extenso jardín de palacio, y si el conde de Salzach decidía contratar a otro jardinero, ellos se verían en un grave problema, pues tendrían que marcharse de la casita.

—No lo descubrirá —afirmó convencida.

—Tarde o temprano lo hará —continuó el anciano.

Amalie se alzó de su posición inclinada y se giró hacia su abuelo con una mueca de censura en sus ojos azules.

—El resto de sirvientes lo ve trabajando en el jardín —apuntó ella—. No tiene ningún motivo para dudar de su labor.

—Cuando descubra que en realidad eres tú la que se ocupa de la jardinería, se enojará y tendrá motivos más que suficientes para despedirnos.

—Entonces confiemos en que no lo haga, porque no deseo verme en la calle pasando necesidad.

Alois Moser había trabajado para los von Laufen toda su vida, y su padre antes que él. El conde era un hombre generoso y trataba al personal de palacio con equidad. Amalie no temía por el puesto de su abuelo, que seguía asegurado mientras el ama de llaves Theresia continuara protegiéndolos y facilitándoles la ayuda de los dos sirvientes más jóvenes de las cuadras.

—¿No te reconoció como mi nieta? —inquirió el anciano con gran interés.

—Nunca suelo coincidir con el conde —le respondió ella—. Llevo mucho cuidado y paso desapercibida.

El anciano soltó una carcajada aguda. Amalie era una muchacha extraordinaria. Gracias a ella seguía conservando su empleo, y, aunque la paga del conde no era excesiva, les permitía a ambos vivir con acomodo, e incluso permitirse algunos caprichos como algún viaje y regalos en fechas señaladas.

—A veces me arrepiento de la promesa que le hice a tu madre —admitió taciturno—. Eres una muchacha muy inteligente y deberías estar estudiando.

Amalie le llevó a su abuelo una taza de té bien caliente y aderezada con un poco de miel de flores. Alois la tomó de entre las manos femeninas con una mirada de gratitud.

La última voluntad de la madre de Amalie era que esta viviera junto a su abuelo, y alejada de todo.

—Mi madre se propuso una meta que no alcanzó —le respondió ella—. Uno debe conformarse con lo que tiene y no aspirar a una ilusión que resulta inalcanzable.

Gisela había trabajado toda su vida para lograr un sueño: ser dama de compañía de la emperatriz de Austria. Y, aunque pudo serlo durante unos meses, una mala decisión echó por la borda todos y cada uno de sus sueños. Gisele había caído en desgracia al dejarse seducir por un hombre.

—Regresó de Viena derrotada —admitió el anciano—. Apenas reconocí a la fuerte mujer que se marchó, y no se extingue un solo día en que no maldiga al hombre que se aprovechó de ella. El que la sedujo y abandonó a su suerte.

Gisele había sido una mujer ambiciosa. Sus estudios no la habían preparado para enfrentarse con objetividad al apuesto caballero que la enamoró con palabras zalameras y gestos almibarados. El resultado de aquel enamoramiento había sido Amalie, y su posterior caída en desgracia hizo que tuviera que huir de la corte ante el escándalo que se desató tras hacerse público su embarazo. La emperatriz le había retirado su confianza.

—Mi madre olvidó un detalle muy importante —hizo una pequeña pausa antes de continuar—: que los caballeros y nobles no se casan con doncellas humildes por muy damas de compañía que sean de la emperatriz.

Por primera vez, la voz de Amalie había sonado un tanto amarga.

—Al principio —comenzó el anciano—, me sentí morir de la vergüenza. Pero, cuando pasó el tiempo y te vi crecer, cada arruga de resentimiento se fue alisando. Estoy muy orgulloso de ti. No te pareces a tu madre, y ello es un consuelo porque de esa forma no veo la derrota de mi vida cada amanecer.

Amalie le mostró una sonrisa cándida.

—Debo de parecerme a alguna bisabuela tozuda —dijo la muchacha—. Aunque no me preocupa en absoluto a quién me parezca —reconoció—. Soy muy feliz en Bramberg y así deseo continuar, y por ese motivo llevaré mucho más cuidado en el jardín para no despertar las sospechas del conde.

Amalie se sentó junto a su abuelo llevando otra taza de té de la que sorbió un pequeño trago. Clavó los ojos en las llamaradas naranjas del hogar encendido.

—¿Mezclaste las flores que te aconsejé?

Ella hizo un gesto afirmativo aunque silencioso mientras se echaba hacia atrás para apoyarse en el respaldo del sillón.

—Incluí algunas ramas de enebro.

El anciano mostró una sonrisa amplia.

—Su significado es hospitalidad —admitió—. Una buena elección.

—Es una pena que los invitados no adviertan —le respondió— lo hospitalario que suele ser el conde Salzach, por ese motivo decidí incluirlo en los ramos.

Alois se terminó la infusión y dejó la taza vacía encima de la mesilla auxiliar.

—Las flores tienen un lenguaje propio desde tiempos inmemoriales —dijo el anciano con voz cargada de añoranza—. ¿Sabes de dónde viene la costumbre de expresar pensamientos y sentimientos por medio de las flores?

—De Oriente —contestó ella.

Alois le hablaba del universo especial de las flores desde que era una niña.

—Es una verdadera pena que muy pocos sean los escogidos para entender esa maravilla de la naturaleza —concluyó—. Y estoy muy feliz de que tú seas una de ellas.

—Es un bonito reto traducir los pensamientos en palabras y poder expresarlas con flores. —Sonrió ella.

—Estoy muy orgulloso de ti.

Ella tomó la mano del anciano y la encerró entre las suyas. Quería muchísimo a su abuelo. Era el único pariente que le quedaba con vida, y sentía que debía cuidarlo y protegerlo con todas sus fuerzas.

—Yo también le quiero mucho, abuelo.

Capítulo 2

Karl von Amerling se ajustó la capa negra y se sacó los guantes de piel cuando el carruaje enfiló el sendero de robles hacia el palacio Bramberg. El frío era mucho más pronunciado en Austria que en Francia. Él había pasado demasiados años fuera de Salzburgo, y ahora regresaba por un motivo triste: la muerte de su padre.

Su madre seguía distanciada de él, con un mutismo que le causaba una honda preocupación, porque la muerte de su progenitor podría incrementar el abismo que los separaba. Él, que había tenido la meta de instalarse en París de forma definitiva, tenía que regresar a su ciudad natal para cumplir la última voluntad de su padre.

Qué pocos recuerdos agradables conservaba de su vida en Linz, el hogar de sus antepasados, el palacio solitario donde había pasado su infancia. Sin embargo, recordó las visitas frecuentes que había hecho a Bramberg, donde había conocido a la niña más misteriosa del mundo. Junto a ella y su abuelo pudo disfrutar de paz y de tardes cálidas llenas de afecto. La pequeña Amalie era el único recuerdo bonito de su etapa en Salzburgo, y se preguntó por qué motivo no había respondido a las diversas felicitaciones de Navidad y cumpleaños que le había enviado. Bueno, Karl pensó que Amalie era una niña cuando la había dejado y que seguramente no sabía escribir por aquel entonces, pero su abuelo Alois Moser sí, y por ese motivo le extrañaba el silencio que había recibido como respuesta. Un silencio que se fue alargando de forma inexorable contra su iniciativa de mantener un pequeño contacto con su pasado.

Karl pensó en Michelle, la astuta francesa que había llorado su marcha. Todavía escuchaba sus ruegos y lamentos para que regresara pronto a su lado. No obstante, él sabía que algo así era imposible. Ahora tendría que ocuparse de la herencia y patrimonio que el conde Wienerwald había dejado. Nuevamente su padre, desde el más allá, lo mantenía sujeto.

El noble evocó la corte parisina. El colorido y ambiente de las vistosas calles de París. Ansiaba volver, si bien por otros motivos bastante alejados de los sentimentales. Miró tras la ventanilla del carruaje los extensos y verdes prados, admiró el silencio y la quietud de los pájaros.

Todo era tan diferente en Austria.

De repente, tocó con el bastón el techo del carruaje para que se detuviera. Quería caminar un poco para relajar los músculos. Los sentía en tensión. El coche se detuvo, y el auxiliar del cochero le abrió la portezuela. Un bello paisaje se extendió ante sus ojos.

La zona ajardinada de estilo francés albergaba, junto a un parterre de flores bien cuidadas con elaborados paisajes florales, una zona de amplias avenidas flanqueadas por castaños, olmos, tilos, fresnos y arces. Karl tomó una de las avenidas más estrechas que discurría junto a un arroyo. El ruido del agua le pareció sumamente placentero. Todas las avenidas convergían al mismo lugar, el palacio Bramberg, aunque la vía principal y más ancha era la de los castaños, por la que siguió el carruaje para dar la vuelta y regresar a Salzburgo. Él había decidido quedarse unos días con el conde Salzach para concretar asuntos y finiquitar proyectos que su padre había iniciado con él.

Se quitó el sombrero y metió los guantes de piel en el hueco interior, se giró hacia el riachuelo y se inclinó para limpiarse la punta de la bota que se le había manchado de barro. Dejó el sombrero con los guantes en el suelo y se sacó el pañuelo del bolsillo del chaleco para utilizarlo. De pronto, y sin previo aviso, un montón de estiércol le dio directamente en el rostro. No se había recuperado de la sorpresa cuando otra palada de basura le dio en el pecho y le resbaló hasta los muslos quedando depositada en sus pantalones. El olor era insoportable.

—¡Qué diantres! —exclamó airado, al pensar que era atacado a propósito.

Al sonido de su potente voz, un muchacho se irguió. Estaba justo en el otro lado del riachuelo. El tronco de un grueso tilo le había impedido verlo en un principio. Todo el camino estaba plantado de tilos que formaban una bonita vereda arbolada.

—¡Oh, señor! —jadeó el joven—. Lo lamento de veras —se disculpó sincero.

—¡Qué diantres...! —reiteró el noble, sin dejar de observarlo con ojos entrecerrados.

La voz se le había antojado demasiado aguda, casi femenina, sin embargo, lo achacó al hecho de haber sido descubierto en semejante tropelía.

Amalie cerró los párpados al contemplar el desastre que había organizado sin pretenderlo. Había oído el carruaje, pero no se había percatado de que se había detenido justo en el otro lado del sendero. Había llevado un saco de arpillera lleno de estiércol para extenderlo como abono para las mandevillas blancas y rojas que había plantado días atrás. Con el rostro atribulado, se quitó el pañuelo azul que llevaba al cuello y lo mojó en el agua transparente que discurría mansa. De un salto llegó hasta donde estaba el caballero que no se atrevía a quitarse la suciedad del rostro ni de los pantalones.

—Permítame —se ofreció ella con voz aguda.

Si el noble se quejaba al conde Salzach, este le pediría cuentas a su abuelo, y finalmente acabaría descubriendo que ella trabajaba en las diferentes zonas ajardinadas de palacio. Amalie trató de limpiarle la cara cuidando muy bien de que el noble no le viera el rostro, y por ese motivo no pudo impedir que algunas briznas de paja sucia se le metieran en la boca.

Karl las escupió con verdadero asco y sujetó el brazo para alejarlo de su boca.

—¡Maldito rufián impertinente!

Los ojos de ella brillaban de preocupación, pero no se atrevía a alzar la cabeza.

—Oí el carruaje —le informó—, pero no me di cuenta de que se detuvo ni de que un invitado descendía por aquí. ¡Le ruego que me perdone! —suplicó, llena de remordimiento. El hombre podría causarle muchos problemas en Bramberg.

Karl le quitó el húmedo pañuelo azul y se limpió el rostro con energía. Un momento después se inclinó sobre el riachuelo y enjuagó la tela para pasarla de nuevo por la cara. Después limpió las perneras de sus pantalones que olían realmente mal.

—¿Cómo se llama? —pidió en un tono tan frío que Amalie lo sintió como si la hubiese azotado una brisa helada del norte—. Daré cuenta al conde de este desagradable incidente. Y considérese despedido.

Ella contuvo un jadeo.

—Ha sido un lamentable accidente —le replicó tensando los hombros—. Le repito que no lo vi. Pagaré la factura de la limpieza de su ropa —le ofreció solícita.

—Va a pagar mucho más que eso —le respondió seco.

Karl entrecerró los ojos mirando al muchacho del que apenas vislumbraba su rostro. Vestía pantalones estrechos, una camisa y una chaqueta de paño inglés bastante viejos. Cubría su cabeza con un sombrero de paja que le cubría prácticamente la cabeza y los hombros.

—Su nombre —inquirió, todavía más molesto al comprobar la reticencia que le mostraba.

Amalie se mordió el labio inferior mientras inclinaba la cabeza hacia su pecho. Si le decía su nombre, su abuelo iba a tener un montón de problemas, pues el conde descubriría que era una muchacha quien se encargaba del jardín.

—No puedo decírselo —le respondió cohibida.

Karl inspiró profundamente tratando de analizar la situación con ecuanimidad. Estaba manchado de estiércol, olía a rayos, y frente a él tenía a un muchachuelo que se negaba a decirle su nombre. Además le molestaba la tendencia del muchacho a ocultar su rostro como si fuera en verdad un delincuente. La forma de retorcer las manos le recordó algo del pasado, pero no supo precisar qué era. Necesitaba verle la cara para que el muchacho no pudiera esconderse ni zafarse de su metedura de pata, y entonces hizo algo completamente inesperado. Sujetó el ala del sombrero y lo arrancó de la juvenil cabeza. Cuando el perfecto rostro con forma de corazón quedó ante él, soltó el aire de forma abrupta.

¡No era un chico sino una chica quien lo había cubierto de mierda!

—Mi nombre es Amalie —le reveló vencida—. Y ayudo a mi abuelo en el jardín hasta que se recupere de una caída que tuvo este invierno.

Karl estaba desangelado. No podía apartar los ojos del rostro de la muchacha. Era muy guapa y se veía muy nerviosa. ¿Cómo no lo reconocía? Aunque ella había cambiado mucho, él la recordaba perfectamente. Eran los mismos ojos de zafiro que lo perseguían en sueños.

—¿Y por qué trabajas en Bramberg y tiras estiércol a las diferentes visitas que llegan? ¿Es tu forma de dar la bienvenida?

Ella no supo si el tono era en verdad un aviso de lo que le esperaba, porque le pareció una burla. Se atrevió a mirar directamente a los ojos del noble y el brillo que encontró en ellos la inquietó.

No le resultaron extraños. La miraban con un reconocimiento que la alertó.

—Para llegar con la carretilla, es mejor el sendero del otro lado del riachuelo porque está más liso, sin embargo, no calculé bien al tirar el abono hacia esta parte. Utilicé demasiado ímpetu, lo admito.

Karl reconoció que había sido un desafortunado incidente, pero tendría que detallar al conde lo sucedido para explicar la suciedad en su ropa.

Amalie entendió perfectamente las elucubraciones de él.

—Si me lo permite —se apresuró a decirle—, arreglaré su ropa antes de que se presente en Bramberg —le ofreció ella—. Vivo en la casita del lago, allí podrá asearse antes de presentarse al conde. Al menos no olerá tan mal.

Él sabía muy bien dónde vivía ella.

—Cuánto has cambiado, pequeña Amalie.

La expresión femenina le arrancó una gran sonrisa. La vio abrir los ojos de par en par para observarlo con atención hasta que las pupilas de ella brillaron con reconocimiento.

¡Solo una persona en el mundo la llamaba «pequeña Amalie»!

—¿Karl...? ¡No es posible!

Amalie pensó que el hombre que estaba plantado frente a ella no podía ser el ahijado del conde, el mismo muchacho que le llevaba trozos de tarta cuando visitaba Bramberg. Se llevó la mano a la boca y contuvo una exclamación de auténtica sorpresa.

Karl entrecerró los ojos de forma especulativa. Las ropas que vestía ella le parecieron ofensivas. ¿Qué hacía manejando estiércol?

—¿Cómo está tu abuelo? —le preguntó de pronto al recordar que ella le había mencionado que había sufrido un accidente.

—Le cuesta mucho mover la pierna —admitió pesarosa—, por ese motivo estoy ayudándole con el abono.

Karl decidió aceptar la invitación de ella de asear su atuendo. Se le hacía impensable mostrarse ante el conde de Salzach manchado y oliendo tan mal. Además, los azules ojos de la muchacha lo llenaban de intriga. Le hacían evocar muchos recuerdos.

—¡No te había reconocido! —le dijo ella tuteándolo como en la niñez.

—Detalle que me produce un inmenso alivio —respondió él—. O echarme estiércol podría haber sido un acto de venganza por mi ausencia prolongada.

Ella recordó perfectamente un incidente del pasado. No pudo evitar mostrar una amplia sonrisa. Karl al verla se llevó una mano al corazón.

—Otra sonrisa como esa y me caeré de espaldas.

Un instante después, las mejillas femeninas se pusieron rojas como las flores que ella había pretendido abonar. De niña, Karl había sido el único amigo que había tenido. En el palacio Bramberg no abundaban los niños, pues el conde no se había casado. Era un solterón que dedicaba su vida y energía al emperador de Austria.

—Acompáñame. Te tomarás un té caliente mientras adecento tu ropa —le dijo ella sin dejar de sonreír.

Amalie lo miró realmente feliz de verlo de nuevo. Habían pasado muchos años, tantos que estaba irreconocible.

—¿Vas a dejar el abono allí? —inquirió él.

—Continuaré por la tarde —le respondió con voz alegre—. Tu llegada se merece un descanso —le dijo—. Mi abuelo se alegrará de verte de nuevo.

—Se me hace difícil verte haciendo de jardinero.

—Solo hasta que mi abuelo se reponga del todo —Amalie mintió porque Alois ya nunca volvería a ser el mismo. Era demasiado mayor para sobrellevar una jornada dura de trabajo—. Y me encanta todo lo que tiene que ver con las flores.

—Imagino por esas ropas que vistes que nadie en Bramberg conoce tus quehaceres diarios.

Ella le mostró una sonrisa cómplice.

—Lamento de veras haberte ensuciado, y espero que me guardes el secreto o volveré a ensuciarte en tu próxima visita a Bramberg.

—Tendrás que explicarme muy bien por qué motivo estás haciendo el trabajo de un hombre.

A Karl se le hacía imposible pensar en ella como una jornalera.

—¿Te marcharás pronto? —inquirió para desviar la atención sobre su ropa.

—Tengo que solucionar unos asuntos con el conde —le confesó—. Mi padre murió hace un mes en París.

Ella se detuvo realmente compungida. Se giró hacia él y lo sujetó del brazo. Para Amalie no había pasado el tiempo. Era como si ambos no hubieran crecido y siguieran siendo niños correteando con las mariposas que bebían de las flores.

—Lo lamento mucho, Karl —se condolió apenada—. Apenas recuerdo a tu padre, sin embargo, debió de ser una excelente persona.

Karl no podía estar más en desacuerdo. Su padre había sido demasiado autoritario. Frío y conservador.

—Pasaré unos días en Bramberg —le dijo él—, hasta que resuelva unos asuntos legales con mi padrino.

Ya habían llegado a la pequeña construcción del lago. Karl se quedó mirando la fachada embellecida con hiedra y con flores. Parecía la casita encantada de un cuento.

—Ni te imaginas lo que me gustaba tu hogar —le dijo en un tono de profunda añoranza—. Es la casa que cualquier niño desea tener y disfrutar.

Amalie lo tomó de la mano con una mirada de entendimiento.

—Mi pequeño palacio.

Habían pasado muchas tardes sentados frente al fuego y saboreando una infusión de anís y canela que preparaba su abuelo para los días de lluvia y frío. Karl pensó que casi podía sentir el sabor dulce de antaño que tanto le gustaba.

Cuando ambos cruzaron el umbral, las fosas nasales de Karl se llenaron de aromas conocidos y que casi había olvidado. Una explosión de olores que le hizo cerrar los ojos.

—Me encantaría tomar una de esas infusiones que preparaba tu abuelo —evocó él con una sonrisa llena de nostalgia.

—Es una verdadera lástima que no hayas traído un trozo de tarta de calabaza para acompañar —recordó ella.

Karl no pudo evitar mirarla con atención. La muchacha que estaba plantada frente a él lo observaba con ojos de cervatillo, como si el tiempo no hubiera pasado entre ellos. Sin embargo, él ya no era el mismo muchacho conformista del pasado. Se había curtido en París. Había formado su personalidad fuera de su hogar, lejos de su familia, y se había convertido en un hombre de mundo amante de los placeres superfluos que ofrecía una ciudad como París.

No obstante, verla le removía la fibra más sensible de su cuerpo.

—Allí está la habitación de mi abuelo, toma prestada una de sus batas, y dame tu ropa para que la limpie —le ordenó ella.

Él se dispuso a hacer lo que le pedía, si bien antes de

dar el primer paso hacia la alcoba, la puerta de la calle se abrió y Alois Moser cruzó por ella. Se detuvo al ver al hombre que estaba frente a su nieta y que olía como un cerdo.

Él rompió el silencio que se había instalado entre los tres.

—Encantado de verlo de nuevo, señor Moser —le dijo Karl con la misma entonación del pasado.

Alois reconoció en el hombre al ahijado del conde, y se preocupó de veras. Su nieta al ver su expresión optó por tranquilizarlo.

—Karl ha sufrido un pequeño accidente con el abono, y como no puede presentarte así ante el conde, le he ofrecido limpiar su ropa mientras se toma una infusión de canela y anís frente al fuego.

Los ojos de Alois iban de su nieta a la visita inesperada. Bajó los ojos hacia los pantalones masculinos.

—¿Un accidente? ¿Cómo...?

Amalie se abstuvo de confesarle que ella había sido la culpable del aspecto lamentable de Karl.

—Prepararé una infusión y mientras me explicas qué ha sucedido —ofreció el anciano, que sentía un verdadero cariño por el ahijado del conde.

El noble cruzó la puerta y tomó prestada la bata de terciopelo gris de Alois y se desnudó mientras oía como el anciano preparaba la infusión que tanto le gustaba. Cuando salió de la alcoba, ella estaba esperando con las manos extendidas. Karl le dio sus pantalones y su camisa, ella tomó las prendas y se giró hacia la cocina donde estaba situada la zona de lavar. Él caminó hacia el fuego con la sensación de que el tiempo no había pasado en esa casa ni en sus habitantes.

—Tienes muchas cosas que contarme, muchacho —le dijo el anciano mientras llevaba la bandeja con la infusión. Había incluido un plato con un trozo de tarta que olía deliciosamente bien, y entonces Karl se percató de que hacía muchas horas que no había probado bocado.

Alois interpretó correctamente la mirada de él.

—Es una tarta de rosas —le informó—. Mi nieta la prepara riquísima.

Él nunca había probado tarta de rosas, sin embargo tenía tanta hambre que no le importaba que estuviese hecha con esa flor en particular.

Durante el tiempo que tardó la ropa en secarse frente al fuego, Karl se tomó una tetera entera de infusión de canela y anís, y devoró la mayor parte de la tarta de rosas mientras escuchaba paciente las diversas anécdotas que le contaba el abuelo sobre su nieta. Él mismo lo había puesto al día sobre su vida en París y de lo mucho que iba a extrañar la libertad que había respirado en Francia.

Amalie se mostró comunicativa, y sonrió repetidamente ante las explicaciones extravagantes que ofrecía Karl sobre la vida en París, los amigos y las muchachas francesas, la exquisita comida y el arte que abundaba en cada rincón de la ciudad.

Cuando comenzó a oscurecer, Karl se dio cuenta de que había pasado toda la tarde en la casita del lago sin notar el paso del tiempo. Amalie le ofreció de nuevo su ropa limpia y planchada y él lo lamentó, porque deseaba seguir más tiempo con el abuelo y la nieta. Recordaba perfectamente lo feliz que había sido en el pasado en la compañía de ambos. Sin embargo, tomó las prendas, se cambió, y se despidió de Alois y Amalie. No obstante, el anciano se ofreció a acompañarlo, y Karl aceptó porque así podría hacerle unas preguntas sobre el conde Salzach. Hasta sus oídos había llegado el rumor de que se había agriado su carácter, que se había vuelto intratable, y él deseaba dar pasos seguros.

Amalie se quedó recogiendo el salón y pensando en el amigo de la infancia que regresaba al hogar.

Había observado que la mirada de Karl se tornaba en ocasiones un tanto despectiva, como si no le gustara encontrarse en Salzburgo. Pero se había convertido en un hombre muy apuesto y corpulento, con un aire de autoridad como solo había visto en los hombres de más edad, como el conde Salzach.

Verlo después de tantos años le había provocado una tensión inesperada en el estómago, y unas cosquillas nuevas en el vientre que le iluminaron los ojos.

Amalie se alegraba inmensamente de que Karl estuviera en Bramberg.

Capítulo 3

Al día siguiente, Karl buscó a Amalie, pero sin encontrarla. A primera hora de la mañana había llegado a palacio el carruaje familiar con el escudo Wienerwald en ambas puertas, y en su interior el equipaje que él necesitaría durante el tiempo que iba a durar su estancia en Bramberg. Se demoró más de la cuenta supervisando que todo hubiera llegado bien y que no faltara nada de lo que iba a necesitar, por ese motivo no salió a cabalgar esa mañana.

El primer encuentro con el conde Salzach había sido bastante frío. Era como si Johann lo hubiera examinado a conciencia para valorar el tipo de hombre en el que se había convertido. La cena de la noche anterior se había sucedido en silencio, apenas con comentarios sobre el clima en Viena y la ausencia del emperador en los asuntos de Estado.

En el desayuno, a la mañana siguiente, el conde seguía mostrándose distante, y Karl supo por qué motivo: desconfiaba del hombre en el que se había convertido.

Pero él siguió mostrándose relajado como en el pasado. Cada vez que su familia se hospedaba en el palacio de Bramberg, él buscaba la compañía de una niña dulce aunque solitaria. Había pasado tardes enteras jugando y comiendo dulces que él sustraía de la cocina y que compartía con la pequeña Amalie. Recordaba con exactitud los cuentos que les narraba Alois y las tisanas que les preparaba a ambos con las hierbas más extrañas que él conociera. Todavía recordaba una en especial hecha con raíces de regaliz. Después de tomarla, vomitó por completo el trozo de tarta que había ingerido antes. Tras el recuerdo amable, sus labios se curvaron en una sonrisa llena de añoranza.

Muchas veces se preguntó por qué motivo su padre y su padrino mantenían silencio sobre sus escapadas. O quizás sí conocían que disfrutaba de la compañía del jardinero y de su nieta, y no les importaba. Pero lo que Karl ignoraba era que las cartas que él enviaba a Amalie a Bramberg, el conde se las retornaba a su padre a París. Por ese motivo nunca llegaron hasta ella.

Johann observó al hombre que tenía sentado frente así y lo examinó de forma minuciosa porque lo había sorprendido.

Se parecía mucho a su padre Maximilian en la estatura y complexión, salvo que Karl no era rubio. Tenía el pelo negro como la madre, y penetrantes ojos color miel. Se notaba que era un hombre dado al ejercicio físico porque bajo la ropa podía apreciarse la fuerte musculatura, la anchura de sus hombros y los fuertes brazos que terminaban en unas manos de dedos largos y finos. Tenía la boca bien delineada sin llegar a ser estrecha, pero, lo más singular de su rostro era la nariz recta y los ojos grandes, demasiado, tanto que resultaban inquietantes.

Karl se percató del escrutinio al que lo sometía su anfitrión y le devolvió el mismo gesto, aunque con una ligera sonrisa.

El conde era un hombre alto, de pelo rubio oscuro que ya encanecía. Tenía los ojos azules, de una tonalidad tan oscura que parecían dos zafiros esculpidos en piedra. El conjunto de su rostro era severo, con marcadas líneas en la comisura de los labios, además de una completa infelicidad que se reflejaba en el brillo de sus pupilas. Era de ademanes elegantes y precisos. Se advertía que era un hombre que no daba puntadas sin hilo. Estaba acostumbrado a dirigir asuntos de importante trascendencia, y muy alejado de cometer errores.

Era el hombre de mirada más fría que conocía.

—El próximo jueves tendrá lugar la lectura del testamento de tu padre.

Karl no respondió. Le parecía absurdo que la lectura del testamento se hubiera atrasado más de un mes. Y le parecía sospechoso que el conde Salzach tuviera que estar presente. Aunque era su padrino, consideraba innecesaria su asistencia.

—¿Llegará tu madre a tiempo?

Ingrid Amerling se había separado de Maximilian cuando él contaba apenas doce años. Y fue el comienzo de un calvario para él y su padre. Su madre vivía con su amante en Inglaterra, alejada de todo chisme que pudiera salpicar su apacible vida. Los recuerdos que tenía sobre ella no eran agradables ni cariñosos. Se veían como mucho una vez al año, aunque nunca en fiestas señaladas como Navidad o su cumpleaños. Para Karl, su madre era una completa desconocida.

—Sí —respondió Karl—. Su barco atracará el martes en el puerto de Amberes. Allí la esperará nuestro carruaje que la traerá a Viena por las vías principales.

—Es un largo recorrido.

—Hará un par de paradas, si bien llegará a tiempo para la lectura del testamento.

—Me alegro de que te hospedes en Bramberg.

Karl lo miró como si el conde hubiera dicho una sandez. Él no podía hospedarse en Linz porque el banco estaba haciendo inventario de su contenido antes de la lectura del testamento. Su padre era un hombre desconfiado por naturaleza, y de esa forma se aseguraba de que no se vendiera ningún objeto de Linz tras su muerte. Karl meditó unos instantes. Su padre había muerto en un accidente en París. Sin embargo, parecía que esperaba su muerte y por eso lo había dejado todo bien atado.

—Me preocupan las deudas de mi padre —afirmó pensativo.

Johann lo miró con ojos entrecerrados.

—Hasta donde sé, tu padre no acumulaba deuda alguna —le respondió el conde.

—Entonces, ¿por qué motivo se ha atrasado tanto la lectura de su testamento? ¿Por qué la necesidad de hacer inventario de sus posesiones? —preguntó con voz excesivamente dura—. Ni mi madre ni yo vivimos en Linz. Nada se ha tocado allí desde que nos marchamos hace años.

Johann no sabía qué responder. A él también le parecía extraña la actitud preventiva de su amigo, pero, tras la devastadora experiencia matrimonial con Ingrid y las continuas peleas con su hijo, Maximilian se había convertido en un ser huraño que desconfiaba de todo y de todos. Aunque su propiedad en Linz y sus negocios en Austria requerían de gran atención, nunca había renunciado a su cargo en París como diplomático del emperador porque deseaba estar cerca de su heredero e hijo único. Le asustaba el mundo en el que se desenvolvía Karl, los amigos con los que se rodeaba, los lugares a los que asistía. Pero, sobre todo, temía que se casara con una francesa y que decidiera establecerse en una ciudad como París.

Karl deseaba cambiar de conversación pues el rostro de su padrino se había convertido en una máscara indescifrable.

—Ayer tuve la oportunidad de visitar al viejo Alois —apuntó—. Casi no ha cambiado desde que me marché.

Johann giró el rostro y le hizo saber con un gesto al mayordomo que habían terminado, para que retirara el servicio de mesa. Momentos después se limpió las manos con la fina servilleta de hilo. Karl prosiguió.

—Sigue siendo el anciano encantador que prepara las mejores infusiones del mundo.

—¿Viste también a su nieta?

Karl no advirtió nada extraño en la pregunta de su padrino.

—Sí, pero ya no es la niña que conocí y dejé en Bramberg.

Johann estaba de acuerdo con su ahijado. La bonita doncella que se ocupaba de las flores no era una niña.

—Tenía ocho años cuando me fui... —Karl no terminó la frase.

—Diez años de ausencia es mucho tiempo —respondió el conde.

—Ignoraba que seguían viviendo en la casita del lago pues perdimos el contacto hace mucho tiempo.

Karl se limpió la comisura de la boca con la servilleta tras tomar un trago de agua. Johann continuó mirando a su ahijado con atención.

—Alois dejará pronto de ser el jardinero de Bramberg —apuntó el conde.

Karl tomó la copa de vino y la apuró de un trago. Según le había contado Amalie, ella ayudaba a su abuelo precisamente para que el conde no contratara a otro jardinero porque, si lo contrataba, tendrían que dejar la hermosa casita que había sido el hogar de los Moser durante varias generaciones.

—Es una pena que Alois no haya tenido un nieto varón para que ocupara su lugar y siguiera sus pasos como jardinero de Bramberg —apuntó Karl de pronto.

Johann miró a su ahijado con duda. Su tono había sonado demasiado crítico y se preguntó el motivo. Ignoraba que este lamentaba sinceramente la actual situación del jardinero. Con un nieto varón, no existiría la preocupación de que el conde contratara a otro para que se ocupara de los jardines. El nieto se ocuparía de sucederle.

—Todo hombre importante desea en su vida un varón que continué su legado y cuide su herencia —respondió el conde.

Karl advirtió en las palabras de su padrino una nota de censura hacia él, y no le faltaba razón. Él había estado la mayor parte de su vida en París, y se había olvidado de su herencia hasta la muerte de su padre.

—Algo que no ocurrirá con los Salzach, ¿no es cierto? —A pesar de que el conde no tenía descendencia directa, sí tenía varios parientes varones haciendo cola para heredar el título y las propiedades.

Karl había dado en el clavo. Johann había ocupado toda su vida en servir al emperador de Austria, primero a Fernando I, tío del actual emperador Francisco José. Antes no le había importado la ausencia de familia propia, sin embargo, ahora ya no estaba tan seguro.

La soledad era un verdugo implacable.

—Un primo lejano heredará Bramberg y mi título cuando muera —respondió al fin con algo de cansancio, como si la sola posibilidad mermara su fuerza por la vida y su interés por los acontecimientos—. Es un buen hombre que ha engendrado cinco hijos varones.

La dinastía Laufen y el título de conde de Salzach están asegurados —admitió pragmático.

Karl meditó en las palabras del conde. Él no había pensado mucho en herencias hasta la muerte de su padre, como si fuese algo que sucedería en un tiempo muy lejano e improbable. No obstante, a pesar de lo que siempre habían sentido su abuelo y su padre después, se habían encargado de inculcarle la importancia de continuar el linaje mediante el matrimonio e hijos legítimos. Por ese motivo, él no pensaba continuar su flirteo con Michelle. Su deber era conocer a una heredera apropiada para ser elevada al rango de condesa de Wienerwald.

Solo de pensarlo sentía escalofríos. Afortunadamente, disponía de mucho tiempo por delante para decidirse. Podría dedicar unos años a seguir divirtiéndose. Continuar viajando para conocer más mundo. La India y Australia le atraían poderosamente. Una vez que hubiese disfrutado, acataría la responsabilidad de engendrar un heredero.

—Es posible que me visite en Bramberg un amigo.

Johann centró su atención de nuevo en su ahijado.

—¿De París?

Karl hizo un gesto afirmativo.

—Su nombre es Joseph von Maron —le indicó—. Un respetado músico que está teniendo mucho éxito en la corte de París.

—Por su nombre no parece francés.

—No lo es —le aclaró—. Su padre era austriaco y murió hace un par de años en un naufragio en Calais.

—Entonces será bienvenido en Bramberg.

La cena había concluido, y Karl se extrañó de la larga conversación que había mantenido con su padrino. Era la más extensa y auténtica de cuantas habían compartido. El conde se excusó porque tenía asuntos que atender, y él le hizo un leve gesto con la cabeza. Tenía mucho en qué pensar, decisiones que tomar, y se dispuso a ello mientras se dirigía hacia la biblioteca.

Amalie pensó durante todo el día en la extraña visita de Karl von Amerling. Habían pasado diez largos años desde la última vez que lo había visto. En su memoria, el fuerte hombre que llegó a Bramberg el día anterior no se parecía apenas al muchacho que ella recordaba: un solitario chico al que le gustaba lanzar piedras al lago, beber las infusiones que preparaba su abuelo y robar trozos de tarta de la cocina de palacio. Una tenue sonrisa iluminó su rostro, sonrisa que no pasó inadvertida para el abuelo.

—Todavía lo recuerdas, ¿verdad?

Indudablemente su abuelo se refería al momento en que ella le había clavado el anzuelo de pesca en una oreja al lanzar el sedal al río. Casi le había arrancado el lóbulo. Se preguntó si le habría quedado alguna cicatriz.

—Cada vez que ha estado a tu lado ha sufrido un incidente.

Amalie se tapó la boca para esconder una carcajada porque era cierto. Aparecía en Bramberg después de diez años y ella lo cubría de estiércol.

—Viene a mi memoria el día de las abejas. ¡Tenías que jugar cerca de las colmenas! —la censuró el abuelo.

¿Cómo lo había olvidado? Ella llevaba el cabello mojado y suelto porque se había bañado en la laguna momentos antes. Como le gustaba tanto la miel, había tratado de coger un poco de una de las colmenas, y varias abejas se le habían enredado en los mechones largos. Karl había tratado de quitárselas y no pudo evitar que varias le picaran. Se le había hinchado tanto la mano que no había podido moverla en varios días. Sin embargo, nunca se lo echó en cara, ni fue grosero con ella, todo lo contrario, había sido el hermano mayor que nunca tuvo. Y a pesar de que su abuelo no veía con buenos ojos la relación de amistad que se forjaba entre ambos, había terminado por ceder. Karl era un niño solitario, abandonado por su madre que se había marchado a Inglaterra con su nuevo amor. Quizás esa circunstancia tan parecida a la de su nieta había propiciado que Alois cediera en sus reticencias. Ambos eran niños sin madre. Ambos eran niños solitarios.

—Lamento la muerte de su padre —dijo ella—. Aunque apenas lo recuerdo.

—Eras muy niña cuando su madre lo abandonó. Su padre, el conde de Wienerwald, lo pasó realmente mal.

—¿Por qué se marchó a París?

—Decidió aceptar el cargo de emisario diplomático que el emperador le había confiado.

Desde entonces, ella nunca más había vuelto a ver a Karl.

—Al principio lo extrañé mucho —admitió refiriéndose a su amigo.

—Algo normal aunque eras muy niña —le recordó el abuelo.

—Era el único amigo que tenía.

Alois entrecerró los ojos mientras llenaba su pipa. Si la madre de Amalie no hubiese muerto, él no habría criado a su nieta ni le habría transmitido todo lo que conocía sobre las flores y plantas. Su hija habría seguido en Viena lejos de él y de todo lo que conocía.

—En Bramberg nunca ha habido niños —reconoció el anciano—. Incluso parece que el conde nunca haya sido niño. Su infancia fue muy estricta y severa.

—¡Qué terrible, abuelo! —exclamó la muchacha con ojos sorprendidos—. Cada niño se merece sus años de inocencia.

—Hablas así porque eres una muchacha de condición humilde y sin responsabilidades.

Ella admitió que su abuelo tenía razón. Su mundo había estado lleno de flores, dulces y juegos. Era la nieta del jardinero, pero su infancia había estado repleta de días dichosos y momentos felices, salvo por la muerte de su madre, aunque ella no la recordaba porque era demasiado pequeña.

—Me pregunto, ¿qué harás cuando yo muera? —dijo de pronto Alois—. ¿Qué será de ti?

Ella observó una gran angustia en las palabras del anciano y deseó tranquilizarlo aunque no sabía cómo. En ocasiones pensaba en su futuro y lo veía oscuro, sin embargo, no pensaba cruzar ese puente hasta que llegase a él. Su abuelo vivía, y ella podía cuidarlo todavía durante muchos años, o eso esperaba.

—Me ha enseñado a ser juiciosa. A tomar decisiones cuando fuesen oportunas y necesarias. Hasta entonces, solo tengo que disfrutar de la naturaleza y del regalo que me ha ofrecido la vida: usted.

Alois sintió que los ojos se le humedecían. Su nieta era una muchacha extraordinaria. Madura y sensata a pesar de su juventud.

—Sin embargo, tu futuro me inquieta —admitió cabizbajo.

Ella se apresuró a correr hacia él y se arrodilló a su lado. Tomó las envejecidas manos entre las suyas y se las llevó a la mejilla.

—Ahora nos tenemos el uno al otro —le dijo en voz baja—. No necesitamos nada más.

Unos toques en la puerta les hizo girar la cabeza. Amalie se apresuró a abrirla. Se sorprendió al ver al ama de llaves en el umbral.

—Theresia, qué alegría. Pase, le serviré un té caliente —le ofreció ella.

La mujer de aspecto sólido y mirada franca aceptó la cortesía de Amalie.

—¿Ocurre algo malo, Theresia?

La voz de Alois hizo que el ama de llaves dejara de mirar a Amalie para centrar su atención en el abuelo.

—Mañana viene una delegación importante de Budapest —les informó rápidamente—. Tienen que reunirse, por orden del emperador, con su gabinete de crisis aquí en Bramberg.

—Es extraño que la reunión no se celebre en Viena —apuntó Amalie, que regresaba con una bandeja.

Llenó tres tazas con el líquido caliente y se las ofreció, quedándose con una.

—La delegación viene de Budapest, con Rudolf von Alt presidiéndola. —La mujer calló un momento—. Es una visita muy importante. Después partirán hacia Múnich.

Abuelo y nieta se miraron durante un instante.

—No hay problema —dijo Amalie—. Prepararé los diferentes arreglos para las estancias a primera hora. Todo estará perfecto.

—¿Cuántos hombres componen la delegación húngara? —preguntó el abuelo.

—Un total de treinta delegados.

Amalie silbó asombrada. Que ella recordara, Bramberg nunca había acogido a tantos visitantes al mismo tiempo.

—El conde Gyula Andrássy lidera la delegación —informó el ama de llaves.

Alois se quedó pensativo. Amalie parpadeó confusa.

—¿El líder nacionalista húngaro? —preguntó con sorpresa.

El ama de llaves la miró con cierta reprobación comprensiva.

—Ya no se le considera un traidor —le respondió Theresia—. Y es un amigo íntimo de nuestra emperatriz.

—Me preocupa que el emperador no asista a este encuentro —terció Alois.

La mujer se terminó el té y dejó la taza sobre la bandeja.

—Ya sabes que el emperador Francisco José confía plenamente en su asesor y consejero, el conde Salzach. No toma una sola decisión si él no la respalda.

—Todo estará perfecto —afirmó Amalie, que quería restar preocupación a su abuelo. Una delegación tan importante y tan numerosa incrementaba la faena de forma considerable, sin embargo a ella no le asustaba el trabajo duro.

—El conde ha pedido refuerzos de doncellas para las cocinas, y para la atención de los invitados —aclaró el ama de llaves.

—Yo podría ayudar también —se ofreció gentil la muchacha.

Pero el ama de llaves negó de forma contundente. Amalie era más necesaria en otros quehaceres donde ya era una experta.

—No será necesario —le dijo—, te encargarás como siempre de los ramos y los diferentes objetos de las alcobas como jabones, perfumes, y todo lo necesario para que la estancia de los visitantes resulte placentera y confortable.

Amalie asintió.

—Mañana dejaremos de abonar —dijo el abuelo—, y nos encargaremos de cortar flores y preparar las plantas de la entrada y del jardín.

Esas eran las zonas que más visitas recibían de los diversos invitados, por lo tanto todo tenía que estar perfecto.

—Entonces nada más. Nos vemos mañana temprano.

El ama de llaves se levantó y se dirigió hacia la puerta, pero antes de salir miró con atención a Amalie.

—Ponte el vestido azul oscuro, quiero que pases desapercibida. No me fío de esos húngaros.

Amalie sonrió y le hizo un gesto afirmativo. Si las palabras la sorprendieron, no dio muestra de ello. Acompañó a la mujer hacia la puerta y le dio un beso de despedida.

Después se giró hacia su abuelo, que ya se servía otra taza de té.

—Tienes que enseñarme cómo preparar esta combinación de naranja y vainilla porque sabe realmente delicioso.

Alois le mostró una sonrisa sincera y con una mano la invitó a que se sentara junto a él. Tenían que planificar los ramos y las diversas plantas que escogerían para adornar el resto de estancias.

Capítulo 4

Bramberg era un hervidero de actividad desde muy temprano en la mañana. Tanto Alois como Amalie habían madrugado mucho para cortar las flores, las ramas y los tallos para elaborar los diferentes ramos de los jarrones. El jardinero había limpiado de hojas secas los arbustos altos. Había podado ramas y desbrozado parterres mientras Amalie escogía y separaba las diversas flores del invernadero principal. Había quedado con su abuelo que elaboraría los ramos para las alcobas de los invitados con rosas rojas, campanillas blancas y hojas de hiedra, colores que representaban los colores de la bandera húngara. Además, para los baños, había incluido jabones con esencia de olivo que solía traer el conde en sus viajes por el Mediterráneo. El olivo representaba la paz, y a ella le pareció un símbolo muy apropiado. Por ese motivo, colocó también pequeños jarroncitos con ramas de olivo en las mesitas auxiliares, que acompañó con una camelia encarnada que significaba reconocimiento.

La cocina olía a especias que se mezclaban con la cera caliente de los muebles que varias doncellas pulían. Otras se ocupaban de abrillantar la plata con el escudo Salzach. Amalie cerró los ojos para extasiarse con los diferentes aromas que se entremezclaban.

A mitad de la mañana el trabajo quedó terminado. El palacio resplandecía, y los sirvientes se ataviaron con sus mejores galas. Alois y Amalie salieron por la puerta de la cocina con una sonrisa en los labios. Todo había quedado perfecto.

—¡Oh no! —exclamó de pronto Amalie—. La alcoba de Karl tiene los colores equivocados.

Alois la miró perplejo. Era impensable que su nieta obviara algo tan importante como que Karl no era húngaro.

—Yo lo cambiaré —ofreció el anciano.

Pero la muchacha negó de forma enérgica. Pensaba en la gran escalera hasta la segunda planta donde estaban ubicados los dormitorios y que su abuelo no podría subir de forma apresurada.

—Abuelo, yo lo haré mucho más rápido.

Alois tuvo el mismo pensamiento que su nieta. Él tardaría un rato en subir la totalidad de los escalones.

—Regreso enseguida —dijo ella girando sobre sus pasos y enfilando de nuevo la puerta—. Karl y el conde siguen cabalgando, cambiaré el ramo antes de que vuelvan, y así enmendaré mi error.

—Te esperaré en la casa y prepararé el desayuno.

Amalie estaba muerta de hambre. Había madrugado tanto que no se había llevado nada a la boca desde que se había levantado del lecho

—Y no incluyas el verde —le aconsejó el anciano.

Amalie solo tenía que quitar las hojas de hiedra y el ramo quedaría únicamente con las campanillas blancas y las rosas rojas. Su abuelo era meticuloso en extremo para que cada ramo fuera perfecto. Y ella había olvidado que, aunque la estancia de Karl estaba situada entre los delegados, él no era húngaro. Un error imperdonable.

El ama de llaves estaba supervisando el venado que se serviría para la cena, así como los pasteles de carne y los hojaldres de verduras. La vio entrar y no se sorprendió. Ella le explicó sin detenerse:

—Un color desentona en el ramo de la alcoba de Amerling —se excusó.

El ama de llaves la vio cruzar con paso rápido junto a ella.

—Creo que el conde Salzach ha llegado ya de su cabalgata matutina, pero su ahijado no. Y estoy gratamente complacida de que hayáis terminado vuestra labor tan pronto. Mucho antes de que llegue la delegación húngara.

Amalie respiró aliviada. Tenía unos momentos más para solucionar su metedura de pata. Caminó rápido y subió sin descanso las elegantes y anchas escaleras imperiales. Enfiló por el amplio corredor y accionó el picaporte. El interior de la alcoba olía a limpio y a rosas. Anduvo rauda hasta el centro de la alcoba donde estaba situado el jarrón, junto a una fuente de fruta y unos bombones de chocolate rellenos. Al conde Salzach le gustaba agasajar a los diferentes invitados que llegaban a palacio. Con mucho cuidado sacó las hojas de hiedra y limpió las ramas para que no gotearan sobre la pulida madera de la mesa. Se había dado la vuelta para marcharse cuando la potente voz de Karl la hizo girarse de golpe hacia la pared donde estaba la puerta del cuarto de baño.

Karl cruzaba por ella frotándose la cabeza con una toalla y completamente desnudo.

—Paul, ¿traes lo que te pedí?

Paul Eisler era el mayordomo de Bramberg.

Ella se quedó petrificada. Cuando Karl dejó de pasarse la toalla por la cabeza y miró el rostro de la persona que estaba plantada frente a él y que en modo alguno era el mayordomo, la observó inquieto. Con ademanes lentos cubrió sus partes nobles con la toalla. Lo hizo con tal naturalidad que Amalie no supo qué pensar. No se vía azorado, ni con la respiración desbocada como ella.

—Creí que eras el mayordomo —se disculpó él.

Ella seguía sin encontrarse la voz. Nada la había preparado para contemplar en todo su esplendor los atributos masculinos de Karl. Ahora sería imposible verlo como el amigo de la niñez, porque ya no era un niño sino todo un hombre. Su mente había sufrido una conmoción. Su corazón, un sobresalto.

—Había…. había olvidado algo del… del ramo —logró decir, con voz entrecortada.

Carraspeó, muy incómoda. Karl seguía plantado

frente a ella desnudo aunque cubierto por las caderas con la pequeña toalla. Mostraba en sus ojos un brillo inquisitivo.

—Confío en no ser el primer hombre que ves desnudo —le dijo de pronto.

Amalie se puso tan encarnada como las rosas rojas que lucían en el jarrón.

—Mayor de cinco años sí —respondió ella que iba recuperando poco a poco la normalidad del pulso y de la respiración—. Discúlpame, Karl, creí que seguías cabalgando, de haber sospechado siquiera que... que... —no pudo acabar la frase—, no habría entrado sin llamar.

Amalie ya se daba la vuelta para marcharse, pero Karl fue demasiado rápido. La sujetó por el brazo y la giró hacia él.

—¿Estás bien?

¿Cómo podía preguntarle algo así? Estaba a punto de sufrir un colapso nervioso y lo único que quería era escapar cuanto antes de su turbadora presencia.

—Te noto demasiado alterada y no me gustaría que te desmayaras en medio del pasillo.

Amalie parpadeó varias veces, y se tomó las palabras masculinas como un intento de que no se mostrara tan alterada, pero lo estaba. La sangre circulaba por sus venas a una velocidad vertiginosa. Los latidos de su corazón le martilleaban en las sienes, y sentía las mejillas tan encendidas como el cuerpo, con un ardor inusitado, extraño.

—Estoy bien... de verdad —afirmó ella, sin convencimiento en la voz.

Karl se resistía a dejarla. Ver por primera vez en los ojos de ella el brillo de admiración al descubrir un cuerpo masculino era algo indescriptible. Y recordó perfectamente lo que había sentido él cuando contempló por primera vez un cuerpo femenino desnudo: un deseo abrasador. Aunque juzgó que ella podía sentir algo muy diferente.

Ambos escucharon la puerta de la alcoba y los pasos del mayordomo y del conde que hacían su presencia en la iluminada estancia.

—¿Qué diablos significa esto? —bramó el conde, con los ojos reducidos a una línea al contemplar a su ahijado desnudo y a la doncella de las flores muy cerca de él. Lo malinterpretó todo.

El carraspeo del mayordomo la hizo bajar de golpe a la tierra. Estaba en presencia de un noble que estaba desnudo. No giró el rostro, no podía encarar la mirada del conde Salzach porque perdería la poca dignidad que le quedaba tras ser descubierta en una situación tan embarazosa.

—Ha sido un incidente sin importancia, padrino —le explicó Karl a Johann.

—¡Márchese! —le ordenó el conde.

Ella obedeció solícita y sin mirar a ninguno de los tres hombres que contemplaron su marcha en silencio.

Una vez en el rellano, apoyó la espalda en la pared y se llevó la mano al estómago. Ignoraba si el malestar que sentía era a causa de la vergüenza, o por tenerlo vacío. Respiró profundamente varias veces, y se marchó del palacio tan rápido como le permitieron sus piernas.

—No admitiré conductas indecorosas en mi casa. —El tono de Johann había sido tan duro como el granito—. Y si deseas solazarte con doncellas, te ruego que no sean con aquellas que están bajo mi servicio.

Karl apretó los labios y se giró hacia el conde.

—Amalie estaba terminando de arreglar el ramo, ignoraba que estaba en el baño, y yo creí que era Paul trayéndome lo que le pedí.

Johann había cruzado los brazos al pecho en actitud preventiva. Para él había quedado muy claro que la muchacha flirteaba con su ahijado. Y el muy tunante se lo permitía. Él no pensaba tolerar ninguna conducta relajada bajo su techo, menos cuando una delegación húngara estaba a punto de llegar.

—¿Por qué la llamas por su nombre de pila? —le preguntó de forma seca.

Karl comprendió la grave metedura de pata, y decidió no irse por las ramas.

—Porque he jugado con Amalie desde que tenía seis años —le explicó.

El conde mostró la sorpresa que las palabras de su ahijado le provocaban.

—¿Cuándo? —El conde intentaba hacer cálculos mentales.

—Cada vez que visitaba Bramberg. Solía escaparme cada tarde, y la pasaba con ella y su abuelo en la casita del lago. ¡Adoro ese lugar!

El mentón del conde se endureció. Sus hombros se

tensaron. Él desaprobaba que los nobles se mezclaran con el personal del servicio, mucho más si era el suyo propio.

—Que este incidente no vuelva a repetirse, o tendré que tomar medidas que no te gustarán en absoluto —replicó seco.

—No se repetirá —confirmó Karl.

El conde Salzach abandonó la alcoba de su ahijado sin decirle aquello que había ido a tratar con él. El mayordomo dejó sobre la mesita auxiliar la botella de linimento que le había pedido este. Karl caminó hacia ella, y, antes de tomarla, clavó sus ojos en las rosas del jarrón, tomó una y la sacó. Se la acercó a la nariz e inspiró su aroma. El color era el mismo de las mejillas arreboladas de Amalie cuando lo miró por primera vez como a un hombre y no como al niño que recordaba. Ese hecho le hizo sonreír, porque él no podía verla como a la niña del pasado que fue. Su rostro con forma de corazón y sus penetrantes ojos azules se le habían clavado en el alma con certera puntería desde el mismo instante en que le había tirado estiércol a la cara. Era tan agradable volver a verla que se resistía a dejar Bramberg para marcharse a Linz una vez estuviera hecho el inventario. Siguió sonriendo, y regresó al baño llevándose la botella de linimento y la rosa roja.

Alois no le sostenía la mirada al conde. Hubiera sido de una soberbia imperdonable por su parte si lo hubiera hecho. Se mantenía todo lo erguido que sus fuerzas le permitían, pero las rodillas le habían comenzado a temblar. Lo último que había esperado esa mañana era ver la presencia del conde Salzach en su casita. Bueno, en realidad la casita le pertenecía al conde, pero la había disfrutado su familia desde varias generaciones atrás.

Johann lo miraba con ojos entrecerrados y con los labios apretados en una línea dura. Tras narrarle el incidente entre su nieta y su ahijado en la alcoba de este, le había exigido que la muchacha se mantuviera apartada de él. Que se limitara a hacer su trabajo como doncella de las flores y sin buscar las atenciones de Karl. Alois estaba terriblemente avergonzado. La conducta de su nieta era inapropiada. Parecía una meretriz buscando los favores de un noble, al menos esa era la impresión que se había llevado el conde, y así se lo había transmitido a él.

—Si no depone esa actitud casquivana terminará como la madre. Y tendrá que marcharse de Bramberg.

Las palabras golpearon al anciano directamente en el corazón.

—Todos tenemos derecho a equivocarnos, señor —reflexionó el anciano con voz llena de pesimismo—, y sus palabras podría tomármelas como un insulto que, estoy convencido, no ha querido lanzarme.

Johann cruzó las manos a la espalda.

—No llegué a conocer a tu hija, Alois, ya sabes que siempre he estado muy ocupado en la corte de Viena —le explicó el conde—, pero su catadura moral fue muy comentada en Salzburgo. Arrastró tu nombre por el fango, y no deseo que pases por lo mismo de nuevo por culpa de la hija. Si sigue persiguiendo a mi ahijado, tendrá que marcharse.

—Mi nieta no se parece a su madre —le replicó este—. Ni todos los nobles son tan despreciables como para aprovecharse de la inocencia y la virtud de una doncella.

—¿Qué te hace suponer que mi ahijado es diferente de esos muchachos alocados que pueblan las calles de Viena? —le preguntó, aunque sin esperar una respuesta.

Alois no tenía argumentos. Conocía al muchacho desde que era un chico de trece años. No lo creía capaz de aprovecharse de su nieta, pues la consideraba una amiga. Ambos se profesaban un cariño sincero. Él lo había visto crecer tiempo atrás y sabía que era un muchacho íntegro y de nobles sentimientos.

—Karl será conde de Wienerwald muy pronto, cuando se lea el testamento de su padre —reveló Salzach—. Tiene un compromiso con su apellido que deberá continuar con una muchacha noble. Amalie no puede cruzarse en su camino, pues si lo hace sufrirá mucho, y tú con ella.

—Estamos hablando de dos buenos amigos —los defendió Alois.

El conde no transigió en su postura.

—Te tengo aprecio como se lo tuve a tu padre y mi padre a tu abuelo mucho antes de que ambos naciéramos —continuó el conde—. Sin embargo, tu nieta me parece una descarada que desea aprovecharse de un sentimiento de amistad que ya no debe ni puede conservar. Karl es el futuro conde de Wienerwald, y está muy por encima de sus objetivos. ¡Recuérdaselo!

La exclamación femenina fue alta y clara. Amalie acababa de entrar por la puerta que el conde había dejado abierta. Había estado escuchando la conversación que mantenían los dos hombres apenas conteniendo su ira, pero al oír lo que el conde decía de ella ya no pudo contenerse más. Miró al conde con un brillo de decepción que rayaba el desaire. Johann se sintió algo incómodo ante la mirada femenina, pero no retiró las palabras hirientes ni los insultos velados. Debía terminar cuanto antes con cualquier plan que la muchacha hubiera tramado con respecto a su ahijado, porque estaba convencido de que había puesto su mira en Karl.

—Si deseas que tu abuelo siga trabajando en Bramberg, te mantendrás apartada de Amerling. O me veré obligado a prescindir de sus servicios, y tendréis que abandonar la casita del lago y marcharos de la propiedad.

Ella no quebró su silencio, ni amansó el brillo lacerado de sus ojos. La amenaza era tan clara, tan insultante, que le provocó un espasmo en el vientre, y un dolor sordo en el corazón. Su abuelo no tenía la culpa de nada.

Amalie no podía despegar los ojos del severo rostro del conde. En ese momento lo detestó con todas sus fuerzas. Era el típico noble que actuaba convencido de que el mundo le pertenecía, de que los privilegios eran exclusivamente suyos. Creían que tenían la facultad de decidir sobre la vida y la muerte, sobre todos los mortales inferiores como ella y su abuelo.

—Nunca he representado ningún problema para Karl en el pasado ni en el presente, ni lo representaré en el futuro —le dijo ella al fin—. Pero tiene mi palabra de que no volveré a cruzarme en su camino, ni propiciaré un encuentro con él que pueda perjudicar sus intereses.

—¿Karl...? —preguntó el conde y, dejando la frase inconclusa, ella la percibió como una advertencia.

—El señor Amerling —rectificó ella—. A veces olvido que ya no es el muchacho de quince años que se marchó a París.

Durante un momento, los ojos de Johann se entrecerraron.

—Perfecto, es todo lo que necesitaba saber. —El conde dio media vuelta y enfiló la puerta de salida. No se despidió. No miró hacia atrás. Se comportó en todo momento como el noble altivo que era.

—¿Qué hiciste, muchacha? —preguntó el abuelo, desconsolado.

Ella tomó aire y lo retuvo en sus pulmones antes de soltarlo. Parpadeó varias veces porque sentía unas ganas infinitas de llorar. No se merecía esa actitud déspota del conde ni sus palabras hirientes. Sin embargo, las aceptó porque sabía en cada momento dónde estaba su lugar, y jamás iba a moverse de él.

—Karl regresó más pronto de lo que imaginaba —le respondió cauta—. Se estaba aseando cuando entré para quitar las hojas del jarrón —continuó—. Me sofoqué tanto al verlo que él temió que me desmayara, y en esos momentos hicieron su entrada el conde de Salzach y Paul.

El anciano resopló incrédulo. ¡Con razón el conde se había mostrado tan furibundo!

—Debes disculpar su actitud —medió el anciano—. Solo quiere proteger a su ahijado.

—¿De una casquivana? —le preguntó con voz amarga.

—No sería la primera vez que un noble se ve atrapado por las argucias de una mujer bonita que busca su fortuna.

—¿Igual que mi madre buscó la fortuna del hombre que me engendró? Yo no soy Gisela Moser —contestó en un tono de voz bajo, como si susurrara—. Pero todo el mundo se empeña en decir que lo soy.

Alois sintió las palabras de su nieta como un puñetazo en el estómago.

—Tu madre puso su mira en el hombre menos indicado para ella, y fue su perdición.

—¡Lo sé! —bramó la muchacha, con los ojos llenos de lágrimas—. No pasa ni un solo día en que no piense en ello. Pero, ¡era mi madre! Y por eso jamás perdonaré al conde sus insultos hacia ella.

—Solo ha dicho verdades —replicó el abuelo.

Ella lo censuró con la mirada porque no comprendía su actitud.

—Gisela Moser está muerta, y no se insulta a los muertos —dijo en voz baja.

Amalie cerró los ojos varias veces para impedir que

las lágrimas cayeran por sus mejillas. Estaba herida. Se sentía marcada con un estigma que ella no había buscado.

—Johann no es un hombre malo...

Ella no le permitió continuar.

—Es duro y frío como el hielo —contestó—. No recuerda a mi madre, pero sí se siente con la suficiente razón como para ofender su memoria —concluyó enojada.

—Tu madre pasó varios años en un colegio de señoritas que el anterior conde costeó para que pudiera ser dama de compañía de la emperatriz de Austria. Le debemos todo cuanto somos.

Ella conocía la historia, pero no por ello le dolía menos.

Amalie no estaba de acuerdo en absoluto. Tanto Alois como ella se ganaban el sustento con el sudor de sus frentes, si bien no contradijo las palabras de su abuelo.

—Lamentaré perder la amistad de Karl —dijo al fin, terriblemente compungida.

Alois la observó detenidamente tratando de escudriñar su rostro, aunque desistió.

—Ven, pequeña, almorcemos. La comida ya se ha enfriado hace tiempo.

Ella obedeció, dócil, y ya no se dijeron nada más.

Capítulo 5

Karl la encontró en el invernadero. La había buscado durante dos días pero parecía que se la había tragado la tierra. Tras el incidente de su alcoba, ella lo rehuía y él quería preguntarle el motivo. El abuelo no había sido de gran ayuda porque le había aconsejado que no la molestara mientras desempeñaba sus quehaceres. Le había dejado claro que su trabajo dependía de que ella se mantuviera alejada de él. ¿Por qué motivo le había dicho Alois que la dejara en paz? Amalie era su amiga. Le tenía un profundo afecto, y no iba a permitir que se escondiera de él.

Ella tenía las manos llenas de tierra que removía del interior de un macetero.

—Te busqué varias veces aquí, pero no te encontré.

Amalie dio un respingo cuando oyó el timbre de su voz.

—¡Por Dios, Karl! ¡Me has asustado!

—Es lo último que pretendía —se excusó él.

Él miró el atuendo que ella vestía y le pareció muy femenino a pesar de estar sucio. Llevaba el pelo recogido en un moño que se inclinaba hacia la izquierda, un poco de tierra en la mejilla, y un delantal que ya no era blanco sino marrón. La imaginó como una mujer que había estado trabajando toda la tarde para su hombre.... ¿por qué diantres había pensado algo así? ¡Porque la veía preciosa!

Ella parpadeó nerviosa ante su presencia.

—No deberías estar aquí.

—Tú tampoco.

—Desempeño mi trabajo.

—Una cosa es ser la doncella de las flores en Bramberg, y otra trabajar como jardinero no oficial en los invernaderos del conde.

—Soy una mujer fuerte y estoy acostumbrada a trabajar en los jardines desde la niñez. Olvidas que mi abuelo es un excelente jardinero. Me ha enseñado todo cuanto sé.

Karl la observó con atención.

—Qué tierno —le dijo Karl—. La flor más bonita cuidando a otras flores.

La boca de Amalie se abrió por la sorpresa aunque la cerró cuando se percató de su desliz.

—Me gusta escucharte —respondió ella al halago de compararla con una flor.

—Te he traído un regalo. —Inmediatamente, Karl extendió el brazo que tenía escondido en la espalda y le ofreció una gran margarita blanca.

Amalie no pudo ocultar la sorpresa que el obsequio le provocaba.

—Conoces su significado —le dijo él—. Por ese motivo la he escogido.

—Olvidar lo pasado —admitió ella—. Pero me sorprende que lo conozcas tú.

—Touché —reconoció él—. Le pedí ayuda a tu abuelo.

Amalie era una mujer práctica y adoraba los regalos inesperados. Tomó la margarita de la mano masculina y la aceptó con una sonrisa.

—Si deseas que olvide el incidente de tu alcoba, ya lo hice, pero no debes buscarme —le dijo mientras dejaba la margarita al lado del tiesto y seguía apretando tierra en su interior.

Las palabras de ella eran las mismas que le había dicho Alois Moser y se preguntó el motivo.

—Eres mi amiga, el mejor recuerdo que tengo de Bramberg, ¿cómo no voy a buscar tu compañía? Representas lo único bueno de mi pasado.

Los ojos de Amalie se mostraron dolidos.

—En diez años no he recibido ni una sola carta de ti para saber dónde estabas. Ni siquiera me visitaste una sola vez cuando regresabas a Linz. No te has mostrado como el amigo de la infancia que recuerdo.

Era cierto, pensó Karl. Desde que había dejado de visitar Bramberg y se había instalado en París, los recuerdos que había dejado en Salzburgo se fueron difuminando, el de ella incluido, sin embargo, sí le había escrito felicitaciones por Navidad y por su cumpleaños. ¿Por qué motivo decía ella que no?

—Muchas veces me pregunté qué sería de ti.

—Habría sido muy fácil venir a verme cuando regresabas a tu hogar.

Cuando Amalie observó que la tierra había cubierto el tiesto por completo, hizo un agujero en el centro y depositó un bulbo. Lo cubrió y limpió el borde de barro con un trapo.

—¿Estás enfadada conmigo por no regresar al hogar que me hizo tan desdichado?

Ella lo miró con atención. Hasta el día en el que le había arrojado el estiércol camino a Bramberg, lo ignoraba todo sobre él, pero no estaba enojada. Su nueva vida en París debía de ser emocionante si le hacía olvidar todo lo que había dejado en Salzburgo.

Le mostró una sonrisa comprensiva.

—No podría enfadarme contigo —le respondió amable—. Pero tu padrino no desea vernos juntos y debemos obedecerle.

Las cejas de Karl se alzaron en un perfecto arco. ¿Había dicho «su padrino»?

—¿Y por qué piensas que mi padrino interferiría en una relación de amistad que mantenemos desde hace tantos años?

Amalie bufó de forma poco femenina. En esos momentos, Karl le recordaba demasiado al muchacho introvertido del pasado. Se ponía a la defensiva cuando sentía que su conducta era censurada.

—Porque imagina que soy una buscona que va detrás de tu fortuna —le espetó de pronto.

Amalie se mordió el labio inferior cuando contempló las diferentes muecas que se dibujaron en el rostro masculino: incredulidad y burla. Finalmente, Karl estalló en una sonora carcajada.

—No tiene gracia —le reprochó ella—. Me molestó su conclusión.

Él era incapaz de responderle.

—¿No crees que podría interesarme tu fortuna? —lo acicateó.

Nuevamente, Karl estalló en carcajadas. Ella no pudo contenerse y lo siguió en la hilaridad. Ahora le parecía tan absurda su pregunta...

—Solo hay que estar cinco minutos contigo para saber que mi fortuna y mi título te importan menos que esa cebolla seca que has colocado en el tiesto.

Ella había colocado las manos en jarra y lo miraba de forma censurable.

—Es un bulbo —le respondió—, y de su interior saldrá un precioso jacinto azul.

Karl había optado por acercarse a ella y se sentó en una esquina de la larga mesa de madera donde había infinidad de plantas de todos los tamaños y variedades.

—Todavía tengo en mi poder el collar que te regalé por tu octavo cumpleaños y que no te dignaste a aceptar —le reprobó con falsa indignación.

A ella le emocionó que él siguiera guardando aquel regalo porque lo convertía en un impulsivo empedernido.

—Una niña de ocho años no podía aceptar un collar de zafiros —le respondió tratando de contener la risa.

—Lo compré con mis ahorros —le confesó él—, con el esfuerzo de todo un año.

Amalie entrecerró los ojos enternecida.

—No tenía modo de saberlo.

—Ni te imaginas a la de cosas que tuve que renunciar para comprarte el dichoso collar que rechazaste.

—¡Comprarle a una niña un collar de zafiros! ¿En qué estabas pensando?

—En tus ojos —le respondió él—. Lo miraba y veía tus ojos grandes y azules.

Amalie se había quedado sin palabras.

—¡Oh, Karl! —exclamó emocionada—. Es la cosa más bonita que me has dicho nunca —le respondió—. Aun así no podía aceptar tu obsequio. Podría haber comprometido mi reputación.

Karl la miró con extrañeza, y un segundo después con chanza.

—Tenías ocho años, Amalie, jamás podrías haber comprometido tu reputación por aceptar un regalo de cumpleaños.

—Y eso es algo que debemos mantener por respeto a tu padrino, el conde, porque es quien paga el salario de mi abuelo.

Con esas palabras, Amalie le había dicho todo.

—¿Ha amenazado mi padrino con despedir a tu abuelo? —inquirió, incrédulo.

—Es comprensible su preocupación —medió ella, conciliadora—. Hay mujeres que tienden trampas a los hombres para buscar una buena posición en su vida.

A él le molestó esa conclusión si bien era cierta.

—Si mi padrino despide a tu abuelo, lo contrataré para Linz. Os contrataré a ambos y llenaréis mi casa de hermosas flores.

—No te burles, Karl —lo regañó ella—. Mi abuelo no soportaría dejar Bramberg ni la casita del lago. Nació y creció allí —le explicó ella.

Los ojos femeninos le mostraban que sus palabras eran muy serias.

—Y lo único que tengo que hacer es no verte de nuevo y con ello impediré que urdas una trampa para cazarme en ella.

Dicho así parecía ridículo, se dijo Amalie, sin embargo, la advertencia del conde había sido muy seria.

—Le mostraré al todopoderoso conde Salzach lo equivocado de su actitud —dijo él.

Ella tensó la espalda ante la irresponsabilidad que mostraba Karl.

—Por supuesto —replicó ella—. Un noble increpando a otro noble mientras los humildes servidores se juegan su futuro en esa misma discusión.

Karl se mostró azorado ante la lógica de las palabras femeninas.

—No permitiré que mi padrino os eche de Bramberg.

Ella le mostró una sonrisa confiada.

—Gracias a Dios que lo has entendido —respondió cómplice.

—Pero no dejaré de verte.

Amalie resopló con enojo. Nada de la conversación que habían mantenido había servido de algo. Karl le mostraba una actitud desenfadada que no terminaba de gustarle.

—Aunque no te veré en Bramberg, sino en la ópera, en el palco privado que posee mi familia.

Ahora fue ella la que alzó las cejas, sorprendida. La sonrisa deslumbrante de ella lo descolocó. Tenía toda la pinta de ser sarcástica.

—¡Por supuesto! —exclamó ella—. Y será un verdadero placer elegir entre el vestido de muselina azul... No, espera, mejor el de terciopelo rojo. Quizás el de seda verde con bordados de rosas amarillas....

Karl supo que había cometido un error que ella le mostraba tan galantemente.

—Me he mostrado como un estúpido, ¿verdad?

La muchacha hizo un gesto muy elocuente con la cabeza.

—Quería invitarte a la ópera por tu dieciocho cumpleaños. Quería obsequiarte algo que no rechazaras.

Los ojos femeninos se anegaron de gratitud.

—Ya me has hecho el mejor regalo de cumpleaños —le expresó ella—. La intención.

Él no lo creía así.

—¿Al menos me acompañarás a recibir a mi amigo Joseph von Maron? Vendrá pronto a Austria desde París.

—Solo puedo ir hasta Salzburgo en domingo, y no dispongo de carruaje.

—Pero yo sí —alegó él con tono decidido.

—Decididamente has elegido que tu padrino nos despida a mi abuelo y a mí.

—Nada más lejos de mi intención, si bien deseo que conozcas a Joseph y, como no lo harás en Bramberg, porque te mantendrás escondida...

Ella iba a replicar, pero él no se lo permitió.

—Te conozco, sé que lo harás, así que he decidido que lo conocerás en Salzburgo, en el mejor restaurante de la ciudad.

—No me vas a permitir negarme, ¿no es cierto?

Ahora él le hizo un gesto negativo bastante firme con la cabeza.

—¿Qué diantres hacéis aquí los dos escondidos?

Amalie soltó el aliento que contenía al oír la voz de su abuelo, aunque afortunadamente no era el conde.

—Quería disculparme con su nieta —le respondió Karl sin dejar de mirarla.

Ella le hizo un gesto mohíno para incitarlo a que se marchara, aunque parecía que Karl se sentía muy a gusto oliendo la tierra húmeda y el abono de las plantas.

—Tardabas demasiado y por eso he venido a buscarte —explicó Alois.

Amalie sabía que su abuelo la vigilaba. Tras la visita del conde Salzach y su advertencia, el hombre no pretendía perderla de vista, y la visita de Karl al invernadero le había mostrado que sus sospechas eran ciertas.

—Muchacho —dijo de pronto Alois—, no la metas en un compromiso.

Amalie miró a su abuelo atónita. ¿A qué venían esas palabras que se le antojaron burlonas? ¡La situación era al contrario!

—Según mi padrino, es ella la que puede llevarme a una obligación indeseada.

Alois no había advertido el tono jocoso de Karl, pero Amalie sí.

—Tienes una fortuna muy apetitosa —le replicó para molestarlo—. Y un título nada despreciable —concluyó.

Karl la miró curioso al observar el tono irónico de ella. Todavía no se había abierto ni leído el testamento de su padre. Quizás la herencia se había evaporado. Quizás había acumulado tantas deudas que no podría mantener ni siquiera Linz... y no le importó, como a ella.

Descubrirlo le quitó un peso de encima.

Alois miraba al hombre que estaba plantado frente a su nieta desoyendo la advertencia firme del conde Salzach. Había cambiado mucho, sin embargo no había madurado un ápice en sentido común a la vista de los últimos acontecimientos. Recordó con exactitud las veces que había desobedecido órdenes para escaparse a la casita del lago y pasar todo el tiempo que pudiera con él y con la pequeña, la niña que lo adoraba como si fuera su hermano mayor. La que lo seguía a todas partes participando en cada travesura que se le ocurría a un muchacho que estaba desatendido y abandonado por su madre.

—El domingo pasaré a buscarte —le dijo él—. Te

llevaré a la iglesia, y cuando termine el oficio religioso recogeremos a Joseph en la estación.

—Será un placer acompañaros —le respondió Amalie.

Alois Moser miraba a uno y otro pensando qué se había perdido.

—Hasta entonces, cuídate. —Karl tomó la mano manchada de ella y se la llevó a los labios para besarla. A Amalie le hizo gracia el gesto—. Cuide esa pierna señor Moser.

Karl desapareció entre las filas de plantas, y el abuelo se quedó esperando una explicación que ella le ofreció encantada cuando oyó que la puerta de cristal del invernadero se cerraba.

—El domingo viene un amigo suyo de París, y desea que lo acompañe a conocerlo.

—No me gusta que desatiendas las advertencias del conde —le reprobó él.

—No se preocupe, abuelo —le dijo ella para consolarlo—. Hemos mantenido una conversación sincera. Karl ha comprendido el motivo para no vernos en Bramberg, sin embargo no sucederá nada malo por conocer a un amigo suyo que llega desde la ciudad de París.

El anciano comprendió lo que esa visita podría significar para Amalie: una ventana abierta a un mundo desconocido hasta entonces para ella.

—No me gusta su actitud —respondió él—. Me parece demasiado arrogante.

Amalie pensó que su abuelo se mostraba quisquilloso en demasía.

—Tiene veinticinco años y es el heredero del título Wienerwald, puede permitirse el lujo de mostrarse arrogante.

—Cumplirá veintiséis el próximo domingo.

Los ojos de Amalie se iluminaron. Ahora comprendía el motivo para que quisiera invitarla a comer en el mejor restaurante de Salzburgo junto a su amigo.

—Ha sido todo un detalle que me lo dijeras —apuntó.

—¿Acaso él no lo hizo? —le preguntó—. ¿No te habló de su próximo cumpleaños?

—Realmente sí —reconoció ella—, aunque me he mostrado un tanto torpe. No obstante, ¿cómo lo sabía usted?

—Su padrino piensa celebrar una fiesta sorpresa en Bramberg y lo ha anunciado a todo el servicio.

—Entiendo —contestó pensativa.

—Llevad cuidado y no deis motivos al conde para enojarse.

Amalie apretó los labios ante el recordatorio.

—Solo será una visita a la ciudad. Comeré en compañía de su amigo que viene de visita. Es simple cortesía.

—Eso espero, niña, eso espero.

Alois abandonó el invernadero y ella siguió plantando bulbos de jacinto en los diferentes tiestos.

Le gustaría que todo fuese como antes, pero ambos habían cambiado mucho. Ahora ya no era una niña, y tenía una responsabilidad que no podía eludir: cuidar de su abuelo. Si el conde deseaba que no mantuviera contacto con Karl en Bramberg, ella lo cumpliría, sin embargo, la ciudad era otro cantar.

De repente se sintió feliz, y continuó su labor con el corazón saltándole dentro del pecho.

Capítulo 6

El oficio religioso fue el más largo de su vida. Estaba ansiosa, expectante ante las próximas horas en compañía de Karl. Amalie se había sorprendido de que hubiese alquilado un carruaje, y él le había explicado que de ese modo el conde no podría seguir el rastro de ambos por Salzburgo.

El palacio de Bramberg estaba situado a las afueras de la ciudad, en un extenso paraje con valles y lleno de bosques frondosos.

—Deja de mirarme —le dijo ella cuando ambos estuvieron sentados frente a frente en el carruaje.

Iban camino de la estación del tren donde recogerían a Joseph von Maron.

—Intento ver a la niña que dejé en Bramberg hace diez años. Siempre pensé que serías más alta.

Ella ladeó la cabeza para escudriñarlo mejor.

—En cambio tú has crecido demasiado.

—¿Te intimido?

—Si no te conociera tan bien podría responder que sí.

—En diez años una persona puede cambiar mucho.

Con esas palabras Karl le había revelado demasiado sobre sí mismo.

—Pero esa persona seguiría arrastrando las mismas cicatrices de siempre.

—Lo dices por mi madre —apuntó él.

—Por ambas madres —respondió ella con voz neutra.

—Los dos hemos perdido algo muy importante —admitió al fin.

—La tuya todavía vive, y la verás el próximo jueves.

El próximo jueves tendría lugar la lectura del testamento de su padre.

—Creo que no me va a gustar su contenido.

—Es posible que te sorprenda —lo animó Amalie.

—En ocasiones me gustaría disfrutar de tu libertad —confesó en voz baja.

A ella le parecieron ilógicas sus palabras. Él continuó:

—Nada te ata. Tomas tus propias decisiones sin rendir cuentas a un padre o a una madre. Te envidio.

Amalie entrecerró los párpados.

—Extrañas palabras de alguien que lo tiene todo....

Ella no quiso continuar y por eso dejó la frase inconclusa. Un silencio prolongado se extendió entre ambos.

—Por ese motivo te envidio, porque no lo tienes todo.

—Has sido y eres un hombre afortunado —comenzó Amalie—. Has disfrutado de tu padre, sigues teniendo a tu madre. Nunca te ha faltado nada. Me parece muy egoísta ese pensamiento ingrato hacia todo lo que te han dado.

Las palabras femeninas le removieron un sentimiento profundo. Karl se inclinó hacia ella. El carruaje de alquiler era demasiado pequeño, tanto que las rodillas de ambos se tocaban. Tomó las manos de ella y se inclinó hacia adelante. Como Amalie se mantenía erguida hacia atrás, él tiró de sus manos para atraerla hacia él.

Las cabezas de los dos quedaron tan juntas que ambas bocas intercambiaron alientos.

—Toda mi vida te he envidiado, pequeña Amalie. —La confesión la pilló con la guardia baja—. Eras la niña humilde que siempre reía —continuó él—. Me gustaba tu casa. Tu abuelo. Todo lo que te rodeaba.

Ella lo interrumpió.

—La casita del conde Salzach.

Karl rio por la aclaración.

—¡Eras feliz con tan poco!

Ninguno de los dos apartó los ojos. La mirada azul estaba clavada en la mirada color miel, y lo que vio Amalie en su profundidad la apenó muchísimo. Advirtió una soledad inmensa, una sensación de desamparo brutal. De repente, Karl posó sus manos en los hombros de ella y la atrajo hacia él para besarla de forma tierna, dulce. Apenas un roce, pero instantes después, aplastó los labios contra los femeninos y la abrazó más fuerte. La encerró contra su pecho con desesperación.

La sorpresa inundó el corazón femenino, y, sin ser consciente, entreabrió los labios. Karl terminó de rodillas frente a ella y apretándola a su torso. Sin previo aviso, las manos de Amalie se posaron en el pecho masculino y lo empujaron hacia atrás. Él acabó el beso, reticente aunque no arrepentido.

—¿Por qué has hecho algo así? —le preguntó ella con un hilo de voz.

Karl volvió a sentarse y deshizo el contacto que mantenían.

—Porque deseaba hacerlo desde que contemplé tu rostro bajo el sombrero de paja de un jornalero.

Ella se tocó los labios todavía atónita. Se le había acelerado el corazón. Sentía sus pulsaciones en el cuello.

—No vuelvas a hacerlo —le rogó sin dejar de mirarlo.

Karl le sostuvo la mirada con franca curiosidad. Él había deseado besarla desde que enfiló por el sendero que conducía a Bramberg. Desde que le había tirado la pala de estiércol. Desde que había contemplado su rostro cuando lo había visto desnudo en su alcoba. Deseaba besarla incluso después de hacerlo, sin embargo parecía que a ella le disgustaba.

—Considero el beso como un regalo de cumpleaños anticipado.

Ella se mantuvo en silencio un instante, y después le replicó.

—No puedes considerarlo un regalo porque no ha sido entregado voluntariamente.

Karl apoyó la espalda en el mullido respaldo del carruaje. No pensaba disculparse por haberle robado un beso porque deseaba robarle muchos más.

—No pienso disculparme por ello, y te robaré alguno más antes de que finalice el día. Lo prometo.

El tono que había utilizado él no era serio, y el corazón femenino se aligeró un tanto. Ella rio al fin al escuchar su tono jocoso. Era imposible enojarse con él porque le hablaba con verdadero humor.

Tras el beso se había quedado muy desconcertada. Sin embargo, la conducta desenfadada de Karl le mostraba que no tenía de qué preocuparse. Seguían siendo los mismos amigos de la infancia.

—Como has mencionado antes, ya te has cobrado tu regalo, así que no esperes ninguno más de mi parte.

Las mejillas femeninas estaban ruborizadas, y Karl deseó que fuese por el deseo que había despertado y no por el enojo que había provocado con su acción impulsiva.

El carruaje se detuvo de golpe y el lacayo abrió la puerta. Karl bajó primero, después extendió su mano hacia ella para ayudarla a descender. El grito de Joseph von Maron le hizo girar el rostro. Ignoraba que el tren hubiese llegado ya a la estación.

Amalie observó al hombre que se dirigía directamente hacia ellos. Era alto y delgado, de cabello rubio y ojos claros, aunque bastante separados del puente de la nariz. Tenía el mentón cuadrado y los labios finos. Se plantó ante su amigo y lo estrechó en un fuerte abrazo.

—Por un momento pensé que te habías olvidado de que llegaba.

—Permíteme que te presente a una buena amiga —le respondió Karl—. Joseph, esta es Amalie Moser.

Joseph tomó la mano femenina y la sostuvo unos momentos antes de llevársela a los labios para besarla. La miraba intensamente. Observó el rostro con forma de corazón y parpadeó incrédulo.

—¡Por los ángeles! ¡Qué hermosa es!

Karl carraspeó algo incómodo porque no le gustaba en absoluto el descarado interés que mostraba su amigo por Amalie.

Había planeado llevarla al encuentro precisamente para poder estar al lado de ella. La llegada de su amigo le había parecido una bendición porque le suministraba la excusa perfecta, pero ahora ya no estaba tan seguro.

—Es un placer, señor von Maron.

Joseph von Maron seguía sin soltarle la mano.

Ella no quería retirarla bruscamente porque le daba vergüenza que algunos pasajeros que esperaban se percataran.

—¡Es la perfecta inspiración para un aria!

—¿Perdón? —inquirió ella. Amalie ignoraba qué significaba esa palabra que no había escuchado nunca.

Joseph le explicó raudo al ver la confusión femenina.

—Un aria es una pieza musical creada para ser cantada por una única voz.

Amalie se sonrojó violentamente. Seguía sin poder

soltar su mano. La mirada del amigo de Karl la violentaba.

—¿Dónde está tu equipaje, Joseph?

El hombre al fin dejó de mirarla embobado. Giró la cabeza y silbó a un mozo de cuadra. Este custodiaba varias maletas. Karl al verlas pensó que posiblemente su amigo había decidido establecerse por tiempo indefinido en Salzburgo.

—He reservado una mesa en el mejor restaurante de la ciudad —dijo Karl.

—Realmente estoy desfallecido —respondió Joseph sin dejar de mirar a Amalie, y Karl se preguntó si sus palabras se referían al alimento o a otra cosa de índole más personal como la muchacha que se encontraba en medio de los dos.

Sintió de pronto unas ganas feroces de protegerla de Joseph, de todos los hombres de Austria y Francia.

El lacayo y el cochero habían colocado las maletas en la parte posterior del carruaje y las habían asegurado con correas de piel. El lacayo abrió la puerta y la sostuvo para que subieran. Amalie lo hizo primero y se sentó justo en el centro para impedir que uno u otro se sentara a su lado. No quería darle la más mínima oportunidad al amigo de Karl de incomodarla.

Preveía que la comida iba a resultar larga y pesada si Joseph continuaba en ese empeño de mirarla embobado, pero se equivocó.

Durante el trayecto ambos hombres se dedicaron a conversar, y Amalie escuchó varios nombres femeninos, uno en especial: Michelle. Karl se mostró bastante incómodo ante la mirada inquisitiva de ella y sin saber que Joseph estaba siendo demasiado explícito a propósito.

—Está destrozada —dijo entre susurros, aunque lo suficientemente alto para que Amalie lo oyera—. Y espera ansiosa tu regreso. Tuve que convencerla para que desistiera de acompañarme.

Ella apretó los labios tratando de disimular una sonrisa. Joseph estaba retratando a Karl como un mujeriego empedernido. Nunca había visto a su amigo tan alterado, ni siquiera cuando lo vio desnudo. El recuerdo le tiñó las mejillas de rojo intenso y le provocó un cosquilleo en el vientre. Debió lanzar un gemido porque ambos hombres la miraron con inusitado interés. Ella trató de enmendar su desliz.

—He olvidado tu regalo de cumpleaños —dijo sin pensar.

Y Karl vio en esas palabras la oportunidad perfecta para llevarla a su terreno.

—Solo espero uno, y que dure mucho tiempo.

La referencia al beso anterior la puso todavía más incómoda.

Joseph miraba a uno y a otro sin comprender el doble juego de palabras.

Finalmente llegaron al centro de la ciudad, y tras bajar del carruaje, Joseph no pudo contener una exclamación entusiasta.

—Vivir en una ciudad tan hermosa tiene que ser un verdadero sueño.

Las palabras de admiración lograron que Amalie y

Karl se miraran. Ambos se vieron obligados a confesar lo poco que habían disfrutado de tanta belleza.

—El centro es una verdadera joya arquitectónica —le dijo Karl—. Podrás observar edificios que se conservan de épocas muy antiguas.

—Pero hay un lugar que debo visitar sobre todo —dijo Joseph—, la calle Getreidegasse.

En esa calle había nacido y vivido el mejor compositor hasta la fecha de toda Austria: Wolfgang Amadeus Mozart. El motivo principal para la visita de Joseph von Maron, que era su más ferviente admirador.

—Pero lo harás otro día, mi querido amigo. Ahora tomaremos un rico asado y después probarás la mejor tarta del mundo: Sachertorte.

Amalia se quedó extrañada. Por el nombre y apellido del amigo de Karl, ella había supuesto que era austriaco, sin embargo, debía de estar equivocada.

—Creía que era austriaco —dijo Amalie mientras aceptaba el brazo que Karl le ofrecía para acompañarla a la entrada del restaurante.

—He nacido en Innsbruck, pero mis progenitores se marcharon a París cuando mi padre fue nombrado delegado en el consulado.

El resto del tiempo pasó volando escuchando diversa información sobre la política en Francia. Desde hacía tres años, Napoleón III gobernaba sin oposición, en parte debido al control policial y a la censura de la prensa, y también por la mejoría económica de Francia. Karl había comentado que los triunfos en política exterior habían reforzado la política del emperador y que, al fallarle los apoyos tradicionales de la Iglesia y la burguesía, el gabinete imperial se inclinaba hacia la política liberal progresista en busca de nuevos apoyos.

Amalie se dio perfecta cuenta de lo ignorante que era en asuntos políticos, tanto dentro como fuera de Austria.

Un revuelo en la entrada logró que las tres personas que compartían mesa giraran sus rostros hacia el lugar donde estaba situado el recibidor para dar la bienvenida a los comensales antes de llevarlos a la mesa reservada. El rostro de Amalie palideció por completo. El conde Salzach seguido de un grupo acababa de hacer su entrada triunfal en el establecimiento.

Se dirigió directamente hacia ellos. Tanto Karl como Joseph se levantaron. Ella siguió sentada y mirando los cubiertos.

—Señorita Moser... —saludó el conde antes de continuar con Karl y el desconocido—. Qué sorpresa verlos en Belvedere.

Si la postura de Johann era tensa, sus palabras cortaban como el filo de una espada.

—La sorpresa es nuestra, padrino, pues resulta inusual verlo en un establecimiento público.

El tono de Karl había sonado insolente en respuesta a la mirada crítica de su padrino que seguía con los ojos clavados en la muchacha. El conde tenía muy presente la conversación que había mantenido con Alois y con la chica apenas unos días atrás.

—Creí que esta situación no se daría nunca.

Joseph miraba a Karl y al conde, que mantenían

una conversación extraña, pero, por algún motivo, le parecía que las palabras iban dirigidas a la muchacha que no se sentía capaz de alzar los ojos de la mesa.

—Me temo que tendré que tomar medidas drásticas al respecto —amenazó el conde.

Amalie sintió como si el cielo hubiera agitado su furia sobre ella.

—Me siento profundamente decepcionado, Karl.

Ella observó los puños de Karl, que se cerraron con fuerza. Alzó por fin el rostro y lo miró con creciente angustia. Una sirvienta como ella no podía estar en uno de los mejores restaurantes de Salzburgo en compañía de un noble. Y, precisamente, Karl estaba a un paso de cometer una gravísima imprudencia al responderle a su padrino por sus palabras. Lo supo al contemplar que tensaba el mentón hasta el punto de crujir los dientes. El brillo de sus ojos se había vuelto peligroso, y pensó en su abuelo. En la terrible situación en la que lo había colocado por aceptar almorzar con Karl y su amigo. Inspiró hondo y tomó una decisión para salvar el momento. Después se disculparía e imploraría clemencia, pero ahora únicamente podía pensar en su abuelo.

Amalie se levantó al fin y clavó sus pupilas negras en el conde Salzach mientras tomaba la mano del amigo de Karl que la miró atónito por la confianza que acababa de tomarse con él. Caminó un paso y se posicionó en medio de los hombres que la acompañaban.

—Señor von Laufen, permítame presentarle a mi prometido, Joseph von Maron.

Karl soltó un exabrupto e iba a interrumpirla cuando Joseph comprendió al fin lo que ocurría. Desconocía todo sobre la muchacha, sin embargo había observado la tensión en el frágil cuerpo de ella desde la entrada del noble al restaurante. Ignoraba el motivo para que ella mintiera de forma descarada y, cuando observó a su amigo, supo que Karl estaba a punto de cometer una tontería. Antes de que lo desmintiera, se le adelantó.

—Es un placer, señor von Laufen —correspondió de forma educada—. Amalie me ha hablado mucho sobre la gente que la rodea y lo feliz que se siente en un lugar tan hermoso como Bramberg —aventuró apresurado.

Karl miraba a uno y a otro sin entender qué diablos ocurría. Sintió el pequeño puntapié de Amalie y la miró intentando analizar qué le había pasado por la cabeza para mentir de forma tan vergonzosa.

Johann supo, por instinto, que lo estaban haciendo quedar como un tonto. No tenía la seguridad de saber si ella mentía o no porque la actuación del amigo de Karl era demasiado convincente. Finalmente, dejó de mirarla para centrar su atención en Joseph.

—Me alegra conocerlo —dijo el conde al fin—, y espero que disfrute de su estancia en la casita del lago... —Johann hizo una pequeña pausa intencionada—, la propiedad que ocupan su prometida y su abuelo en Bramberg y que tan amablemente les cedieron mis antepasados.

Karl entrecerró los ojos porque le parecía inaudito

el comportamiento de su padrino con Amalie. Parecía
como si la detestara y buscara pillarla en una falta grave. Tras unos momentos tensos, Johann se despidió y
se dio media vuelta. Junto a los hombres que lo acompañaban, ocupó la mesa que había reservada en el mejor lugar del establecimiento.

Amalie se sentó y bajó el rostro porque se sentía
mortificada hasta un punto increíble. Los dos hombres la imitaron.

—¿Por qué has hecho algo así? —le preguntó Karl
en voz baja.

Ella se tomó su tiempo en responder.

—Porque amo demasiado a mi abuelo para perju-
dicarlo —respondió—, y no pienso permitir que tus
acciones lo hagan.

Joseph miraba a uno y a otro esperando una explicación. Amalie alzó el rostro y lo miró con desconsue-
lo antes de narrarle lo que sucedía.

—Lamento que no se pueda hospedar en Bramberg
por mi culpa —le dijo apenada—. Pero quería evitar
que el conde despidiera a mi abuelo.

Joseph no la entendía, y ella continuó.

—Mi abuelo es el jardinero de Bramberg, y el señor
von Laufen lo despedirá si sospecha que trato de comprometer a Karl. Cree que busco su título y su fortuna
—confesó Amalie llena de turbación.

La luz había penetrado al fin en la mente del músico. Así que el noble trataba de proteger a su ahijado de
la muchacha. Toda la historia le parecía sumamente
interesante. Estaba deseando conocer los detalles.

—Podría hospedarme sin problemas en cualquier hotel de Salzburgo —admitió Joseph. Sin embargo, hospedarse en la misma casa de la muchacha le pareció mucho más interesante.

Pero Amalie negó varias veces con la cabeza. Ella había dicho una mentira, y tenía que mantenerla hasta que Joseph concluyera su visita y regresara a París.

—Será un placer tenerlo como invitado —le dijo la muchacha que seguía sin mirar a Karl—. La casita no es muy grande, pero nos apañaremos.

—¡Muchas gracias a los dos por mantenerme al margen como si fuese un pusilánime! —exclamó Karl ofendido hasta la médula.

Tanto Joseph como Amalie lo miraron con sorpresa al oír su tono áspero.

—No pienso permitir que mi abuelo pierda su puesto de trabajo por un capricho.

Las palabras femeninas sonaron enojadas.

—Soy perfectamente capaz de plantarle cara a mi padrino con respecto a mis amigos.

Amalie abrió la boca para protestar, pero la cerró un instante después. No podía comenzar una discusión con Karl en el restaurante porque podrían llamar demasiado la atención del conde, y era lo último que pretendía: avivar todavía más el fuego de la desconfianza que sentía este.

—Deseo marcharme —dijo de pronto.

Ya no soportaba la espera. Sentía la mirada del conde clavada en ella. Podía percibir con claridad la censura en sus ojos fríos. Ambos hombres secundaron la petición femenina. Joseph actuó como el caballero que era y le ofreció el brazo para que lo tomara después de haberle colocado la capa de lana sobre los hombros.

Amalie le sonrió, cándida. Salieron con paso firme, y ella sin mirar el lugar donde estaba sentado el hombre más despreciable de todo Salzburgo.

Capítulo 7

Alois Moser miraba a Karl, miraba a Joseph y miraba a su nieta que no podía mantenerse quieta. Paseaba de un lugar a otro de la estancia visiblemente nerviosa. Le habían explicado quién era el joven que los acompañaba, y por qué motivo debía hospedarse como invitado en la casita del lago. Karl había protestado enérgicamente, pero Amalie lo había silenciado con sus argumentos lógicos. Bramberg era propiedad del conde Salzach, y Karl era un invitado en el palacio. No podía imponer la presencia de Joseph cuando ella había interferido en sentido contrario.

—¡Esto es una sandez! —exclamó Karl, que no quería claudicar.

Joseph era su amigo y debía hospedarse en Bramberg.

—Os advertí que llevarais cuidado —sentenció el anciano sin dejar de mirar a su nieta que seguía en su ir y venir—. Y mirad el caso que me habéis hecho.

—De verdad que estoy encantado de estar aquí como invitado.

Las palabras de Joseph no ayudaban mucho en el estado de ánimo de Karl, que se sentía furioso con su padrino.

Amalie y él eran amigos desde la infancia. No había nada perverso en la amistad que se profesaban, y le encolerizaba no saber cómo hacérselo entender a su padrino. Amalie paró sus pasos de pronto y se giró hacia los tres hombres.

—Cometí una imprudencia que debo pagar —admitió dolida—. Y no pienso darle un motivo más al conde para que sospeche que guardo aviesas intenciones.

Karl caminó un paso hacia ella con un brillo enigmático en los ojos.

—Cometiste una imprudencia al mentir —corroboró él—. Otra más al no permitirme que explicara mi actitud.

Amalie sintió como una bofetada las palabras de él.

—Mientras te hospedes en Bramberg no pienso permitir que pongas en peligro nuestra situación. No le daré a tu padrino una sola razón para que nos eche a la calle.

Karl respiró hondo varias veces. Las palabras femeninas eran ciertas. Él era un invitado del conde, y debía respetar sus decisiones. También las de Amalie, aunque estuviera en desacuerdo con ellas.

—Mi padrino aceptará que no vas tras mi título y mi dinero.

El anciano y Joseph se quedaron mirando a Karl con asombro. Sus palabras podían interpretarse de otro modo muy distinto, sin embargo, Amalie no se había percatado del pequeño matiz.

—Soy una sirvienta —admitió ella en un tono claro y firme—. Cuando era una niña de ocho años —le recordó— podíamos ser amigos. Ahora es imposible.

Karl se encolerizaba cada vez más. Él podía decidir quienes eran sus amigos y quienes no, y la actitud de ella lo exasperaba.

—Eres mi amiga —la corrigió este—. Aprecio a tu abuelo, y no permitiré que mi padrino condicione mi vida y mis elecciones.

Amalie ya no tenía argumentos. Karl se empecinaba en mantener una amistad que les podía costar el trabajo y la vivienda. El noble leyó perfectamente la expresión femenina.

—Siempre habrá un lugar para vosotros en Linz —les dijo de pronto y sin prepararlos—. Cuando tome posesión de mi herencia como conde de Wienerwald, seréis contratados y se os suministrará una vivienda digna en mi propiedad.

Cada palabra dicha por Karl empeoraba más la situación.

—Nuestro hogar ha sido y será siempre Bramberg.

Las palabras del anciano sonaron duras, y como un desprecio se las tomó Amerling.

—No voy a renunciar —anunció con ojos entrecerrados.

En la estancia de la casita del lago crecía la tensión.

Subía el tono y se sucedían las miradas reprobatorias. Karl finalmente se dio media vuelta y salió por la puerta tan rápido que no les dio tiempo de saber qué había sucedido.

Amalie tomó la decisión de tratar de calmarlo, pues no quería que cometiera una imprudencia como la de enfrentar a su padrino en ese estado de ira porque todos saldrían perdiendo. Su abuelo y ella sobre todo.

—Trataré de serenarlo. Está demasiado enojado —dijo, e inmediatamente salió tras él.

Alois y Joseph se quedaron mirando la puerta abierta y la oscuridad que comenzaba a engullir las últimas horas de la tarde.

—¿Le apetece una infusión de manzanilla y menta? —Alois no permitió que le respondiera—. Tome asiento, se la traeré enseguida.

El joven obedeció y tomó asiento frente al hogar encendido. El día había resultado sorpresivo y lleno de ilógicos acontecimientos.

Amalie corrió tras Karl, que había despedido al cochero porque necesitaba calmar la cólera caminando. A cada paso que daba aumentaba su determinación de poner en su sitio, de una vez por todas, a su padrino.

—¡Espera, Karl!

La oyó tras él y decidió esperarla.

Había alcanzado la avenida de los castaños donde el pequeño riachuelo discurría manso.

—No deseo que te marches enojado.

Karl la observó correr hasta que se paró frente a él. Tenía la respiración agitada y el cabello desordenado.

—¡Estoy indignado! —le espetó de pronto—. Me has dejado frente a mi padrino como un estúpido.

Ella se temía una respuesta así. No le había dado opción a posicionarse, ni pensaba permitirle que lo hiciera.

—Fue lo único que se me ocurrió para salvar la situación.

Karl era consciente de que ella se refería al ridículo compromiso que había alegado para explicar su estancia en el restaurante.

—Mi padrino puede ser muchas cosas, pero no es un tonto ignorante.

Ella parpadeó, pues no entendía la respuesta de él.

—Sabe que Joseph es mi amigo. Sabe que viene de París, y sabe que tú nunca has salido de Bramberg.

Ahora fue Amalie la que se molestó. No había pensado en ninguno de esos detalles cuando tomó la decisión de proteger a su abuelo.

—Pero dio resultado, ¿no es cierto? —le preguntó alterada—. Ambos seguimos trabajando para el conde Salzach y continuamos disfrutando de la casita del lago.

Las pupilas de Karl ardían mientras la escudriñaban con atención. Observó el pecho femenino que subía y bajaba por el esfuerzo que había realizado en la carrera para alcanzarlo. Tenía algunos mechones fuera del recogido y las mejillas encendidas. ¡Estaba adorable! Y la muy necia creía que controlaba la situación con su padrino. Si el conde de Salzach buscaba una excusa para echarlos de la propiedad, no se detendría ante nada para hacerlo, y para él había quedado claro que esa era la decisión que había tomado aunque ignoraba cuándo y por qué.

—Yo elijo las personas que han estado, están y seguirán en mi vida —afirmó de pronto, con expresión muy seria.

—Y esa resolución es del todo aceptable y digna —le respondió ella—, sin embargo, al menos, mientras estés en Bramberg, debemos respetar la decisión del conde.

—No voy a renunciar.

—No nos obligues a renunciar a nosotros a todo lo que conocemos.

—No tienes que temer por el trabajo de tu abuelo —le recordó él—, siempre tendréis un hogar en Linz —aseveró.

Ella le sonrió cándida. Todavía no sabía qué contenía el testamento de su padre y ya tomaba decisiones como si fuera el conde de Wienerwald.

—Por favor —le rogó con humildad—. No te enfrentes a tu padrino por nosotros. Deja que pase el tiempo.

Él la miró todavía más intensamente. Puso sus manos en los hombros femeninos y la atrajo hacia él con un pequeño tirón. Era tan frágil que sentía unos enormes deseos de protegerla.

—Eso va a suceder tarde o temprano —admitió sin una duda.

Ella resopló impaciente. En el pasado había detestado esa vena orgullosa que no lo conducía a ningún lugar salvo a la frustración.

—Al menos espera hasta que seas conde para recibirnos como tus más leales servidores.

Esas palabras lo molestaron por completo.

—¡Soy el conde de Wienerwald! —exclamó—. Olvidas que mi padre está muerto —le recordó en un tono elevado que la llenó de pesar.

—No pretendía enojarte —se excusó ella.

—Entonces calla de una vez...

La boca masculina apresó la femenina con una fuerza que se tornó en pasión en el mismo instante que los labios se tocaron.

Amalie no pudo emitir una sola protesta. Estaba superada en emociones al sentirse invadida por la lengua de Karl que buscaba en su interior como si intentara encontrar un tesoro. La abrazó con tal fuerza que se sintió aplastada contra su pecho firme, rodeada por sus fuertes brazos que le impedían moverse, como si quisiera eliminar su enfado con esa acción. La besó como nunca la habían besado: con ira, pasión y una dulce locura.

Karl le mordió el labio inferior de forma delicada, extasiándose con el sabor femenino. Había acumulado tal enfado a lo largo del día que lo único que había encontrado para apaciguarlo era perderse en la boca femenina. Le gustaba mucho como se adaptaba a sus brazos, como si hubiera sido moldeada expresamente para ellos. Adoraba olerla, saborearla. Había sentido un impulso, y lo había seguido sin pensar en nada más.

Karl profundizó el beso hasta un grado que apenas le permitía un respiro, como si necesitara saciarse del néctar que guardaba en su exquisito interior, doblegarla ante sus requerimientos. Percibió que ella se quedaba floja en sus brazos y un deseo abrumador estalló en su vientre pillándolo por sorpresa. Sintió los dedos femeninos que se enredaban en sus cabellos, que los sujetaban y tiraban de ellos para inclinarlo más hacia ella.

Su cuerpo despertó a la vida y la encerró todavía más en sus brazos. Cuando finalizó el beso, ella se quedó con la cabeza recostada en su pecho. Sin pronunciar palabra, sintiendo los latidos desacompasados de su corazón que no se recuperaba del shock que había recibido.

—Amalie... —comenzó él, pero ella no le permitió continuar.

Le puso un dedo en los labios y lo miró con ojos brillantes.

—Shhh, no te disculpes. No es necesario.

Él no pensaba hacerlo. Había sentido la imperiosa necesidad de besarla y se había rendido a la pasión.

—Amalie... —insistió, sin embargo, ella lo conminó a que guardara silencio.

La muchacha tenía miedo de lo que pudiera decirle. No esperaba una disculpa ni una declaración. No esperaba nada, y, antes de que él pudiera estropearlo, decidió por él. Necesitaba poner distancia entre ambos.

—Espero que te haya gustado mi regalo de cumpleaños —le dijo de pronto.

Ella percibió que se ponía tenso. Que la sujetaba más firme y que la miraba como si le hubiera crecido un cuerno en la frente. Observó que se tomaba su tiempo en responder, que entrecerraba los ojos hasta reducirlos a una línea que por momentos se tornaba peligrosa.

—No me has dado un regalo de cumpleaños —le espetó algo desabrido—, lo he tomado yo.

Continuaba sin soltarla.

—Entonces, permite que sea yo la que te lo ofrezca ahora.

Amalie abrazó el cuello masculino y lo inclinó hacia ella. Karl era bastante más alto. Cuando tuvo la boca de él a un escaso centímetro de la suya, exhaló el aliento que había estado conteniendo. El hombre se lo bebió como si lo necesitara para seguir respirando. Ella se acercó todavía más y lo rozó apenas en un gesto. Se separó otro tanto y se lamió el labio superior indecisa.

—Feliz cumpleaños.

Un segundo después ambas bocas volvían a fundirse para ser una sola.

Cuando se separaron, ella no le permitió continuar.

—Buenas noches, Karl.

Se giró y enfiló por el sendero que la llevaba a la casita. Karl no sabía qué huracán lo había azotado, porque estaba clavado al suelo sin poder moverse.

Capítulo 8

Desde la noche de su cumpleaños, Karl no había vuelto a ver a Amalie, y no porque no la buscara, sino porque ella se escondía de él. Tras el apasionado beso que habían compartido, tras el aliento de vida que habían intercambiado, Amalie se había esfumado. No la había encontrado en el invernadero, los jardines o el huerto. Alois se había indignado con él. La buscaba de forma abierta, desesperada y decidió retirarle la palabra.

Cuando llegaba a la casita del lago en busca de Amalie, solo obtenía silencio. Y la esperaba durante horas, pero ella no aparecía. Tampoco sabía dónde o con quién iba Joseph. Como no se hospedaba en Bramberg, le había perdido la pista e ignoraba los lugares que había decidido visitar. Se desplazó varias veces a Salzburgo, lo buscó con interés, pero nada. Su mejor amiga y su mejor amigo estaban desaparecidos.

El banco había terminado de peritar el palacio de

Linz un día antes de la lectura del testamento. Su madre llegaría a última hora de la tarde y se hospedaría con él y con el conde hasta que todo concluyera.

—¿Me escuchas, muchacho? —Las palabras del conde lo sacaron de sus pensamientos.

—Disculpe, estaba distraído.

Johann observó a su ahijado sin parpadear, tomando conciencia de la leve alteración que parecía sentir, y del continuo desvío de miradas hacia la puerta que permanecía cerrada.

—¿Qué te preocupa?

—La llegada de la mujer que me trajo al mundo.

A Johann le pareció muy significativo que omitiera la palabra madre.

—¿Regresará a Inglaterra en breve?

Él confiaba que así fuese. Su madre había estado lejos de él en los momentos que más la necesitaba, igual que su padre Max. Karl se había criado tan aislado y solo que encontró en una niña de ocho años a su mejor amiga. De repente clavó la vista en el precioso ramo de flores que había en el centro de la mesa de la enorme biblioteca, y lo miró con cierto asombro, pues las peonías le daban un aspecto un tanto extraño, como si desentonaran.

—¿Me estás escuchando?

La recriminación llegaba por segunda vez.

—Me pregunto por qué la señorita Moser ha colocado esas flores tan particulares teniendo un gusto tan exquisito.

Johann giró la cabeza y miró el ramo de flores sin

notar nada fuera de lugar. Era un ramo como otro cualquiera.

—Ha sido el viejo Alois —respondió el conde—. La doncella que se ocupa de las flores se marchó unos días a Viena a resolver unas cuestiones particulares de su abuelo.

—¿Cuestiones particulares? —inquirió Karl, interesado.

El conde siguió observando unos papeles como si la conversación fuera insignificante.

—Según me explicó el mismo Alois, una casa de empeños guardaba unos objetos personales que Gisela Moser había entregado a cambio de un préstamo monetario. Con la muerte de la mujer quedaron en el olvido, pero recientemente, tras la remodelación del pequeño negocio, apareció el recibo de inscripción con el total de la deuda.

Karl escuchaba con suma atención.

—Alois mencionó que a la casa de empeño le interesaba más el valor monetario que habían prestado que las pertenencias personales de la mujer. Se pusieron en contacto con él, y la nieta decidió recuperar los objetos empeñados de su madre.

Karl respiró con alivio porque ahora comprendía el motivo de la desaparición de Amalie.

—Me hubiese gustado conocer a la madre de la señorita Moser —dijo Karl, pensativo. Cuando él llegó por primera vez a Bramberg, la madre de Amalie ya había muerto.

—Yo tampoco la recuerdo —admitió el conde—.

La última vez que vi a la hija de Alois debía tener unos doce años.

—¿Vivía en la casita del lago? —preguntó Karl.

Johann trató de hacer memoria. Por esa época, él había comenzado su entrenamiento militar bajo las órdenes del emperador.

—Los Moser siempre han vivido en la casita del lago —contestó Johann—. Sin embargo, cuando tiempo después regresé de Viena a Bramberg creo recordar que mi padre había decidido costear la preparación de la muchacha en una escuela de Salzburgo para señoritas de baja cuna.

—Un gesto loable del anterior conde Salzach —terció Karl—. Imagino que Amalie se parece a su madre —dijo sin percatarse de que su tono de voz había sonado demasiado íntimo.

Johann observó a su ahijado con ojos entrecerrados. Le parecía muy esclarecedora la conversación que mantenían y decidió atajarla de inmediato.

—Ignoro si se parece porque la última imagen que tengo de Gisela Moser era cuando tenía doce o trece años —respondió con sequedad—. Aunque tampoco es que me importase mucho.

Sin embargo, Karl insistió en indagar y conocer más detalles sobre la familia de Amalie.

—Sé por el viejo Alois que su hija llegó a ser dama de compañía de la emperatriz María Ana hasta que cayó en desgracia.

Johann hizo girar el líquido que contenía su copa perdido en sus pensamientos.

—Es raro que no coincidieran en la corte de Viena. ¿No le parece? —insistió Karl.

—Yo regresaba a Viena de tanto en tanto porque me encontraba en Budapest. Era parte de la delegación diplomática que había enviado el emperador para controlar a los nobles húngaros que se habían sublevado, y si la señorita Moser estaba en la corte por aquel entonces, jamás la vi.

A Karl le parecía extraño que no hubiesen coincidido el conde y la hija de Alois en Viena.

—No obstante —remarcó Johann—, aunque la hubiese visto no la habría reconocido.

—Es una pena —dijo Karl de pronto—. Si hubiese tenido un amigo allí en la corte, igual no hubiese caído en desgracia.

Johann lo miró con franca curiosidad al escuchar su comentario. Dejó la copa sobre la mesa porque el licor se había calentado.

—¿Por qué dices algo así?

—Porque los caballeros suelen aprovecharse de mujeres indefensas, solas.

—Las damas de la emperatriz no suelen distinguirse por su moral —replicó el conde—. Incluso yo mismo tuve una amante que era dama de compañía de la emperatriz María Ana.

Karl abrió los ojos de par en par al escuchar a su padrino. ¿Johann von Laufen había tenido una amante?, se preguntó asombrado.

—Era una muchacha que solo aspiraba a pasar buenos momentos con un amante joven antes de sus esponsales con un duque que, por edad, podría ser su padre.

Karl miró a su padrino estupefacto.

Johann se había enamorado profundamente de la joven dama, pero esta ya estaba comprometida aunque él lo ignorara. Lo abandonó sin darle una sola explicación cuando tuvo que marcharse de nuevo a Budapest. La mujer había regresado a Innsbruck sin despedirse. Él nunca se había recuperado de la traición.

—No todas las mujeres actúan movidas por el interés —matizó Karl, serio.

—La gran mayoría, hijo —respondió el conde—. La gran mayoría.

Karl decidió cambiar de tema.

—¿Amalie se ha marchado sola a Salzburgo?

—Lo ignoro —respondió el conde seco—, aunque es de suponer que la acompañará su prometido.

Karl apretó los labios furioso. Si ella se lo hubiera pedido, él la habría acompañado gustoso, pero no, había preferido ir con Joseph y le molestó la sola posibilidad de que él tratara de conquistarla.

Karl soltó el aire de forma abrupta al darse cuenta del significado de sus pensamientos. Johann lo miró con extrañeza ante su comportamiento inusual.

—¿Te encuentras bien?

No pudo responderle. Seguía inmerso en pensamientos contradictorios ante el sentimiento que descubría por primera vez: los celos.

—¡Maldita sea! —masculló ofendido consigo mismo por ser tan visceral y posesivo con respecto a ella.

—¿Qué ocurre? —se interesó el conde.

Karl inspiró hondo y se giró un tercio hacia la ventana. Le parecía increíble que Johann no se percatara de que cada pensamiento que tenía era para la hermosa doncella de las flores, para Amalie Moser. Como le había prometido que se comportaría bien para que su padrino se tranquilizara, le replicó:

—Esta espera me tiene desquiciado —admitió.

Johann sondeó la expresión del hombre tratando de avistar algo que creía que se le escapaba.

—Mañana tendrá lugar la lectura del testamento, y la espera habrá finalizado.

Karl cruzó las manos en la espalda y miró a su padrino de forma directa.

—Ya lo estoy deseando —le respondió con voz grave—. Deseo zanjar este asunto y que todo vuelva a la normalidad.

Johann dejó los papeles que sujetaba encima de la mesa del escritorio y caminó hacia la mesita auxiliar que contenía las botellas de licor. Se sirvió un coñac, y cuando le preguntó a su ahijado si deseaba beber algo, este le respondió que no.

—¿Piensas regresar a París?

Karl no respondió de inmediato porque esa había sido su intención antes de llegar a Salzburgo, sin embargo, ahora creía que no tenía sentido regresar. Como conde de Wienerwald debía ocuparse de los asuntos de su padre, de la herencia, y de continuar la línea de sucesión.

—No creo que regrese —respondió en voz baja.

Desde su llegada a Bramberg todo había cambiado. El muchacho que se marchó a París diez años atrás ya no estaba. Había desaparecido. En su lugar había regresado un hombre lleno de dudas y de despecho por el pasado, y que comenzaba a sentir algo muy profundo por una muchacha que, según la nobleza, estaba muy por debajo de su escala social. «Siempre fue especial para mí», se dijo Karl, sin percatarse de que sus ojos comenzaban a adquirir un brillo de pasión que llamó poderosamente la atención de su padrino.

Johann no tenía la menor duda de que su ahijado se estaba interesando demasiado en la doncella de las flores del palacio de Bramberg. Era un sentimiento que él debía arrancar de raíz. Se lo debía a su padre.

—Es mi obligación velar por tu futuro.

Las palabras del conde lo trajeron de forma brusca al presente.

—Soy el más interesado —contestó él—, en lograr que mi futuro esté lleno de felicidad. En tomar las decisiones correctas para no arrepentirme después el resto de mi vida por aquellas que no tomé. No debe preocuparse por ello.

Johann no captó la doble intención de las palabras de Karl.

Ambos hombres se quedaron en silencio durante un largo periodo de tiempo.

Amalie no pudo resistir una risa ante el galanteo de Joseph. Que la hubiera acompañado había sido una buena elección, pues resultó de gran ayuda con el comerciante. Tenía entre sus manos la cajita que había pertenecido a su madre. Le había costado varias coronas que había ahorrado con mucho esfuerzo, pero estaba muy feliz de tener los empeños de su madre en sus manos. Estaba deseando llegar a la casita, encerrarse en su habitación, y ver el contenido. No lo había hecho, a pesar de los enormes deseos que sentía, porque se sentía turbada de hacerlo delante de un extraño.

—Daría una corona por conocer sus pensamientos.

Ambos se pararon antes de cruzar la calle porque venía un carruaje demasiado rápido. Amalie apretó la caja de metal junto a su regazo.

Viena era demasiado grande y caótica. Era la primera vez que la visitaba. Sin embargo, había disfrutado mucho del corto viaje, de hospedarse en la pequeña pensión, de comer las pastas rellenas que tanto la habían entusiasmado. No obstante, era el momento de regresar a Salzburgo.

—Son pensamientos sobre mi madre —respondió ella.

—Debió ser una mujer muy hermosa.

—Eso dice mi abuelo, aunque yo no la recuerdo porque era demasiado pequeña cuando murió.

—Lo lamento mucho —se condolió el joven—. ¿De qué murió?

Amalie no quería hablar sobre su madre si bien respondió la pregunta de Joseph.

—Sucumbió a una neumonía —le dijo apresurada—.

Hábleme sobre usted —le pidió, de pronto, mientras seguían caminando por una calle arbolada muy bonita.

Al fondo había un pequeño parque cercano a la estación. Joseph la dirigió hacia allí. Le apetecía sentarse en un banco junto a ella y mirarla durante un tiempo.

Amalie aceptó hacer un alto y descansar. El tren que los llevaría de regreso a Salzburgo saldría en un par de horas.

Cuando los dos estuvieron sentados y rodeados por hermosas flores, Joseph comenzó a desgranar su vida pasada.

—Nací en Innsbruck —comenzó él—. No he tenido hermanos y quizás por eso, desde bien pequeño, aprendí a tocar el piano con mi padre. Con doce años ingresé en el Conservatorio de París. Con catorce interpreté para el primer ministro de París un concierto para piano del maestro Mozart, el ídolo al que siempre admiraré.

—Imagino que la pieza que interpretó sería muy difícil —a Amalie le daba vergüenza admitir que no era una experta en música—. ¿Es el compositor que más le gusta? ¿Es porque es austriaco?

Joseph inspiró antes de responder.

—En la historia será recordado por su estilo propio, y por el carácter independiente que logró transmitir en su música. Algo que deseo lograr con la mía.

—Es curioso —dijo ella—. El maestro es nacido en Salzburgo y conozco muy poco sobre él.

—Eso es algo que debemos remediar pronto, ¿no le parece?

Ella le mostró una sonrisa genuina.

—Hábleme sobre sus padres.

Hizo lo que Amalie le pidió.

—Mi padre era hijo de un acaudalado comerciante de zapatos de Viena, que lo obligó a cursar estudios de Derecho y Teología. Mi padre, a la vez que estudiaba en la universidad, recibía a escondidas lecciones de música. Sin embargo, nunca pudo dedicarse a lo que realmente era su pasión. Cuando terminó sus estudios, mi abuelo logró que ingresara en la política. Poco después de nacer yo fue enviado a París como diplomático. Mi madre era hija de un banquero oriundo de Mannheim. Tuvo una infancia tranquila y feliz, pues la buena situación económica de su familia le permitió viajar y visitar media Europa antes de conocer a mi padre y casarse con él.

—Una familia muy interesante —le dijo ella.

—Una familia muy normal —la rectificó él—. Ahora, hábleme de la suya.

Amalie se pasó la lengua por el labio inferior. Hablar sobre ella y su familia no le gustaba mucho, pero, como Joseph había sido tan amable al hablarle de la suya, juzgó que se lo debía.

—Los Moser han vivido siempre en Bramberg —dijo ella con un tono melancólico—. Mi madre Gisela fue una mujer afortunada porque el anterior conde Salzach, que era amigo de mi abuelo Alois, decidió pagarle los estudios para que se construyera un futuro digno. Llegó a ser dama de compañía de la emperatriz.

—Un puesto nada despreciable para una muchacha de condición humilde —terminó Joseph por ella,
ya que la veía bastante turbada.

—No obstante, cometió una estupidez: se enamoró
de un noble que era inalcanzable para ella. Se quedó
embarazada de mí, y tuvo que regresar con mi abuelo
para tenerme.

—Entonces eres noble.

Amalie miró de frente al joven músico y lo observó
detenidamente. La mueca que hizo ella de desprecio
resultó bastante elocuente.

—Eso es lo que mi madre le hizo creer a mi abuelo
para justificar su ligereza moral y su poco sentido de la
responsabilidad —respondió al fin, con una dureza
inusual en una muchacha de su talante—. Seguramente mi padre fue un mozo de cuadra con más labia para
engatusar a muchachas que ganas de trabajar —Amalie
estaba siendo demasiado dura con su madre—, cuando
mi madre descubrió que estaba encinta, lo abandonó
sin decirle nada.

Amalie hizo un chasquido con los dedos delante de
la cara de Joseph.

—¿Abandonó a tu padre? —le preguntó, tuteándo-
la por primera vez.

—Mi madre le contó a mi abuelo que se había enamorado, pero que le daba mucho miedo las mentiras
que le había dicho al hombre que me engendró. Mi
madre se hizo pasar por una mujer noble, hija de una
familia antigua muy rica. Para no enfrentar sus mentiras, aprovechó un viaje de él y regresó a Bramberg.

—¿Por qué motivo le mentiría? —preguntó este con ojos soñadores. Como músico, Joseph era todo un romántico—. Por amor. Aunque me parece inaudito que no esperara el regreso de él para contarle todo.

—Sus mentiras eran demasiado grandes. Cuando su embarazo fue evidente, tuvo que confesar todo a la emperatriz y regresar con mi abuelo. Le destrozó el corazón.

—Imagino el mal trago que debió pasar. Los chismes a los que debió enfrentarse en la corte.

—Logró resistir durante un tiempo empeñando todo lo que poseía, pero, cuando se vio desahuciada y sin trabajo con el que subsistir, tuvo que regresar al lugar donde pertenecía: Bramberg.

—Pienso en tu abuelo y en lo duro que debió resultarle.

Amalie también. Su madre había desperdiciado una excelente oportunidad de labrarse un buen futuro. Como dama de compañía de la emperatriz podría haber aspirado a un comerciante bueno y generoso. A un hombre honrado que la amase y protegiese por encima de todo. Pero no, tuvo que poner su mira en un hombre inadecuado para ella.

—Me parece abominable la conducta de algunos hombres —dijo de pronto Joseph.

Ella lo miró, asombrada por sus palabras. Él añadió:

—Yo nunca trataría a una mujer de forma deshonrosa.

—Mi abuelo dice que hay personas que no saben controlar los deseos pasionales. Que se dejan guiar por ellos, sean hombres o mujeres.

—Es una forma de disculpar a tu madre.

—Y a mi padre, sea quien sea.

—¿No sientes deseos de conocerlo?

—En absoluto —respondió, firme—. No deseo indagar en las miserias de mi pasado. Una persona que desconoce es una persona más feliz.

—Tu actitud es del todo razonable.

—¿Regresamos?

—Antes quiero mostrarte algo —le dijo él.

La tomó de la mano y la ayudó a levantarse del banco donde continuaba sentada.

—Se supone que ya hemos visto lo mejor de Viena.

—No este lugar.

Joseph comenzó a caminar rápido llevándola de la mano. Ella terminó por seguirlo con una sonrisa.

Capítulo 9

Alois estaba muy preocupado. Su nieta había llegado de Salzburgo ilusionada, con las mejillas teñidas de rosa y los ojos resplandecientes. El joven músico la miraba arrobado, y él creía ver en sus gestos un interés hacia Amalie bastante significativo y que lo llenaba de expectativas. Le parecía un joven de buena familia. Bien educado. Atractivo. Con una profesión digna, y que a él le gustaba especialmente porque podría llegar a ser en el futuro músico de la corte de Viena. Tal vez llegara a ser un hombre importante.

Alois suspiró profundamente. Siempre se encontraba soñando un destino próspero para su nieta. Sin embargo, después del té, Amalie se había disculpado para encerrarse en su habitación y abrir la caja de su madre que había recuperado de la casa de empeños. Desde entonces su humor había sufrido un cambio completo. Se había apagado el brillo de sus pupilas. Había perdido el color del rostro, y se paseaba por la casa como un alma en pena. Él había insistido, pero ella no soltaba prenda. El invitado también la observaba con rostro serio porque Amalie no era la misma muchacha que se había marchado a Viena.

Ignoraba qué contenía la caja que había recuperado de la casa de empeños si bien, por el resultado, debía de contener en su interior piedras negras.

—En Bramberg se ha notado tu ausencia —le dijo Alois.

Amalie miró a su abuelo en silencio, con esa opacidad que ocultaba el brillo de sus ojos y que lo llenaba de enorme aprensión.

—Mañana a primera hora cambiaré los ramos —le respondió concisa.

Alois deseaba insistir, conocer qué contenía la dichosa caja, pero ella no quería compartirlo de momento con él, y debía respetarlo.

—He pensado en plantar clavelinas encarnadas.

Ella seguía sin escucharlo, perdida en pensamientos que debían de hacerla muy desgraciada a juzgar por la expresión de su juvenil rostro.

—Cuéntame qué te pasa, Amalie —le pidió el abuelo.

Entonces ella lo observó con ojos que hacían lanzar una maldición.

—Ya debe conocer Karl el contenido del testamento de su padre —dijo ella de pronto.

Alois supo que su nieta trataba de desviar la atención sobre su estado de ánimo.

—Hoy, finalmente, el joven Karl será conde de Wienerwald.

Amalie inclinó la cabeza mientras deshojaba unos tallos y le arrancaba las espinas para poder manipularlos mejor.

—Confío que su contenido sea el que espera.

—¿Como el que esperabas tú encontrar en la caja de tu madre?

Ella lo miró de pronto llena de dolor. Alois se preguntó por enésima vez el motivo.

—En la caja no había nada importante, por eso mi desilusión y pena.

El abuelo comprendió entonces el disgusto de su nieta. Amalie había perdido muchas coronas que tenía ahorradas para conseguir la caja de su madre de la casa de empeño, y esta estaba vacía

—Con ese dinero quería comprarle un buen abrigo —confesó ella.

—Ya tengo un buen abrigo —le respondió.

—No como el que tenía pensado.

Alois decidió no insistir más. Estaba convencido de que la angustia que observaba en su nieta no tenía que ver con el dinero malgastado. Su pena y decepción era por un motivo mucho más importante. Sin embargo, cambió de tema.

—¿Dónde se encuentra nuestro joven invitado?

Amalie tardó un momento en responder. Parpadeó varias veces para centrar su atención en la pregunta de su abuelo.

—En Bramberg —respondió con un hilo de voz—. Tenía muchos deseos de conversar con Karl después de nuestra llegada.

—El conde de Wienerwald —la rectificó el abuelo con cariño.

Ella no pudo evitar una sonrisa sincera. Pensar en que Karl se volviera tan estirado y egocéntrico como el conde Salzach le parecía imposible.

—Nunca podré pensar en él como conde —reconoció con una mueca burlona, gesto que arrancó al abuelo un suspiro de alivio—. Karl siempre será el muchacho que me traía trozos de tarta de la cocina de Bramberg.

—Espero que su padre haya sido un hombre cabal y no le haya dejado un patrimonio hipotecado.

Ella lo miró sorprendida. Nunca había pensado que la herencia de Karl pudiera sufrir dificultades económicas.

—El padre de Karl pasó demasiado tiempo en París desatendiendo sus negocios —le explicó Alois.

—¿Poseía mucho dinero? —preguntó ella, aunque sin un interés personal.

—Si el conde de Wienerwald cuidó sus propiedades y negocios, su heredero será un hombre incluso más rico que el conde Salzach. —Al escuchar el nombre, Amalie apretó los labios—. Sé cuánto te disgusta la actitud de Johann von Laufen —le dijo el abuelo—, si bien es comprensible que se preocupe por el futuro de su ahijado.

Ella no estaba disgustada con el conde Salzach por esos motivos sino por otros: su trato hacia la memoria de su madre. Sus palabras despectivas hacia ella, y la constante amenaza de echarlos de Bramberg por el especial cariño que sentía hacia Karl. No obstante, antes de poder responderle a su abuelo, la puerta de la calle se abrió con estrépito y Joseph von Maron entró raudo por ella. Tras él venían dos mozos de cuadra que sujetaban un piano. El joven músico les mostró a nieta y abuelo una sonrisa de oreja a oreja.

—Necesitamos un lugar donde colocarlo.

Alois y Amalie se miraron al unísono sin comprender qué hacía el instrumento musical en la puerta de la casa.

—Lo compré esta misma mañana —agregó Joseph.

Amalie parpadeó atónita. Ella no se había percatado de cuándo lo había comprado si ambos habían estado todo el tiempo juntos en la ciudad.

—¿No lo recuerdas? —le preguntó a ella.

La muchacha negó varias veces.

—Perteneció a un muchacho que murió el año pasado —le explicó él—. Sus padres no querían el instrumento que tanto les recordaba a él y decidieron regalarlo a una casa de empeño. La misma que tenía la caja de tu madre.

—Apenas queda sitio en el salón —dijo Amalie.

Joseph miró hacia la única pared que contenía una mecedora y una mesita auxiliar con un juego de té muy antiguo.

—Te ayudaré —se ofreció el abuelo adivinando las intenciones del joven.

—Sería mejor que el piano estuviese en Bramberg —dijo ella, con voz tan alterada como alterado sentía el corazón.

—Dudo que el conde Salzach decida cambiar el hermoso piano que adorna el salón de música de Bramberg por esta baratija —contestó el músico mientras ayudaba a los criados a colocar el instrumento pegado a la pared—. Es una pena que no tenga banqueta —se quejó mirando las teclas con reverencia.

Se giró hacia los mozos y les dio las gracias. Cuando se marcharon, cerró la puerta tras ellos y cogió una silla baja para acercarla al piano.

—Ahora comprobaré si desafina.

De pronto, las notas llenaron la pequeña casita del lago. Alois tomó otra silla y la colocó cerca del piano y se dispuso a escuchar la melodía que el joven interpretaba. Amalie imitó a su abuelo.

Karl se sentía furioso con su madre porque no había esperado ni una hora para marcharse de nuevo a Londres tras la lectura del testamento. La pequeña fortuna que le dejaba su padre la había hecho muy feliz. Maximilian von Amerling no tenía ninguna obligación de dejarle a su madre absolutamente nada, sin embargo se había mostrado generoso y falto de rencor a pesar de haberlo abandonado cuando él era un niño.

Incluso después de muerto, su padre lograba sorprenderlo.

En infinidad de ocasiones, como en esta, él no podía comprender la actitud de su progenitor. Ni aunque viviera cien vidas. Y se sentía herido en el corazón por sus últimas disposiciones para tomar posesión de la herencia que le pertenecía por derecho propio. Allí, tumbado en el lecho de la alcoba que le había asignado su padrino en Bramberg, se sentía enojado con todos, incluso consigo mismo. Toda la herencia de Amerling le pertenecía, pero no podría hacer uso de ella salvo que cumpliera la última cláusula del testamento de su padre.

Unos golpes en la puerta lograron sacarlo de sus pensamientos. Estuvo a punto de no responder a la llamada porque no le apetecía ver a nadie, sin embargo, se incorporó.

—Adelante —dijo.

La puerta se abrió con sigilo y Johann cruzó el umbral. Caminó varios pasos y se detuvo a los pies del lecho de su ahijado. Vio que Karl llevaba la misma ropa de la mañana aunque se había desatado el pañuelo y el chaleco. Tenía puestas las botas altas de montar, y se había enrollado a los brazos las mangas de la camisa. Su aspecto era lamentable. Parecía más un bohemio que un aristócrata.

—Te esperé para el almuerzo —le recriminó Johann.

Karl cerró los párpados durante un segundo antes de responder.

—No tenía apetito —reveló—, le hice llegar un recado con Paul para informarle de que me ausentaría del almuerzo.

Johann cruzó las manos en la espalda y miró la postura de su ahijado que estaba sentado en el blando colchón. Él también estaba sorprendido del contenido del testamento, pero comprendía los motivos de Max para no desear que su hijo regresara a París. Quería que tomara posesión del título y se estableciera en Linz de forma definitiva.

—El mayordomo me transmitió tu mensaje —dijo el conde—, pero te esperé de todas formas.

Karl optó por levantarse y caminar hacia el escritorio donde había una bandeja con dos vasos y una botella. Necesitaba tomar un trago. Le sirvió otra copa de coñac a su padrino que la tomó sin un titubeo.

—Comprendo que estés decepcionado —le dijo el conde.

—No estoy decepcionado sino furioso —respondió Karl.

—Tu padre solo quería proteger tu herencia —dijo el conde—. Y que te establecieras definitivamente en Linz.

—¿Obligándome a tomar por esposa a una austriaca que fuese de la absoluta elección de mi padrino?

La pregunta destilaba ira.

—Tu padre creyó que te establecerías de forma definitiva en París, y no podía permitirlo, por eso incluyó esa cláusula.

Karl bufó hastiado. Las exigencias de su padre le parecían inadmisibles.

—Yo, y solamente yo, elegiré a la mujer que ha de ser mi esposa.

—¡Por supuesto! —respondió Johann un poco envarado—. La disposición de tu padre no quiere decir en absoluto que yo deba elegir a la futura condesa de Wienerwald, sino que deberé aprobar tu elección como tu padrino.

—Esa disposición me parece intolerable.

—Todavía tienes tiempo —le recordó Johann.

Karl maldijo por lo bajo.

Su padre había incluido una cláusula donde especificaba que si en el plazo de seis meses tras la lectura del testamento no se casaba con una austriaca de noble linaje, sería desheredado. La inmensa fortuna de los Wienerwald iría a parar a una orden benéfica que ya había sido elegida con anterioridad. Él, que había estado preocupado por posibles deudas, por los diferentes negocios que tenía su padre, y resultaba que la única preocupación de su padre era a quién elegía él como futura condesa de Wienerwald.

—Organizaremos un baile en Bramberg —ofreció el conde en un tono de voz conciliador.

Karl lo miró lleno de resentimiento, aunque tal actitud no iba dedicada a su padrino.

—¡Cómo no! Un baile para mostrarme a las posibles damas casaderas llegadas de todos los rincones de Austria —espetó con amargura—. Como se expone en las ferias de ganado a los sementales.

Johann podía percibir lo dolido que estaba su ahijado con la última voluntad de su padre pero, si Karl hubiera sido su hijo, él hubiera actuado de la misma forma. Iba a ser un hombre muy rico e influyente y debía cuidar su patrimonio y herencia.

—Me gustaría que siguieras en Bramberg durante un tiempo —expresó Johann.

Para el conde, tener a su ahijado en su hogar era una forma de control. Si se marchaba a Linz le resultaría más difícil utilizar su influencia a la hora de escoger a una futura esposa.

A Karl la sugerencia de su padrino le pareció bien. No deseaba encerrarse en un mausoleo grande y deshabitado. Antes quería contratar a algunos restauradores para remodelar algunas partes que estaban castigadas por el abandono. También podría estar más tiempo con Amalie. Pedirle consejo porque, como amiga, era la más indicada para asesorarle, para ofrecerle el consuelo que necesitaba ante la decepción que sentía y la furia que lo embargaba.

—¿Se quedará mucho tiempo el prometido de la señorita Moser en la casita del lago?

Las palabras de Johann lo trajeron de vuelta al presente aunque de forma brusca. El testamento de su padre y su contenido le habían hecho olvidar a Joseph. El amigo de París que deseaba pasar un tiempo en Salzburgo, y que se hospedaba con Amalie por culpa de las sospechas de su padrino.

—Un par de semanas más. El contrato de trabajo que tiene en París no comienza hasta el próximo mes.

—No me has dicho a qué se dedica tu amigo ni cómo conoció a la señorita Moser.

Karl vio en la pregunta de su padrino una trampa. Sin embargo, él no pensaba dejar en evidencia a Amalie a pesar de que censuraba sus acciones. Joseph debía ser invitado en Bramberg y no estar hospedado en la casita del lago, aunque la mentira de Amalie había propiciado esto último.

—Joseph von Maron es un excelente músico —le explicó Karl—. Tiene en firme una oferta para ser maestro de capilla. Formará, gestionará y dirigirá al grupo de cantores e instrumentistas responsable de la música sacra en los oficios de Saint-Germain-des-Prés.

Johann parpadeó con asombro. Ser maestro de capilla era el paso previo a ser músico de la corte.

—Imagino que la señorita Moser agradecerá vivir en París. Es una ciudad que educa y refina a sus habitantes.

Karl miró a su padrino bastante molesto. Le parecía inaudito las constantes alusiones que hacía sobre Amalie y su futuro.

—Es posible que Joseph valore quedarse en Salzburgo —le replicó—, es un fiel admirador del maestro Wolfgang Amadeus Mozart. Su visita a Austria tiene mucho que ver con él.

—Llegué a pensar que su visita tenía que ver con su prometida.

Karl se percató del enorme error que había cometido, pero él no estaba acostumbrado a mentir ni a inventar historias.

—Todavía no me has contado cómo se conocieron el señor Joseph von Maron y la señorita Moser —insistió el conde.

Karl apuró la copa de un trago y dejó el cristal sobre la madera. Johann no había probado la suya. Seguía sosteniéndola entre las manos como si se tratara de un cáliz.

—Entiendo que la vida amorosa de la doncella de las flores no es de nuestra incumbencia —atajó Karl, dando el tema por concluido.

Johann no insistió al respecto. Le dijo a su ahijado que se preparara para cabalgar, este le hizo una inclinación de cabeza a modo de aceptación. No había sido una sugerencia sino una orden, sin embargo, en ese momento no le importó. Necesitaba despejar la cabeza.

Capítulo 10

A Amalie solo le quedaban por colocar los jarrones de la enorme biblioteca. Esa mañana había cortado orquídeas blancas y las había entremezclado con ramas de canela y hojas de naranjo. El aroma que desprendía impregnaba cada estancia donde las colocaba. Dio varios pasos hacia atrás para comprobar el resultado final mientras una leve sonrisa curvaba sus labios con satisfacción. Retiró de la mesa el ramo que había sustituido, que comenzaba a ajarse, y lo dejó caer en el cubo donde llevaba los restos.

Caminó hacia la mesa que utilizaba el conde para trabajar, y cambió la peonía por dos girasoles acompañados de unas ramas de laurel. El efecto era intenso pues atraía constantemente la mirada hacia el pequeño jarroncito de la esquina donde lo había colocado. Miró durante un segundo el reloj de la pared y se dio cuenta de que eran pasadas las diez. Había tardado más de lo normal en terminar los arreglos, pero las orquídeas eran tan delicadas que había que tratarlas con cuidado y tiempo. Recogió todo con pulcritud y se giró hacia la puerta de salida. Karl estaba apoyado en el quicio de la puerta mientras le ofrecía una mirada indescifrable.

—Llevo días buscándote. — Los ojos de ella se clavaron en el pasillo tras él—. Mi padrino no está en Bramberg —dijo él, al entender perfectamente la ansiedad de ella y, aunque la explicación tenía que haberla tranquilizado, no fue así.

—Ya he terminado los arreglos florales —le dijo ella—. Mi trabajo en la casa ha concluido.

Karl observó el hermoso ramo que Amalie había dispuesto y le pareció muy bonito y bien combinado.

Tenía un gusto exquisito para las flores.

—Las hojas de naranjo significan generosidad —apuntó él de pronto.

—El conde Salzach es un hombre generoso por excelencia —respondió ella.

—Pero combinado con las orquídeas blancas y las ramas del canelo, su significado cambia por completo, ¿no es así?

Amalie entrecerró los ojos, que él conociera tanto el lenguaje de las flores le extrañó bastante.

—Es inaudito que conozcas el significado de cada uno.

—Recuerdo cada uno de los ramos con los que me obsequiaste cuando querías decirme algo sin utilizar las palabras.

Ahora se sorprendió porque no esperaba que Karl

se acordara de los juegos que habían compartido en el pasado, ni tampoco de los mensajes que le ofrecía cuando estaba aprendiendo a conocer el lenguaje de las flores que tanto admiraba.

—La última flor que me obsequiaste antes de marcharme fue una anémona, ¿recuerdas?

Cómo iba a olvidarlo. Lloró muchas noches cuando él se marchó porque se quedó de nuevo sola. Era una niña que había aprendido a amar a un hermano que se había ido.

—Me sentí abandonada —le explicó—. Fue muy duro perderte como amigo, como el hermano mayor que nunca tuve.

Karl avanzó un par de pasos hacia donde estaba ella. Amalie seguía sosteniendo el cubo de madera entre sus manos. Todavía quedaban en él algunas flores frescas que no le habían hecho falta.

—Nunca me perdiste como amigo.

Ella suspiró profundamente.

—Te ruego que me disculpes si pensé de forma contraria a tu afirmación.

—¿Me rehúyes?

—¿Te extraña?

—Quería contarte lo que me encontré tras la lectura del testamento de mi padre...

Ella lo interrumpió.

—Siento que te hayas llevado una desilusión si tenías otras expectativas.

—... pero no estabas para ofrecerme el consuelo que necesitaba —concluyó él.

Los ojos azules de ella brillaron con tristeza.

—¿Son muchas las deudas? —inquirió de pronto.

Karl la miró extrañado. ¿Por qué hablaba de deudas?

—Mi padre ha hipotecado mi futuro —le explicó conciso.

Ella creyó entender otra cosa. Dejó la cubeta en el suelo y caminó hacia él profundamente afectada.

—Lamento escuchar eso —le dijo, sincera.

Amalie sabía que las fortunas, cuando no se protegían, desaparecían con una facilidad pasmosa. Para ella, que ahorrar unas coronas suponía un esfuerzo enorme, pensar en perder no unas sino miles de ellas la ponía enferma. Se imaginó cómo debía sentirte Karl.

—Ya no podré regresar a París —le dijo él, observando atentamente la reacción femenina. La pena que observó en sus ojos fue contrario a lo que esperaba.

¿No se alegraba de que se quedara en Austria?

—Piensa que siempre tendrás Linz —trató de consolarlo ella.

Karl había dejado su punto de apoyo en el marco de la puerta y dio el único paso que lo separaba de la muchacha. Le tomó las manos y las encerró entre las suyas. Las tenía frías, como las flores que había colocado en los jarrones. Trató de calentárselas llevándoselas a los labios y besándolas.

Amalie parpadeó azorada. La conducta de él la descentraba porque le parecía fuera de lugar.

—Voy a ser desheredado.

Tras la aseveración repentina, los labios de ella se

abrieron formando una perfecta «o». Karl le cerró la boca presionando la delicada barbilla.

—¿Por qué? —preguntó y exclamó al mismo tiempo.

—Debo contraer matrimonio antes de seis meses —fue su lacónica respuesta.

Amalie se había quedado desangelada. Parpadeó varias veces tratando de entender las palabras de Karl.

—¿Casarte...? ¿Seis meses? —ella no podía unir los hilos de sus pensamientos.

Karl comenzó a curvar sus labios en una creciente sonrisa al contemplar el caos que sus palabras habían causado.

—Mi padre dispuso una última cláusula en el testamento donde dejó establecido que debo casarme antes de seis meses con una dama austriaca si no quiero perder mi herencia de forma definitiva.

—¡No se puede desheredar a un hijo por no casarse!

Amalie trató de comprender las razones del padre de Karl para exigirle algo así.

—¡Cásate conmigo, Amalie! ¡Cásate conmigo y evitarás que caiga en la indigencia!

Ella lo miró estupefacta un instante, y después estalló en carcajadas. El semblante de Karl se endureció al escucharla, y reflejó perfectamente lo herido que se sentía por su respuesta.

—Uf, por un momento creí que lo decías en serio —objetó ella mucho más tranquila—. Me has dado un buen susto.

—¿Por qué piensas que bromeo?

Ella meditó un momento antes de responderle.

—Porque hablas del asunto demasiado a la ligera.

Karl bufó al comprender el razonamiento femenino. ¡Pensaba que se estaba burlando! ¡Increíble!

—Tengo que casarme en seis meses o seré vilmente desheredado.

Ella parpadeó una sola vez.

—¿Lo dices en serio? —todavía no se lo creía.

—Absolutamente.

Un silencio pesado pendió entre los dos. Amalie cambió el peso de su cuerpo de un pie hacia el otro, pero sin dejar de mirarlo.

—Tienes poco tiempo para buscarte una esposa apropiada —respondió ella entrecerrando los ojos—. Pero en Salzburgo hay algunas muchachas de buena familia en edad casadera.

—Te quiero a ti —contestó él completamente serio si bien ella no escuchaba.

—Algo precipitado, pero tienes tiempo...

Karl la tomó por los hombros y la atrajo hacia él. Dejó su boca tan cerca de la de ella que se bebía el aliento que exhalaba.

—¡Te quiero a ti!

Instantes después inclinó la cabeza hacia los labios femeninos y capturó su boca con un beso intenso y devorador.

Amalie no supo qué huracán pasó a su lado porque la elevó hacia lo alto de una forma vertiginosa. Los labios masculinos eran firmes, pero le mordían con infinita dulzura. Tuvo que sujetarse a las solapas de la chaqueta de Karl porque temió caer al suelo de rodillas si la soltaba. La lengua áspera y caliente le provocaba cientos de sensaciones en su estómago. Subían por su pecho y estallaban en su cerebro causándole una confusión tremenda. Debió gemir porque él intensificó el beso. La abrazó más fuerte y la pegó a su torso duro dejándola casi sin capacidad de respiración.

Cuando Karl finalizó el beso, el brillo de sus ojos no se había apagado ni un ápice. Ella tuvo que parpadear varias veces.

—Te quiero a ti —reiteró decidido.

Amalie no podía pensar. Seguía zozobrando sin sentido y completamente mareada. No era el primer beso que recibía de Karl aunque se había convertido en el más significativo. Estaba hecha un lío.

—Vas a ser mi esposa —aseveró sin duda alguna.

Amalie reaccionó al fin y regresó de la ensoñación en la que se encontraba.

—Soy una sirvienta —le recordó, con gesto enojado—, no puedo ser tu esposa. Además —continuó firme—, eres mi mejor amigo.

A Karl la palabra amigo nunca le había causado tanto disgusto.

—Los amigos no besan como te he besado yo —le contestó con sequedad.

—¡Ah! Pero no tengo modo de saberlo porque eres el primer y único amigo que lo hace.

Los ojos de Karl se iban entrecerrando a medida que la escuchaba.

Durante horas había pensado en la cláusula del testamento de su padre. En seis meses no se veía capaz de encontrar a una mujer cualificada, además, no quería a ninguna otra porque deseaba a Amalie. Para él era la única mujer en su vida, en su futuro. Lo supo en el mismo instante en que la descubrió con ropas de labriego. Era mirarla y sentir un deseo incontenible de besarla, de estrecharla entre sus brazos para siempre.

—He sido el primero en besarte y seré el único en hacerlo —le advirtió con una actitud dominante que la tomó por sorpresa.

—Eres un presuntuoso —le dijo Amalie, con humor, al comprobar que él estaba tan afectado por el beso como ella.

—Solo hay un escollo —le dijo él convencido de que ella había aceptado casarse con él—. Mi padrino debe dar su aprobación a la mujer que escoja como condesa de Wienerwald.

Ella regresó de golpe del lugar paradisiaco donde se encontraba tras el beso, e hizo algo completamente ilógico para él. Tomó la cubeta de madera y caminó deprisa hacia la puerta de salida de la estancia. Karl la miró perplejo. El silencio y los gestos mímicos de ella le parecieron cuanto menos desconcertantes.

—¡Amalie!

Pero ella no le contestó.

Lo dejó plantado en la biblioteca pensando qué clase de estupidez le habría cruzado por la cabeza.

Siguió caminando rauda para alcanzar la escalinata del jardín trasero del palacio. Necesitaba poner distancia entre ambos. Le había encantado el beso. Lo había disfrutado porque Karl era el primer amigo que la besaba. Le gustaba que la encerrara entre sus brazos porque le transmitía un sentimiento de protección como no había conocido nunca. No obstante, había olvidado que era un noble. Que se debía a su herencia y a la última voluntad de su padre, y por si fuera poco a la de su padrino.

Bufó, enojada consigo misma. Cuando ya invernadero, Karl la sujetó del brazo y la obligó a girarse hacia él. Había corrido tras ella cuando se recuperó de la sorpresa que sintió cuando Amalie lo dejó plantado.

Soltó el cubo de madera, que se volcó, y el resto de flores ajadas quedaron esparcidas por el suelo.

—¿Por qué reaccionas así? —le preguntó, lleno de interés.

Amalie colocó las manos en las caderas y lo miró sin ambages.

—Cada vez que oigo la palabra «padrino» me hierve la sangre —le contestó envarada—. Su amenaza de echarnos de Bramberg pende sobre mi abuelo de una forma que me produce escalofríos, porque no tendríamos a dónde ir. ¡Dependemos de su caridad! Y esa circunstancia me molesta hasta un punto inconcebible.

—Ya te mencioné que siempre tendréis un lugar en Linz —le recordó él, veloz y sin soltarla—. Acepta mi proposición y yo me encargaré de convencer a mi padrino de lo perfecta que eres.

Amalie lo observó con profunda pena.

—No deseo escuchar nada más sobre herencias, cláusulas... Soy una humilde doncella que ha de hacer su trabajo en Bramberg, y te ruego que no insistas más sobre el tema. Por favor, no hables de este asunto con tu padrino.

Karl la miró sin entenderla. Se envaró. Amalie era austriaca. Joven y hermosa. La perfecta compañera para él. Karl estaba convencido de que, si llevaba el asunto bien, su padrino terminaría cediendo en sus pretensiones. Pensaba presionarlo con todas sus fuerzas.

—Mi padre creyó que mi padrino era el más apropiado para controlarme y asesorarme a la hora de escoger una esposa adecuada, pero yo puedo convencerle de que eres la única mujer para mí.

Amalie trató de soltarse, pero él se lo impidió. La sujetó más fuerte y la aprisionó contra su pecho.

—Te amo, mi pequeña Amalie, desde que eras una niña. Desde que me miraste el primer día que regresé a Bramberg.

Ella no quería escucharlo. Se le hacía tan difícil ese cambio de actitud en él. Era su mejor amigo, y sin embargo, ahora se mostraba posesivo, directo e insistente. Amalie alzó la cabeza y lo miró con atención inusitada.

—Confundes afecto con amor —le respondió, contrita.

Karl hizo un gesto negativo al mismo tiempo que saboreaba el momento de tenerla encerrada entre sus brazos. Podría derrumbarse el techo del invernadero que a él no le importaba nada salvo ese momento de intimidad que compartían.

—No, corazón, sé muy bien dónde está la diferencia.

Acto seguido, Karl inclinó el rostro al encuentro de los labios femeninos y tomó posesión de ellos sin un asomo de remordimiento. Sin dejarle opción a que se negara. Lamió y mordisqueó. Chupó y succionó como si ella contuviera en su interior la fuente de la vida. Amalie volvió a encontrarse suspendida en el vacío, pero el brazo de Karl en su espalda la sujetaba. Percibió la sublime caricia, los dedos largos y tibios que descendían por su cuello y escote hasta abarcar su seno por la parte externa del tejido. El pezón se endureció al contacto y su garganta lanzó un gemido estrangulado. Cientos de puntos nerviosos en su vientre despertaron a la vez y la sumieron en un goce completamente nuevo para ella. No se percató al principio, pero los dedos hábiles de él comenzaron a separar la tela hasta que tocaron la piel caliente. Karl la reclinaba pero ignoraba hacia dónde, hasta que de pronto sus glúteos tocaron el borde de la mesa de madera y ella dejó descansar el peso de su cuerpo allí.

Con esa acción inconsciente le permitió a él un acceso a su cuerpo mucho mejor.

Quería decirle que parara. Ansiaba detener esa mano sobre su pecho que la volvía loca. Los dedos firmes le pellizcaban de forma tierna el pezón hasta tornarlo duro como un garbanzo. Pero él seguía besándola tan intensamente que obnubilaba sus sentidos, su capacidad de reacción a cualquier sentimiento que no fuera el deseo vivo y carnal que despertaba en su inexperto cuerpo.

—Te amo, Amalie... —le susurró sin dejar de besarla.

Cuando la mano abandonó la tersa piel de su seno y se dirigió hacia su cadera, levantándole la falda, quiso reaccionar, pero la caricia lenta y suave que ascendía por su muslo hasta llegar al vértice entre sus piernas le arrancó no una negativa, sino un gemido mucho más profundo.

—Quiero que seas mi esposa.

Ella no tenía voluntad. Se derretía entre los brazos de él, que sabían cómo arrancar una respuesta afirmativa a su inexperiencia. Y entre esa neblina de deseo y ansias, el recuerdo de su madre se filtró como un rayo hasta disipar el espeso poder de la lujuria. Movió la cabeza hacia un lado para finalizar el beso, pero Karl estaba tan excitado que aprovechó su gesto para tomar posesión del pezón que él había liberado anteriormente. Cuando se lo introdujo en la boca y lo succionó, el cuerpo de Amalie se convulsionó. Era maravillosa la sensación cálida y húmeda de los labios de él sobre esa zona tan sensible de su cuerpo. Movía la lengua sobre la cresta rosada como si tratara de sacar el hueso del interior de una jugosa cereza. Soltó el aliento de forma abrupta cuando lo mordisqueó. Sintió palpitaciones en su sexo y, cuando los dedos acariciaron la perla rosada que tan celosamente guardaba, Amalie estalló en miles de pedazos. Un intenso placer la recorrió de pies a cabeza. Había llegado de repente, aunque duró unos pocos segundos. Fue el placer más intenso que había sentido jamás. Al maremoto sensual le siguió un periodo de relajación, de satisfacción y de sosiego que la hizo estallar en lágrimas.

No quería abrir los ojos para no tener que enfrentar el rostro masculino. Tras el clímax lo detestaba, porque le había abierto una puerta que ella no deseaba cruzar. Ya no podría ver a Karl como el amigo de su infancia. Le había hecho sentir lo mismo que debió sentir su madre cuando se dejó seducir por un miserable.

—No llores, Amalie —le rogó él—, te amo.

Ella lloró más fuerte porque se sintió desdichada, avergonzada y sumida en una pena indescriptible.

—¡Déjame! —le suplicó apenas con un hilo de voz.

Karl le bajó el ruedo de la falda y le cubrió el seno expuesto.

—No te sientas avergonzada —le dijo él—, solo quería mostrarte que me deseas tanto como yo a ti. Que te amo y ansío que seas mi esposa.

Ella giró el rostro mientras se limpiaba las lágrimas con las manos. Estaba disgustada consigo misma, con él, con todos.

—No te imaginas la enorme herida que me has causado —le respondió, contrita.

Karl se separó un paso del cuerpo femenino que seguía apoyado en la mesa de madera. Le costó horrores dejar de acariciarla tras provocarle el orgasmo, porque se sentía arder por dentro. La fuerte erección que tenía le provocaba una incomodidad merecida. Se moría por hacerle el amor de forma lenta y pausada, por llevarla de nuevo a la cúspide del placer, pero con él enterrado en su dócil cuerpo....

—Herirte era lo último que pretendía —se sinceró—. Ya no soportaba que me vieras como el niño de quince años que te traía trozos de tarta.

Ella volvió a estallar en llanto. Tras unos instantes de amargas lágrimas se armó de valor para mirarlo. Los ojos de él despedían un brillo ardiente que la habría quemado si no se sintiera tan desgraciada e inmune a lo que le transmitían.

—Desde el primer beso, ya no podía verte como el amigo de mi infancia, y estoy enfadada porque me has quitado lo que más valoraba de ti —le reprochó, enojada.

—Te amo, Amalie —reiteró él—, y no descansaré hasta que aceptes casarte conmigo.

Él intentó acercarse y alzó uno de sus brazos para tocarla, pero ella manoteó para detenerlo.

—¡Vete! —exclamó—. Déjame para que mastique esta traición que has cometido conmigo.

—¡Amalie! —protestó él.

Ella lo miró con los ojos anegados en lágrimas.

—¡Vete! Por favor... —imploró.

Tras unos momentos de silencio entre ambos, finalmente Karl decidió dejarla a solas. Pero solo era un descanso en su ataque inicial, porque estaba decidido a derrumbar cada una de las defensas de ella hasta lograr que claudicara.

La amaba. Descubrirlo lo había llenado de inmensa dicha. E iba a lograr que ella sintiera lo mismo por él. Ese ataque a sus sentidos había sido el primero de muchos que vendrían. Karl estaba decidido a lograr que ella lo aceptara.

Capítulo 11

Amalie se conducía como un alma en pena.

Hacía verdaderos malabarismos para no tropezarse con Karl en Bramberg mientras ella arreglaba los ramos florales. Trabajaba en el jardín aprovechando las horas en las que el conde Salzach y Karl hacían su cabalgata diaria, y continuaba después en el almuerzo. Lo último que pretendía era encontrarse con él y enfrentar su mirada.

Su abuelo solía mirarla de forma escrutadora, tratando de comprender la transformación que había sufrido su estado de ánimo. Se había mantenido escondida cuando Johann dio la fiesta de cumpleaños para su ahijado. Bramberg resplandecía, pero en un lugar de la casita del lago, una muchacha se mantenía alejada de todo y consumida en la pena, como si llevara sobre sus hombros todo el peso del mundo. Por ese motivo, Alois se alegraba de la compañía del joven músico porque lograba, con sus bromas y excentricidades, arrancarla alguna que otra sonrisa a su nieta. Algunas tardes, cuando ambos habían concluido el trabajo del jardín y del palacio, Joseph trataba de enseñarle a tocar alguna pieza sencilla al piano que ella lograba destrozar por completo. Sin embargo, este había descubierto una singularidad en ella: tenía buen oído para entonar y poseía la voz más aguda de la armonía. Podría ser una magnífica soprano. En ese momento, Joseph se encontraba interpretando al piano *Gott erhalte Franz den Kaiser*, una pieza que había compuesto Franz Joseph Haydn en el año 1797 para el emperador, inspirándose en el texto del poeta austriaco Lorenz Leopold Haschka. Se había interpretado por primera vez el 12 de febrero de 1797, el mismo día del cumpleaños del emperador Francisco. Fue cantado en presencia del mismo en el teatro de Viena y desde entonces se había convertido en la pieza preferida de los austriacos para los actos públicos. También se solía cantar en celebraciones y en reuniones familiares.

Joseph la tocó dos veces para que Amalie se familiarizara con el tono, pero no hicieron falta más demostraciones porque era una alumna aplicada y con un oído exquisito. Cuando tecleó las primeras notas antes de que ella arrancara, el abuelo silbó entusiasmado. Amalie lo miró y se alegró de verlo tan feliz. Carraspeó para aclararse la voz, y siguió en las notas a Joseph que tocaba de forma espléndida.

Gott erhalte Franz, den Kaiser,
Unsern guten Kaiser Franz,
Hoch als Herrscher, hoch als Weiser,

Steht er in des Ruhmes Glanz;
Liebe windet Lorbeerreiser
Ihm zum ewig grünen Kranz.
Gott erhalte Franz, den Kaiser,
Unsern guten Kaiser Franz!
Gott erhalte Franz, den Kaiser,
Unsern guten Kaiser Franz!

Cuando Joseph tocó la última nota, Alois rompió a aplaudir eufórico, pero no fue el único. Como Amalie estaba de espaldas a la puerta, no vio que esta se abría y que por ella entraba Karl, que la observaba atento. Cuando comenzó a aplaudir siguiendo al abuelo, ella se giró de golpe hacia él.

Amalie contuvo el aliento y parpadeó nerviosa.

—Ignoraba que tuvieras una voz tan dulce —dijo Karl mientras entraba al salón como si entrara a su propio hogar—. Pero no me sorprende.

—Nuestra Amalie podría cantar en la ópera de Viena. Y con indudable éxito, puedo asegurarlo.

La respuesta de Joseph molestó a Karl porque no le había gustado nada la alusión que había hecho al decir «nuestra».

—Bienvenido a nuestro hogar, conde Wienerwald —matizó el anciano marcando la clara diferencia que existía entre ellos y él.

Karl entrecerró los ojos al escuchar por primera vez de labios de Moser su título nobiliario.

—Aquí deseo ser únicamente Karl von Amerling —respondió raudo—, como siempre he sido.

Amalie seguía en la misma posición. Plantada junto al piano y muy cerca de Joseph, tanto que la tela de su amplia falda tocaba la silla donde él estaba sentado.

—Qué sorpresa verte después de tantos días —dijo Joseph levantándose al fin y estrechando la mano que Karl le había extendido.

—La sorpresa fue mía cuando mi mejor amigo no acudió a la fiesta que celebró mi padrino en Bramberg en honor a mi vigesimosexto cumpleaños.

Joseph se molestó por la crítica.

—No hubiera sido correcto asistir —se excusó—. Resultaría extraño cuando no ilógico acudir a Bramberg sin mi prometida. Por ella se supone estoy en Salzburgo.

Karl redujo los ojos a una línea.

—Me molesta profundamente que engañéis a mi padrino con un compromiso falso —censuró con voz fría.

Joseph cayó por completo en la trampa que le había tendido Karl para conocer por su propia iniciativa lo que él sospechaba desde hacía tiempo.

—¡Ah! Pero yo espero que la farsa se convierta en realidad —los ojos soñadores de Joseph se clavaron en Amalie que rehuyó la mirada bastante turbada.

Karl soltó el aliento de forma abrupta. Amalie contuvo un jadeo y el abuelo miró a uno y a otro sin entender qué significaba esa diatriba entre los dos amigos.

—Siento desilusionarte —comenzó el conde de Wienerwald—, pero Amalie está prometida conmigo —concluyó firme—. Ha aceptado ser mi esposa.

Ahora fue Alois Moser quien soltó una exclamación aguda.

Joseph miró primero a Karl y después giró el rostro para clavar sus ojos en la muchacha que se mantenía en silencio. Simplemente parpadeaba de forma rápida, como si percibiera que se le secaban las pupilas más de lo habitual.

—¿Te encuentras bien? —le preguntó Joseph al verla tan pálida.

Ella inspiró profundamente y dio un paso hacia su abuelo rodeando el centro del salón donde estaban plantados ambos hombres para alejarse de ellos.

—¿Estás enferma? —inquirió Karl realmente preocupado.

Al verla cantar tan feliz y acompañada por su amigo, se había sentido enfermo de celos, de ira y despecho. Pensar en que Joseph le hubiera declarado su interés hacia ella lo descolocaba porque Amalie no podía aceptarlo. No estando él vivo.

—Agradezco vuestra preocupación —dijo ella al fin—, pero no estoy enferma sino asombrada.

Indudablemente, sus palabras se referían a la visita inesperada de Karl.

—He venido a hablar con tu abuelo sobre nuestro compromiso —confesó Karl a quemarropa—. Mi padrino ya está al corriente.

Alois miraba a su nieta tratando de comprender el enigma indescifrable en el que se había convertido su rostro. ¿Por qué hablaba el joven conde de un compromiso entre ambos?

—Imagino que estará deseoso de darme la bienvenida como futura condesa Wienerwald, ¿no es cierto?

Los ojos de Karl le mostraron todo lo contrario. Johann von Laufen había montado en cólera. Entre ambos se había suscitado una agria discusión que había terminado con él marchándose de Bramberg y acudiendo a la casita del lago para encontrarse con ella.

—Eres joven, hermosa y austriaca —dijo Karl—. Por tus venas corre sangre noble. Fuiste engendrada en la corte de Viena —le recordó—. Cumples todos y cada uno de los requisitos que estableció mi padre en su testamento para mi futura esposa. Eres perfecta.

Amalie apretó los labios con verdadero enojo. La actitud de Karl le parecía fuera de lugar cuando ella le había dejado bien claro que no deseaba verlo. No hasta que aclarara sus ideas, o hasta que encontrara las fuerzas para olvidar todo lo que le había hecho sentir aquella maldita vez en el invernadero.

—Mi padrino ha accedido a investigar, a petición mía, quién fue el hombre que te engendró en Viena.

Amalie estaba a punto de soltar una carcajada llena de frustración.

—Mi padre fue un mozo de cuadra que se hizo pasar por noble —dijo ella con voz aguda.

—¡Amalie! —protestó Karl, que se acercó hasta ella, pero la mano alzada de Amalie lo detuvo.

—Sería una verdadera humillación para mí que tu padrino rebusque entre las miserias de mi pasado —le reprochó amargamente—. No te lo pedí. No lo deseo, y te ordeno que se lo impidas.

—Tengo un honor que reparar —le dijo Karl en voz tan baja que ella se preguntó si acaso lo había entendido bien—. Antes de que te conviertas en mi esposa.

—Por favor —suplicó con un hilo de voz—. Este no es el momento para lamentar manchas de honor ni airear trapos sucios de conducta.

Las frases que intercalaban Amalie y Karl resultaron muy reveladoras para Joseph aunque no para el abuelo. Este creía que el joven noble se refería al asunto del linaje de su nieta y estaba de acuerdo con él en indagar sobre el origen del padre de ella. Si bien mantuvo silencio y siguió escuchando.

—Amalie... —dijo Karl, pero no finalizó la frase.

Se quedó mirando a la muchacha con ojos que abrasaban. Se había mostrado osado al reclamarla sin que ella lo hubiera aceptado. Impulsivo al recordarle que había comprometido su reputación cuando casi le había robado la inocencia en el invernadero. Karl no se sentía muy satisfecho con su conducta, pero amaba a Amalie como nunca había amado a ninguna otra mujer. Desde el primer beso que le había robado, no podía dejar de desearla con una intensidad que resultaba devastadora para sus sentidos.

—Mi proposición es firme —le recordó él.

Ella no quiso contestarle, no delante de su abuelo ni del invitado de ambos que seguía observándola con ojos de halcón. No perdía detalle de los gestos que hacía para controlarse.

—Es muy tarde, Karl —le recordó—. Podemos

continuar esta conversación mañana después del oficio religioso.

Karl no se conformaba con que ella lo despidiera tan fríamente.

—Antaño podía quedarme en la casita del lago hasta tarde.

La añoranza la cubrió por completo. Una década atrás, Karl había disfrutado de la compañía de su abuelo y de ella como si fuera un miembro más de la familia. Cuando no era un rico heredero que podía permitirse el lujo de tener a la mujer que deseara.

—En el pasado... —le recordó en tono agrio—, era una niña que disfrutaba los momentos a tu lado sin preocuparme el futuro, por duro que resultara.

—Te acompañaré al oficio religioso —insistió Karl.

Ella negó varias veces con la cabeza. No podría resistir tenerlo a su lado en la iglesia cuando había pecado al permitirle unas libertades que solo pertenecían a su futuro marido, y este no podía ser Karl. Su sola existencia era una prueba clara de que los hombres como él no se casaban con muchachas como ella. Amalie no era como había sido su madre, y tenía que hacérselo entender de una vez por todas.

—Te esperaré en el parque —le dijo ella—. Joseph me acompañará.

Karl estuvo a punto de protestar, pero este se le adelantó.

—Aprovecharé para comprar unas partituras. Así tendréis tiempo para conversar sin que nadie os moleste.

Finalmente, Karl aceptó. La miró una última vez, y se giró hacia el abuelo de ella. Se despidió de forma efusiva de este y se giró hacia la puerta. Antes de salir por ella, la miró de nuevo con un brillo indescriptible en los ojos masculinos.

—Nos veremos a las once en el parque.

Capítulo 12

El oficio religioso había sido el más largo y angustioso de su vida. Joseph se había mantenido a su lado apoyándola con su presencia aunque en silencio, como si supiera lo que se esperaba de él en esos momentos tan delicados. Amalie analizó su vida en el presente y cómo había querido que fuese en el pasado. La llegada de Karl a Bramberg había trastocado su apacible existencia, y la llevaba al borde de un precipicio que sería nefasto para ella, porque no tenía los medios para sujetarse si acaso la empujaba.

«No puede amarme, está confundido», se dijo apesadumbrada. «No puedo amarlo porque me está prohibido».

—Estás muy callada.

Las palabras de Joseph lograron alejarla de sus pensamientos.

Ambos caminaban despacio en dirección al parque.

—Tengo muchas cosas que meditar —le respondió ella, sin mirarlo.

Tenía los ojos clavados en el suelo, mirando el movimiento del ruedo de su vestido a cada paso que daba.

—Conozco a Karl y no aceptará una negativa.

Amalie alzó el rostro al escucharlo y detuvo sus pasos. Joseph también se paró. Los dos habían quedado frente a frente a un lado de la arbolada calle. Junto a ellos pasaban diversos carruajes y viandantes que los miraban algo extrañados antes de seguir su rumbo.

—Tiene que casarse en seis meses... —le dijo ella.

—Lo sé —admitió él.

—... o perderá su herencia —concluyó.

—Creo que en su declaración hay implícito algo más que la posibilidad de perder una herencia.

Ella lo miró con cierta duda en sus ojos azules.

—Karl y yo sentimos un afecto profundo el uno por el otro —admitió con un suspiro—. No obstante, tras la lectura del testamento de su padre, me ve como el medio para alcanzar un fin.

Joseph pensó en las palabras de ella y supo que no eran ciertas. Había visto en los ojos de su amigo una determinación muy grande. Un interés real sobre Amalie que esperaba no fuera compartido por ella.

—Su padrino jamás permitirá un matrimonio entre vosotros —le recordó el joven músico.

Las palabras de Joseph se le habían clavado directamente en el corazón porque eran ciertas. El conde Salzach se había convertido en su peor enemigo, y ella no quería darle ningún arma que pudiera utilizar en contra de su abuelo.

—Soy consciente de ese detalle desde siempre —reveló ella en voz baja—. Sin embargo, debo hacérselo entender a Karl sin herirlo demasiado.

—Yo puedo ayudarte —se ofreció él.

Amalie lo observó con atención. Joseph von Maron llevaba con ellos un tiempo, pronto tendría que marcharse, pero algo en la actitud de él le decía que no quería hacerlo. Que no quería marcharse de Salzburgo.

—Lamenté profundamente la mentira que le dije al conde —confesó ella, sin dejar de mirarlo—. No suelo actuar de forma tan ligera, si bien las circunstancias lo exigían.

Joseph se tomó las palabras de ella como un reproche inmerecido.

—En estos días que hemos pasado juntos —comenzó él—, he llegado a comprender lo especial que eres.

Ella seguía mirándolo con los ojos abiertos de par en par, y con el corazón retraído.

—Podría llegar a amarte por tu dulzura.

—Por favor... —lo interrumpió ella.

—Decidí ayudarte porque sé lo injusta que puede ser la vida.

Joseph le tomó la mano mientras retomaban el rumbo. Ella se dejó hacer porque estaba sumida en un mar de contradicciones.

—Sé de los prejuicios a los que nos vemos expuestos por no pertenecer a la nobleza.

—Yo solo quise proteger a mi abuelo —le aclaró, decidida.

Joseph no había soltado la mano de ella. La acomodó a su propio brazo y la guio entre la gente como si realmente fueran una pareja de enamorados.

—Y me pareció un acto valiente y honorable —contestó el muchacho—. Ese y otros muchos me han mostrado lo especial y única que eres.

—Joseph... —comenzó ella, sin embargo él la interrumpió.

—Podría hacerte muy feliz si me lo permitieras.

Ella lo miraba asombrada. Los dos continuaban caminando mientras Joseph seguía desgranando lo que sentía por ella. Cuando llegaron al parque, él le sonrió de forma amplia y sincera.

—No me ofrezcas una respuesta en este momento —concluyó, desmintiendo con su sonrisa la preocupación que mostraban sus ojos—. Soy un hombre paciente, y sé que puedes ver en mí algo más que el amigo del conde Wienerwald.

Amalie desvió los ojos del rostro de Joseph, y al hacerlo, se topó con una figura que esperaba en el parque, aunque en modo alguno pertenecía a Karl. Se tragó un jadeo de sorpresa y Joseph miró hacia el lugar donde estaban clavados los ojos de ella. Hacia ellos caminaba precisamente el mismo conde Salzach.

—¡Buenos días! —dijo el conde, que tenía la mirada clavada en Amalie—. Mi ahijado me contó dónde podría encontrarla.

Amalie había enmudecido. Apretó con los dedos el brazo de Joseph y se pegó todavía más a su cuerpo.

—Qué sorpresa, conde Salzach —intervino Joseph

para darle tiempo a ella de que se recuperara de la impresión que había recibido—. Esperábamos encontrarnos con Karl, pues habíamos quedado para almorzar en Auerhahn.

Auerhahn era uno de los locales de moda entre los más jóvenes de la ciudad. Su comida era excelente, y poseía una de las vistas más bonitas sobre el río.

—Mi ahijado ha tenido que ausentarse de forma inesperada.

Los ojos del noble seguían clavados en ella. Amalie respiró profundo varias veces para encontrar el valor de enfrentar la mirada.

—Confío en que no haya sido por algo grave —terció Joseph, que seguía cubriendo la pequeña mano femenina con la suya, gesto que no pasó desapercibido para el conde.

—Una reunión de última hora con el banco para concretar algunos detalles de la herencia.

A Amalie le pareció una burda excusa pues los bancos no trabajaban en domingo.

—Y me he permitido la libertad de venir en su lugar —prosiguió el conde Salzach—, pues yo mismo deseo hablar con la señorita Moser.

Joseph carraspeó, incómodo. La dureza que observaba en los ojos del conde le pareció fuera de lugar.

—Comprenderá que no es algo habitual —comenzó Joseph, pero el conde lo interrumpió.

—Soy consciente de ese detalle, señor von Maron —expresó de forma directa y sin apartar los ojos de la muchacha—. No obstante, no le quitaré mucho tiempo a su prometida —recalcó la palabra—, pero deseo hacerle unas preguntas. A solas.

Joseph sabía que no podía negarse. No quería dejarla a solas con él, pero no le quedaba más opción. Cuando un noble dictaba una orden, el resto obedecían.

—Buscaré un carruaje para que nos lleve a Auerhahn, confío que sea suficiente tiempo, conde Salzach.

Instantes después, Joseph cruzó el parque hacia la avenida donde pasaban los carruajes de alquiler que buscaban algún cliente. Amalie se quedó plantada frente al conde en silencio. Lo miró en un principio dubitativa, pero se dijo que no tenía nada de qué avergonzarse delante de él. Entrecerró los ojos y soltó el aire que contenía.

—¿Deseaba decirme algo, señor von Laufen? —Amalie omitió llamarlo por su título.

—Mi ahijado me ha expresado el deseo que tiene de convertirla pronto en su esposa. — «Directo al corazón sin fallar un milímetro», se dijo ella—. Comprenderá mi bochorno y reticencia cuando sé que está prometida con el señor von Maron.

Ella no sabía cómo manejar a un hombre como el conde.

—Karl confunde afecto...

Él la interrumpió:

—¿Con lujuria?

Amalie lanzó una exclamación ahogada.

—... con amor —lo rectificó con un hilo de voz.

Johann von Laufen redujo sus ojos a una línea. Miró el rostro juvenil y descendió los ojos por su cuerpo deteniéndose en el pecho femenino que subía y bajaba por la respiración agitada.

—No, señorita Moser —dijo el conde con una voz tan fría como el hielo y que le provocó a ella un profundo escalofrío—. Comprendo perfectamente lo que siente mi ahijado cuando la ve, y puedo asegurarle que no es amor.

Ella apretó las manos en puños que escondió tras los pliegues de su capa azul. El insulto velado la había molestado bastante.

—Mi ahijado cree que está enamorado de usted, pero ambos sabemos a qué se debe esa confusión.

—Ilústreme —inquirió, osada.

—He prometido hacer indagaciones sobre su padre. —El conde había omitido el reto que le había lanzado ella de que la insultara de nuevo—. Pero se acabaron las mentiras. No aceptaré que me sigan considerando un estúpido.

Amalie respiró hondo.

—No sé a qué... a qué se refiere —se excusó ella.

—Al falso compromiso con el señor von Maron para que no despidiera a su abuelo por flirtear con mi ahijado.

—¡Nunca he flirteado con Karl! —protestó enérgicamente.

—Así que admite que mintió con respecto al prometido. —La voz se había reducido a un susurro—. ¡Lo sabía! —le espetó con excesiva dureza—. Hablaré con Alois Moser al respecto.

Amalie se mordió el labio inferior intentando ver una salida a la trampa que le había tendido el conde.

—Nunca he tenido la intención de comprometer al señor von Amerling —la mención del apellido de Karl había sido intencionado—. Nunca he perseguido su dinero ni su título —terminó ella, siseando las palabras.

Johann la miró con tal intensidad que las rodillas de ella temblaron.

—¿Tengo entonces su promesa de que nunca ha pretendido atraparlo? ¿Ni piensa hacerlo?

Ella respiraba de forma agitada. Le brillaban los ojos pero no por el llanto, sino por la ira que apenas podía esconder.

—¿Qué valor tendría mi promesa si su ahijado se empeña en que no pueda mantenerla?

Amalie había hecho algo mezquino como cargar la culpa por completo en los hombros de Karl porque estaba perdiendo los nervios.

—Si deja a mi ahijado en paz —dijo el conde, que había cruzado los brazos en una actitud de advertencia que ella entendió perfectamente—, lograré que la emperatriz la acoja entre sus damas de compañía. —Amalie abrió la boca estupefacta por la sugerencia—. Es el mayor privilegio al que puede optar una chica como usted.

Seguía sin poder pronunciar palabra de tan asombrada como se sentía. ¿El conde Salzach pensaba colocarla en la corte? ¿A ella? ¿A una simple doncella?

—Si se comporta como una muchacha de moral intachable, podrá lograr un matrimonio ventajoso con algún comerciante de Viena.

—Soy una muchacha de moral intachable —le dijo—, y no busco un marido comerciante.

Johann apretó los labios con cólera al entender en las palabras de la muchacha otra intención.

—Podría seguir los pasos que su madre comenzó. Ser un orgullo para su abuelo.

—Soy un orgullo para mi abuelo —reiteró, ofendida.

—No le estoy ofreciendo una alternativa.

—Lo sé.

—Deseo que se vaya de Bramberg. Que se aleje del camino de mi ahijado.

—También me alejaría de la vida de mi abuelo.

—Le prometo que procuraré que Alois Moser continúe en su puesto sin abandonar la casita del lago. Tendrá un asistente joven que hará el trabajo más difícil y pesado mientras su nieta se forma en la corte de Viena.

Amalie se sorprendió de lo que estaba dispuesto a hacer con tal de apartarla de Karl. ¡No podía creérselo!

—¿No le basta mi palabra de que no aceptaré la proposición de Karl ni que intentaré atraparlo?

—No es usted la que me preocupa, sino mi ahijado. No es ni será nunca la mujer apropiada para él.

—¿Porque soy la doncella de las flores en Bramberg?

Johann ya no le respondió. Continuó en un silencio premeditado que la puso todavía más nerviosa.

Ambos se miraban fijamente sin emitir un parpadeo.

—Por la mañana partiré a Viena para indagar sobre su padre.

—Le ruego que no lo haga.

—Si tengo que recomendarla para ser dama de compañía de la emperatriz de Austria, prefiero hacerlo sabiendo qué hombre la engendró.

Amalie respiró profundo varias veces. Un ejercicio que había aprendido cuando el nerviosismo hacía presa de ella y quería controlarse para no estallar. Johann continuó.

—No deseo encontrarme después con una desagradable sorpresa.

—¿Como que mi padre fue un mozo de cuadra? ¿Un ladrón? ¿Un asesino?

Durante un momento, Johann se mantuvo en silencio. Sin embargo no duró mucho.

—Si en algo se parecía Gisela a su padre Alois, dudo que eligiera a un mozo de cuadra para caer en la deshonra.

Los ojos de Amalie se anegaron en lágrimas. Luchó para retenerlas, pero le resultó imposible. Estaba demasiado herida por la conversación que mantenía con el conde. Demasiado atormentada como para contener su angustia.

—Pero yo no soy como mi madre —estalló Amalie, dando rienda suelta a la pena que sentía y dejando que las lágrimas se deslizaran libres por sus mejillas.

Ya no le importaba que la viera llorar, ni que todas las personas que se cruzaban con ellos la vieran así de vencida.

Johann notó en las palabras de la chica una advertencia que más bien parecía una amenaza, y se preguntó si debería preocuparse.

—Eso espero, señorita Moser, eso espero.

El conde le hizo una inclinación de cabeza, despidiéndose, y la dejó en el parque sola. Joseph venía con paso raudo hacia ellos. Amalie no le devolvió el saludo ni miró su marcha. Seguía clavada al suelo y con el corazón encogido.

—¿Qué ha pasado?

Amalie se dejó abrazar por el joven músico. Era tanta su angustia que si él no la hubiera sostenido, habría terminado de rodillas en el suelo. Aceptó entre hipos el pañuelo que Joseph le ofreció mientras se dejaba conducir hacia uno de los bancos más escondidos del parque.

—Lamento haberte dejado a solas —se excusó Joseph.

Ella seguía inmersa en el llanto. Por su abuelo, por Karl y por el maldito destino que la había enfrentado con el hombre más inflexible y frío de toda Austria.

—Lo lamento mucho, Amalie...

Capítulo 13

Amalie y Joseph pasaron el resto del domingo en la ciudad de Salzburgo.

Ella se sentía incapaz de regresar a Bramberg con el ánimo por los suelos. Su abuelo no podía verla así porque se preocuparía demasiado y era lo último que pretendía. Y la compañía del joven músico había resultado como un bálsamo sobre sus heridas. Su conversación amena y culta y su mirada paciente y cálida habían actuado sobre ella como una tisana energética.

Se sentía de mejor talante y el futuro ya no le parecía tan negro.

Habían almorzado finalmente en Auerhahn, en una íntima mesita en el bonito jardín que daba al río, aunque ella se había limitado a remover la comida en su plato porque le resultaba poco menos que imposible empujarla garganta abajo. Se le había convertido en serrín dentro de la boca. Pero escuchaba la conversación agradable de Joseph, sus intentos para reconfortarla, y Amalie se lo agradecía de verdad. El músico había insistido en conocer la charla que había mantenido con el conde, pero ella continuaba en silencio premeditado sin desvelar ni uno de los comentarios que habían compartido.

—Serías muy feliz en París —dijo de pronto Joseph.

El carruaje que había alquilado ya los llevaba de regreso a Bramberg. La oscuridad comenzaba a engullir los débiles rayos de sol que todavía se resistían.

—Quizás, algún día —comenzó ella—, cuando falte mi abuelo, me decida a recorrer mundo.

Joseph tenía encerrada entre sus manos la liviana mano femenina. Era una forma de mostrarle su empatía, de mantener el contacto con ella. Un contacto que en otras circunstancias no le permitiría.

—Estoy enamorado de ti —le dijo de sopetón.

Amalie parpadeó varias veces porque creía que no había entendido bien.

—Joseph, no...

Sin embargo, él no la dejó continuar.

—Vine a Salzburgo siguiendo la estela de un excelente maestro, y me encuentro con la musa que me inspira de día y de noche, que lo hará por el resto de mi existencia.

Ella lo miró con un brillo de tristeza en los ojos.

—No puedo corresponderte —contestó al fin.

Joseph entendió en esas palabras muchas cosas. Silencios que habían compartido. Palabras que habían omitido.

—No puedes corresponderme porque amas a Karl, ¿no es cierto?

Amalie sintió que su corazón daba un salto mortal dentro de su pecho, que se le agitaba la respiración y se le aceleraba el pulso. Joseph había puesto palabras a sus sentimientos, y descubrirlos la puso todavía más triste todavía.

—Creo que siempre lo he amado. Y ahora me doy cuenta de que la confundida era yo y no él. —Amalie se quedó callada, como si meditara sus propias palabras.

—¿Este descubrimiento está relacionado con la conversación que has mantenido hoy con el conde?

«¡No! ¡Sí! No lo sé», se dijo así misma. La mente de Amalie era un caos absoluto. Una completa maraña de sentimientos encontrados.

—Ahora entiendo la reticencia del conde Salzach —reveló Amalie entre susurros—. Era capaz de ver claro lo que yo confundía en mi corazón.

—¿Qué confundías, Amalie? —quiso saber él.

—Que amaba a Karl desde niña —continuó ella—, y que sí represento un peligro para él.

—No representas ningún peligro porque él también te ama, para desgracia mía.

Amalie lo observó con atención. Dentro del oscuro interior del carruaje, los ojos de Joseph brillaban como gemas encendidas.

—Es un amor sin esperanzas. Sin futuro —admitió cabizbaja.

—¿Porque él es un noble con un título y tú una simple doncella?

Amalie no respondió en seguida. Se limitó a meditar en los sentimientos que se abrían ante ella por primera vez. Incertidumbre. Dolor. Alegría. Resignación.

—Porque los nobles deben casarse con personas afines a ellos en títulos y riqueza.

—Existen muchos matrimonios donde uno de ellos es de diferente clase social.

—Es cierto —reconoció ella—, pero Karl debería pagar un precio demasiado elevado por ello. Tendría que renunciar a su fortuna. A sus posesiones. Soy incapaz de obligarle a hacer algo así, a abandonar todo lo que sus antepasados acumularon con esfuerzo y sangre hasta conformar el gran patrimonio de los Amerling.

—Podrías aceptarlo porque presumo que Karl no se siente tan atado a las posesiones materiales como piensas. No son tan importantes para él. En París se comportaba como si no fuese un rico heredero.

Amalie no lo creía probable.

—Eso es porque nunca le ha faltado nada —contestó ella—. Aun siendo cierto, no podría permitirlo porque no podría mirarlo a la cara sabiendo a todo lo que ha renunciado.

—¿Entonces es tu última palabra?

Ella entendió perfectamente la pregunta, y decidió atajar por en medio.

—Mis palabras de renuncia no son una esperanza para ti —le respondió serena.

—Yo decido sobre mis esperanzas o la falta de ellas.

Amalie terminó por desviar los ojos de la figura masculina. Se sentía desangelada. Rota. No sabía cómo podría enfrentar a Karl cuando acudiera a buscarla para pedirle una respuesta definitiva. Sin embargo, Joseph la hacía sentir bien. Le transmitía confianza.

El carruaje se detuvo de pronto, y el cochero les abrió la portezuela con ceremonia. Amalie miró hacia la fachada de la pequeña casita del lago y observó que la chimenea apenas humeaba. Joseph pagó al cochero, y este desapareció por el camino rápidamente, creando pequeñas nubes de polvo que quedaban flotando en el camino hasta que desaparecían.

Cuando Joseph abrió la puerta de entrada, el salón estaba oscuro y vacío. Amalie se preguntó dónde podría estar su abuelo. Se quitó la capa y la colgó del perchero que había justo al lado de la puerta de entrada.

—Me tomaría una de esas infusiones tan ricas que prepara el señor Moser.

Ella se giró hacia él. Lo observó quitarse la capa y los guantes. Los depositó muy cerca del perchero.

—La casa se ha enfriado —respondió ella—. Prepararé la infusión.

—Yo avivaré el hogar y traeré más leña.

Momentos después ambos estaban sentados frente a un fuego vivo, Amalie sumergida en pensamientos que no desvelaba y Joseph sin perderse detalle de la figura femenina que se balanceaba en la vieja mecedora.

—Es inusual que mi abuelo no esté en casa a estas horas de la noche.

Joseph se tomó el resto de su té y dejó la taza de porcelana sobre la mesilla auxiliar.

—¿Es posible que lo haya hecho llamar el conde? ¿Qué haya surgido algún inconveniente?

Una mala premonición la asaltó por completo. «Hablaré con Alois Moser al respecto», recordó ella que le había dicho el conde. Amalie se levantó deprisa sobresaltando a Joseph.

—Iré a Bramberg —dijo de pronto.

El músico la observó atento.

—Te acompañaré —se ofreció.

Ella le hizo un gesto negativo con la cabeza.

—Mi presencia puedo explicarla con el trabajo, pero no la tuya a una hora tan intempestiva.

Joseph admitió que era cierto. Los nobles se regían por una cantidad de normas absurdas que el resto del mundo tenían que cumplir sin objetar nada.

—Iré a mi alcoba a coger la capa de lana.

Como había caído la noche por completo hacía mucho más frío fuera y, aunque Bramberg no estaba lejos, Amalie no deseaba enfriarse.

—Te acompañaré y esperaré en la cocina. Theresia no se enfadará conmigo. Al fin y al cabo, debo proteger a mi prometida.

Amalie finalmente aceptó. Le extrañaba mucho la ausencia de su abuelo. Nunca, en los años que lo conocía, había estado fuera de la casa a esas horas.

Cruzó la estancia rápido y entró a sus dependencias privadas. Abrió la hoja del ropero y tomó con manos frías la gruesa capa de lana. Al girarse vio sobre la cama la caja que ella había recuperado de su madre en la casa de empeños. Estaba abierta y vacía. Cerró los ojos y tragó con fuerza.

«Que no sea cierto lo que sospecho, Dios mío, que no sea cierto».

El camino hasta Bramberg lo hicieron en silencio, cada uno inmerso en sus propios pensamientos. Entrar al palacio resultó fácil porque ella tenía la llave que abría la puerta de la cocina que daba al jardín trasero. Dentro no había nadie.

—Espera aquí, regresaré enseguida.

Joseph le hizo un gesto afirmativo con la cabeza y tomó asiento en uno de los taburetes que había bajo la larga y pesada mesa. Amalie se dirigió hacia las escaleras, extrañada del silencio que observaba en las dependencias del servicio. Subió la empinada escalera hacia la planta superior, pero todo seguía en completa quietud. Cruzó el vestíbulo hacia el comedor. La vajilla de la cena no había sido quitada todavía. Miró en la enorme biblioteca, pero no había nadie. Entró en las diferentes estancias, sin embargo, parecía que en Bramberg había desaparecido todo el mundo.

De repente oyó unos insultos en la planta alta, en la zona de las alcobas. Posó la mano izquierda sobre la pulida madera de la barandilla de la escalera. Mucho se temía que Karl estaba manteniendo una discusión con su padrino. Respiró hondo y subió el primer escalón, después otro. Aguzó el oído y se percató de que no era la voz de Karl sino la de su abuelo. La angustia de no saber qué sucedía la impelió a subir las escaleras corriendo. Llegó a la segunda planta sin resuello y caminó deprisa hacia las dependencias del conde. Ambas voces le llegaban desde allí. Amalie temía lo peor, y por ese motivo comenzó una plegaria sincera y emotiva. Su abuelo era un hombre paciente, nada dado a los gritos o a las peleas, aunque, por el tono de su voz, debía de estar realmente enfadado.

La puerta de la alcoba del conde estaba abierta. Ella se paró en el umbral. Su abuelo estaba de espaldas a ella y le plantaba cara al conde. Tenía el brazo extendido como si lo señalara. Von Laufen miró tras la espalda de Alois y la vio. Su abuelo se giró de golpe hacia ella y Amalie comprobó que estaba llorando. El estómago se le encogió.

—¡Abuelo! —exclamó sin saber si ir o no hacia él.

Alois tenía los ojos inyectados en sangre, y una mirada de odio visceral en el rostro como no le había visto nunca.

Alois Moser cerró un instante los ojos, otro después se llevó la mano al pecho y lanzó una exclamación ahogada. Momentos después su rostro reflejó el inmenso dolor que lo atenazaba. Cayó al suelo con un golpe sordo.

Durante un tiempo, Amalie no supo reaccionar ni el conde tampoco. Ambos estaban de pie mirando la figura caída del anciano. De repente, Amalie gritó y se lanzó al suelo para sostener la cabeza del hombre que gemía dolorido.

—¡Abuelo! ¡Abuelo! —exclamó, llena de pánico.

El anciano abrió los ojos y los clavó en ella durante

un instante. A Amalie le pareció que miraba a través de ella el rostro de su madre Gisela.

—Perdóname... —dijo entre susurros—. Perdóname.

Un segundo después la cabeza de Alois Moser cayó hacia atrás. Amalie supo que estaba muerto. Miró la figura inerte y contuvo un alarido de espanto. No se percató de que el conde se había arrodillado junto a ella y que trataba de auxiliar al anciano. Lo oyó gritar pidiendo ayuda y, al momento, la habitación se llenó de criados.

La mano de Alois se había abierto. Entre sus dedos sostenía un sello masculino. Era la joya que había rescatado ella de la caja de su madre. Quiso cogerlo mientras se deshacía en llanto, si bien el conde se lo impidió. Lo miró con ojos que apuñalaban de despecho y vio en los de von Laufen una auténtica mirada de arrepentimiento. Tomó el sello de oro y lo escondió en el bolsillo de su bata color burdeos. A ella no le quedó más remedio que parpadear intentando comprender por qué se lo había arrebatado.

—Yo me ocuparé de todo —le dijo Johann.

Ella manoteó con furia desmedida para atajar los intentos que hacía el conde de apartarla del cuerpo de su abuelo. Theresia acudió a ayudarlo, pero fue Joseph quien finalmente la tomó en brazos y la sacó fuera de la estancia. La llevó a la biblioteca y la depositó en el diván para que llorara su pena. Amalie tenía que sacar de su interior toda la angustia que había acumulado durante semanas.

Le prepararon una tisana calmante mientras el doctor se ocupaba de certificar la muerte de Alois Moser debido a un infarto fulminante. Amalie no abandonó el diván de la biblioteca en horas. No le permitían estar con el cuerpo sin vida de su abuelo para acompañarlo. Lo amortajaban aquellos que lo habían querido en vida y respetado en la muerte. Joseph no se separó de ella y la inducía a beber continuamente de la infusión relajante que le habían preparado. Ella se dejaba guiar pues no tenía fuerzas para negarse. Simplemente lloraba mientras se abandonaba a todo.

El doctor le había dado unos polvos blancos que ella se tomó sumisa. La dejaron sin fuerzas, sin voluntad, pero era preferible a sentir el terrible dolor que la mordía.

La entrada sorpresiva de Karl al despuntar el alba hizo que Joseph se posicionara para tratar de protegerla. Él creía que Amalie necesitaba estar a solas. Tenía que aceptar la pérdida de su abuelo. Karl se opuso de forma bastante violenta pues quería estar con ella, pero entre el mayordomo y el conde habían hecho causa común con Joseph para que Amalie se preparara mental y físicamente para el entierro de su abuelo que iba a tener lugar en breve. Pero Amalie había oído su voz airada que recriminaba a su padrino que trataba de mantenerlo alejado de ella. Reaccionó y, saliendo de su letargo, corrió hacia él como alma que lleva el diablo. Se arrojó a sus brazos y se colgó de su cuello como si la vida le fuera en ello. Karl la meció con ternura mientras le susurraba palabras de ánimo y de consuelo. La dirigió hacia el cómodo sofá de piel marrón y la sentó muy cerca de él. No cejaba de hablarle de forma tierna, afectuosa, y Amalie siguió llorando desconsolada.

El alba dio lugar a la mañana. La pequeña capilla de Bramberg había sido preparada para el oficio. Doncellas y lacayos la habían llenado de claveles blancos. Cuando Amalie fue conducida hacia allí y se percató de las flores que adornaban el pequeño santuario, lanzó un quejido lastimero. ¡Eran las flores incorrectas! Sin previo aviso salió corriendo hacia el invernadero y, frenética, cortó ramas de laurel, mimosas e hinojo. Karl también la acompañaba porque había comprendido lo importante que era para ella que las flores y adornos que acompañarían por última vez a Alois Moser fueran los correctos y apropiados.

—Dime qué flores necesitas que corte —le urgió.

Ella lo miró con ojos enfebrecidos.

—Lirios blancos, pero no pueden estar solos, han de estar acompañados de laurel e hinojo —le respondió ella.

—¿Por qué laurel e hinojo? —preguntó Joseph en un intento de comprender por qué motivo era tan importante ese acompañamiento. Los había seguido al invernadero.

—El laurel significa gloria —respondió Karl—, y el hinojo significa fuerza. Cuando acompañan a los lirios su significado es excelso.

Joseph también se prestó a ayudar para confeccionar los ramos que sustituyeron a los que habían preparado las otras doncellas. Amalie había arreglado un pequeño ramo que depositó en los brazos de su abuelo en el interior del féretro: mimosa y ramas de olivo, la primera significaba sensibilidad, la segunda, paz. Alois Moser había sido un hombre muy sensible, pues sabía comprender el lenguaje de las flores, y era un hombre de paz porque nunca se había peleado con nadie, salvo la noche que había discutido con el conde, discusión que le había costado la vida.

Allí, en la pequeña capilla de Bramberg, Alois Moser, el jardinero que había pasado toda su vida cuidando los jardines y flores de Bramberg, recibió el responso por el descanso de su alma. Amalie estuvo acompañada por Karl que ya no la dejó sola. También por Joseph que se había mantenido en un discreto segundo lugar, aceptando que ella al fin había escogido.

La vida de Amalie había dado un giro de ciento ochenta grados. Se sentía perdida. Sola. Abrumada por la sensación de pérdida.

Sin embargo, el conde Salzach había tomado las riendas de su vida. Amalie lo ignoraba, pero ya nada volvería a ser igual. Johann von Laufen, tras la violenta discusión que había mantenido con Alois Moser, se había enterado de algo que había cambiado su vida por completo. Necesitaba un tiempo para clarificar sus ideas. Para investigar un pasado que creía olvidado para siempre.

Capítulo 14

El luto cubría el corazón de Amalie mientras miraba con ojo crítico el hogar que lo había significado todo para ella. Pronto tendría que dejar la casita del lago. Bramberg necesitaba un nuevo jardinero porque su abuelo ya no estaba. Ella no podía ocupar su lugar, por ese motivo tenía que dejar la casa que tanto había significado para ella en el pasado. Miró sus ropas y lamentó que no fuesen negras, pero no disponía de suficientes coronas para comprarse un vestido oscuro.

Tomó aire de forma lenta, como si le costara un esfuerzo considerable insuflar en sus pulmones aliento de vida. Le costaba trabajo hasta cerrar los párpados. El sosiego la rehuía. La ira la dominaba.

—¡Amalie!

La potente voz de Karl la hizo girarse de golpe hacia la puerta que este había abierto. Ella le ofreció una sonrisa tímida.

—No te esperaba —le dijo al fin, con voz entrecortada por la emoción. Todavía no había superado el dolor y rompía a llorar con suma facilidad.

Extrañaba demasiado a su abuelo, y se resistía a dejar la casita del lago porque la tumba de Alois Moser reposaría para siempre en el pequeño cementerio de Bramberg. El conde lo había dispuesto así. Había permitido que lo enterraran en sus tierras en lugar del cementerio de Salzburgo. Ella todavía se preguntaba el motivo.

—Lo he dispuesto todo para que vengas conmigo a Linz.

Ella parpadeó trémula. Una puerta se le cerraba en Bramberg, otra se le abría en Linz, pero ella no podía aceptar la propuesta de Karl. No podía ser su esposa porque entonces perdería toda su herencia. ¿Qué mujer cabal permitiría un descalabro así? No confesarle que lo amaba, era un pecado, pero que lo perdiera todo sería el peor acto cometido por una mujer enamorada. Alguna vez tendría que pagar por la omisión si acaso se decidía por el silencio. Sin embargo, confesar sus sentimientos era mucho peor, porque podría abrir una puerta que ninguno de los dos debía cruzar.

—Voy a aceptar el ofrecimiento del conde Salzach —le comunicó de pronto Amalie.

Karl estaba parado en el interior de la sala y la miraba con atención.

—¿Qué ofrecimiento? —inquirió con sumo interés.

Habían ocurrido tantas cosas antes, durante, y después de la muerte de su abuelo, que a ella se le había

olvidado explicarle la generosa oferta del conde de recomendarla personalmente para que entrara en la corte como dama de la emperatriz de Austria.

Cuando se lo explicó a Karl, este la observó incrédulo.

—No tienes preparación para ser dama de compañía de la emperatriz.

Esa era una verdad incuestionable, sin embargo,
Amalie no se ofendió.

—Tampoco la tengo para ser la esposa de un conde
—le espetó con cierta amargura—. Ni para causar la
desgracia de alguien a quien estimo tanto.

Había omitido a conciencia la palabra amor. Casi
se le había escapado, sin embargo la había sujetado a
tiempo en sus labios. Karl trataba de comprenderla
aunque sin conseguirlo. Amalie estaba sola, desampa-
rada, ¡se amaban!, ¿por qué diantres no podían estar
juntos? ¿Por qué se empecinaba en alejarse de él?

La tomó de los hombros y la acercó a su cuerpo
para infundirle calor. Serenidad. Protección. Trató de
besarla, si bien ella se resistía.

—Estoy de luto, Karl —le dijo de pronto, separán-
dose.

—¿Y qué significa eso?

Ella lo miró con sus grandes ojos de color zafiro.
Inspiró hondo, y volvió a respirar para normalizar los
latidos de su corazón.

—Que no pienso deshonrar la memoria de mi abuelo aceptando tus demandas íntimas. Un contacto que
ansío porque me has mostrado lo maravilloso que pue-

de ser, pero que no es correcto. No en las actuales circunstancias.

Karl se sintió ofendido hasta la médula.

—Nunca te faltaría el respeto de ese modo —le aclaró él.

Ella ya no sabía qué pensar. Karl la presionaba para que aceptara un compromiso que le estaba prohibido. Joseph también insistía aunque de otro modo, y ella solo sentía ganas de salir corriendo y alejarse. Por momentos sentía que se asfixiaba.

—Nunca te dejaré sola, Amalie —le prometió él, abrazándola mucho más fuerte.

Ella intentó retener el llanto, aunque le resultó imposible. Parecía que las lágrimas no tenían fin en el interior de su cuerpo porque, cuanto más lloraba, más lágrimas acumulaba inundándola por completo. Era como una presa desbordada.

—Soy el hombre que va a cuidarte siempre —le reveló con orgullo—. El padre de tus hijos. Voy a ser el hombre de tu vida.

Ella hipó una última vez y se limpió las lágrimas del rostro con el pañuelo que él le había prestado. Oler el aroma masculino hizo que sintiera un vuelco en el estómago. Sería tan fácil dejarse convencer. Aceptar lo que estaba dispuesto a darle, pero, ¿qué clase de persona sería si lo hiciera renunciar a todo por ella? Ya se sentía una miserable por considerarlo siquiera.

—Por cierto, ¿dónde se encuentra nuestro amigo Joseph? —inquirió él.

Ella se tomó un tiempo en responder.

—Recibió un mensaje urgente de París. Regresará en unas semanas.

—Para entonces ya estaremos casados.

Ella no quería escucharlo. No cuando su voz adquiría el timbre perfecto para hacerla transigir en su actitud decidida. Ya le había ocurrido una vez en el invernadero, cuando la había llevado con sus besos y caricias a la cúspide del placer. Amalie no podía ni llegar a imaginar cómo sería que Karl le hiciera el amor por completo. Pensarlo la llenó de profunda vergüenza, y también de completa curiosidad.

—¿Has hablado con mi padrino? —Karl había cambiado de conversación, quizás por la expresión que observó en ella.

Amalie se tensó en los brazos masculinos al escuchar sus palabras.

—No. ¿Por qué debería hacerlo?

—Sé que durante días ha intentado hablar contigo, pero lo hice desistir porque entendí que necesitabas tiempo.

Amalie lo escudriñó con atención.

—No tengo nada que hablar con el conde Salzach —le espetó de forma un tanto brusca.

Parecía que todos se sentían en la obligación de decidir por ella.

—Ahora se encuentra en Viena atendiendo unos asuntos personales. Regresará en breve.

Por ese motivo, Bramberg estaba tan silencioso y tranquilo. Durante días, ella había hecho todos los esfuerzos por no tropezarse con el conde, sin embargo, este no se encontraba en el palacio sino en la ciudad de Viena. Como uno de los asesores más personales del emperador de Austria, era imprescindible en la política del imperio.

—El nuevo jardinero comenzará por la mañana —le dijo Karl, observándola con atención y sin perderse detalle de los gestos femeninos mientras lo escuchaba.

—Entonces tendré que abandonar el único hogar que conocí —se lamentó ella, llena de ansiedad—. Fui muy feliz aquí.

Pensar en dejar Bramberg la sumía en un estado de nerviosismo. Ahora comprendía más que nunca lo que debió sentir su abuelo cuando se vio amenazado por la relación que el conde creía que ella mantenía con su ahijado. Una relación que se había consolidado a pesar de sus advertencias.

Detener el corazón cuando ha emprendido un camino concreto resultaba imposible.

—Linz está quedando precioso, y estará orgulloso de recibirte.

Ella le sonrió con candidez. Se alegraba enormemente que el hogar de los Amerling volviera a resplandecer como antaño. Una propiedad tan grande y majestuosa debía estar ocupada siempre. Aunque ella no la había visto nunca, las numerosas descripciones que Karl le había hecho en numerosas ocasiones le habían hecho sentir como si conociera la construcción.

—Estoy haciendo arreglos en la iglesia para celebrar nuestro enlace.

Amalie lo miró con ojos entrecerrados. Karl era un terco que no admitía un no por respuesta.

—Ya hemos hablado sobre ese tema en particular, y mi respuesta sigue siendo la misma.

—Me amas, lo sé.

El silencio de ella fue la mejor respuesta que podía obtener él, porque no lo había negado.

—¿Cómo podría convencerte de que me aceptes?

—No podrás hacerlo.

—No dejaré de intentarlo. Una y otra vez. Una y otra vez... una y otra vez...

Ella terminó por reír. Dentro de su angustia emocional por la pérdida de su abuelo, Karl le mostraba una pequeña llama de luz en su camino tortuoso.

Amalie optó por taparle la boca para que no continuara. Él aprovechó para besarle los dedos con reverencia. Durante un momento largo, silencioso, ella lo contempló serena por primera vez en días. Sentía su corazón un poco más ligero. Su alma un poco más libre.

—Eres un amor —le dijo ella, sin apartar los ojos de los masculinos.

—Soy el amor de tu vida —le respondió él, antes de inclinar la cabeza y besarla.

Pasaban los días y su corazón cicatrizaba. Amalie seguía siendo la doncella de las flores en Bramberg a pesar de que el nuevo jardinero había tomado posesión de su cargo días atrás. Sin embargo, este no se hospedaba en la casita del lago, ni ella había tenido que abandonar su hogar, al menos hasta el regreso del conde. Amalie tardaba más de la cuenta en arreglar los ramos de las diferentes estancias. Era como si al final del día le fallaran las fuerzas. No obstante, la ausencia de Johann von Laufen le permitía una cierta holgura en sus quehaceres porque el ama de llaves y el mayordomo le permitían la demora.

Eran conscientes de que había pasado por una prueba muy dura, y tenía que recuperarse del todo antes de volver a ser la misma muchacha sonriente de antaño.

Todos los que componían el servicio de palacio le dirigían miradas interrogantes cada vez que se cruzaban con ella. Les parecía extraño, cuando no ilógico, que ella no le pidiera cuentas al conde sobre el motivo por el que su abuelo había discutido con él hasta el punto de sufrir el infarto que acabó con su vida. Pero todos ignoraban que ella conocía la razón que había impulsado a su abuelo a mantener la discusión con Salzach, y no quería enfrentar al conde preguntándole por ella porque haría aflorar secretos del pasado que era mejor mantener ocultos.

Karl acababa de terminar su cabalgata matutina. El mayordomo se encontraba con él en esos precisos momentos atendiendo sus necesidades, y ella estaba a punto de concluir su labor con el último ramo del despacho del conde. Miró las rosas rojas y las grandes hojas de haya que la acompañaban. Inspiró profundo, agarró la cubeta de madera y se giró hacia la puerta.

Cuando vio al conde plantado en el umbral, se tragó un gemido que sonó estrangulado. No esperaba verlo, sin embargo se había retrasado demasiado con el último jarrón y ahora no podía irse sin ser vista como era su deseo. Bajó los ojos al suelo, y sujetó el cubo tras su espalda.

Johann von Laufen cerró la puerta tras de sí y le pidió que no se marchara. Amalie desobedeció porque no tenía ninguna intención de enfrentarse a él. Sin pronunciar palabra alguna caminó varios pasos para salir de la estancia, pero el conde la sujetó por el brazo y le quitó el cubo de las manos. Lo dejó en el suelo, sin soltarla y sin permitirle una escapada digna. Se había posicionado entre la puerta y ella.

—Tengo que hablar contigo. — La muchacha siguió en un silencio premeditado. Temía hablar y romperse—. Lamento profundamente que se haya pospuesto esta conversación entre los dos que considero sumamente necesaria.

Ahora sí lo miró. Los ojos femeninos hervían de desdén.

Hizo un intento vano de soltarse, pero él la mantenía sujeta con sus fuertes dedos. Amalie comenzó a respirar de forma agitada. Johann se lo tomó como una muestra de debilidad, y se compadeció de ella, aunque no lo suficiente para permitirle que se fuera.

Había llegado el momento de abrir viejas heridas para curarlas.

—No hay nada que hablar, conde Salzach —le espetó, con enojo mal disimulado.

Johann mostraba en su rostro un cansancio inusual. Los asuntos del imperio le robaban noches de sueño y descanso a su alma. Sin embargo en Viena no solo había atendido asuntos del emperador. Había indagado sobre ella y sobre su madre. Lo que había descubierto era asombroso. Un milagro para él, pero que se había tornado en pesadilla para la muchacha según podía observar en la actitud femenina.

—Si hubiese sospechado que tu abuelo padecía del corazón —le confesó él, bastante sincero—, jamás habría permitido que se alterara esa noche.

Ella giró el rostro para no mirarlo.

—De nada sirven las lamentaciones —le contestó envarada—, cuando el daño ya está hecho. Y le informo que no deseo escuchar nada más. Respete mi decisión.

—¿No deseas saber sobre qué discutíamos tu abuelo y yo?

Amalie hizo un gesto negativo con la cabeza y trató de soltarse de la sujeción del conde, pero este seguía agarrándola con sus dedos de hierro, y por eso pudo ver perfectamente el anillo con el sello que él llevaba colocado en el dedo meñique.

Amalie hizo algo inusual y carente de razón. Extendió la suya hacia el conde y abrió la palma como si esperara algo.

—¡Me pertenece! ¡Devuélvamelo! —le ordenó—. Esa joya era de mi madre, se la ganó con los favores que le dio al bastardo miserable que me engendró.

Por primera vez en su vida, Johann sintió como suyo el dolor de ella.

—¿Así que lo sabes? —preguntó atónito.

Amalie guardó silencio al mismo tiempo que lo miraba con ojos que apuñalaban.

—Puedo ser en verdad un miserable, pero ambos sabemos que no soy un bastardo.

Amalie redujo los ojos a una línea para ocultar el brillo decepcionado en sus pupilas.

—Es cierto —contestó ella—, la bastarda soy yo.

—¡Tenía derecho a saberlo! —objetó de pronto el conde.

Si no la soltaba iba a comenzar a gritar. Cuando había leído los documentos que su madre había guardado en esa caja, el mundo se le había derrumbado encima. Nada la había preparado para descubrir las miserias de su pasado.

—¡Ni siquiera la reconoció! —le escupió, vengativa—. ¿Qué derecho puede reclamar ahora?

—¿Me permitirás al menos explicarte mi postura? ¿Mi ignorancia?

—¿Se puede explicar una infamia? —replicó, herida.

Las voces de ambos se elevaban coléricas.

Johann le clavaba los dedos en la tierna carne del brazo pero no se daba cuenta de ello. La miraba con un desconcierto tan absoluto, que ella sintió remordimientos, aunque no los suficientes como para recular en su actitud defensiva.

—La última vez que vi a tu madre en la casita del lago, aquí en Bramberg, tenía trece años y yo veinte —confesó el conde con cierto pesar—. Ese año me marché para completar mi entrenamiento militar bajo las órdenes del emperador, el padre de Francisco José.

Amalie no quería escucharlo. Se sentía demasiado herida por las circunstancias.

—Cuando volví a ver tu madre en Viena, ella tenía dieciocho años y yo veinticinco. No reconocí a la niña que había dejado en Bramberg.

Amalie entrecerró los ojos afectada. Escucharlo era como si le abrieran una herida que comenzaba a sangrar profusamente.

—Ya no tiene importancia —le dijo ella—. El pasado muerto está, como mi madre. Como mi abuelo.

La muchacha trataba de soltarse, pero Johann no se lo permitió.

—Toda la culpa no fue mía, Amalie.

Ella no quería seguir escuchando, sin embargo no le quedó más remedio.

—Soy consciente de ello —le espetó con gran amargura—. Por ese motivo jamás vine a increparle, ni a pedirle nada. Asumí la culpa de mi madre en todo este asunto, y por eso deseo dejarlo todo tal y como está. La memoria de mi abuelo lo merece. ¡Yo lo merezco!

Johann se resistía a dejarla marchar. Tenían que aclarar muchas cosas, pero la muchacha se veía visiblemente afectada. Respiraba de forma anárquica. Le temblaban las manos y había perdido el color del rostro.

—¡Pero eso es imposible! —exclamó él—. Todo ha cambiado.

—¡Maldita sea! ¿Qué ha cambiado? —le preguntó completamente martirizada. Llena de un dolor que so-

brecogía—. Yo se lo diré, ¡nada! Sigo siendo la doncella de las flores hasta que me marche de Bramberg, y le
anuncio que lo haré muy pronto.

—¿Con mi ahijado? —dijo él impulsivamente, y a
ella le sonó a insulto deliberado.

Johann no se esperaba el empujón femenino que le
dio Amalie tratando de soltarse, pero siguió sujetándola con fuerza. No podía dejar que se marchara. Era
superior a sus fuerzas.

—Ya ha dejado muy claro su opinión al respecto.
Y, porque no soy como mi madre, he decidido salir de
su vida para siempre. —La muchacha contuvo un so-
llozo que se quedó atrapado en su garganta—. Salir
para siempre de Bramberg.

Los gritos de ambos habían alertado al personal,
pero solo Karl fue el que se atrevió a abrir la puerta del
despacho de su padrino intentando averiguar qué ocurría en su interior. Cuando encontró a Amalie llorando y a Johann que la sujetaba por el brazo, no supo a
qué atenerse.

—Tienes una alcoba preparada en el ala este —le
dijo Johann a Amalie.

Ella gimió desconsolada. No podía permitir que se
conociera su vergüenza y, si obedecía la orden del conde, la noticia correría como la pólvora entre la servidumbre de palacio. Entre la nobleza de Salzburgo. Todos la mirarían con lástima. Con reprobación.

—Seguiré en la casita del lago hasta que me marche. —Las lágrimas corrían libres por las mejillas femeninas.

—Eres menor de edad, no podrás marcharte de Bramberg sin mi permiso. La casita del lago ya no es lugar para ti. Estará cerrada con llave hasta que lleguen sus próximos ocupantes, y te informo que será a primera hora de la mañana. Los sirvientes ya han traído tus pertenencias. Están depositadas en la estancia que he destinado para ti.

Amalie tragó con fuerza. No podía creerse su mala suerte. Todo su mundo estaba relacionado con la casita del lago, y sin embargo el conde le informaba de lo contrario.

—No deseo que se sepa mi infortunio. Mi vergüenza —le imploró con un hilo de voz—. Con quién retozaba mi madre en la corte.

—Eso ya no es posible —le aclaró él—. En Viena está registrado tu nacimiento, y el nombre von Laufen está asociado a él. Tu madre se ocupó de ello aunque yo lo desconociera hasta hace unos días.

Amalie seguía llorando. Su madre había tenido la previsión de inscribir en el registro el nombre del conde como su padre. Había guardado los documentos en una caja que posteriormente había empeñado acuciada por las deudas y la calamidad. Su abuelo también los había descubierto, de ahí la discusión que mantuvo con von Laufen. Si el conde la reconocía oficialmente, no podría disponer de su vida como hasta ahora. Y mucho se temía que Johann ya había tomado cartas en el asunto a juzgar por la mirada controladora que le ofreció.

Karl seguía la diatriba de ambos sin decidirse a intervenir.

El mayordomo anunció una visita. Cuando Johann vio tras su ahijado a la dama de compañía y a la doncella que había contratado en Viena para asistir y cuidar a Amalie, les hizo un gesto con la cabeza a ambas mujeres. Se alegró enormemente de la llegada de ambas porque le permitía un respiro.

—Paul —le dijo al mayordomo—, acompaña a Amalie a las dependencias que se le han asignado en Bramberg. Las damas la asistirán a partir de este momento.

Amalie miró al mayordomo y comprobó que este no se sorprendía de la noticia. ¡Todo el servicio debía saberlo ya! La única extrañada era ella. Obedeció solícita porque sabía que no tenía ningún lugar donde ir. Si la casita del lago no estaba abierta para ella, solo le quedaba la opción de aceptar. Necesitaba tiempo antes de escapar, de hacer planes para huir del hombre más odioso de Salzburgo.

Cuando los dos hombres se quedaron a solas, Karl estalló.

—¿Qué significa todo esto?

Johann respiró profundamente antes de servirse un coñac doble y bebérselo de un trago.

—Soy el padre de Amalie.

Karl lo miró estupefacto. Nada lo había preparado para recibir esa asombrosa noticia.

¡Amalie no podía ser hija de Johann von Laufen!

Capítulo 15

Karl aceptó la copa de coñac que le ofreció el conde. Se había quedado anonadado tras la declaración. Johann lo invitó a sentarse junto a él mientras comenzaba una de las largas explicaciones que tendría que dar a partir de ese momento.

Aunque la que más temía era la que tenía que ofrecer a su hija.

—Cuando me marché de Bramberg a Viena para completar mi formación militar bajo las órdenes del emperador—comenzó el conde con voz firme—, la madre de Amalie tenía trece años. —Era la misma explicación que le había dado a la muchacha.

Karl pensó que la historia se parecía mucho a la vivida por él y Amalie.

—Es una historia que me suena —contestó en voz baja.

—Cuando regresé a la corte tras una estancia larga en Budapest, conocí a la mujer más hermosa de todas.

Era una de las damas de compañía de la emperatriz. Una que no había visto cuando me marché.

—¿No la reconoció?

Johann negó con la cabeza perdido en sus recuerdos.

—No se hacía llamar Gisela Moser, sino Sofía Lothringen. Había adoptado en la corte su segundo nombre y el apellido de su madre porque le pareció más distinguido que el de su padre.

Karl pudo comprender la actitud de la madre pues la nobleza se mostraba demasiado suspicaz con los apellidos de origen humilde.

—Ignoraba que el aprecio que le tenía mi padre a la familia Moser le había impulsado a pagar los estudios de la hija de Alois, que ansiaba llegar a ser dama de compañía de la emperatriz. Se formó en la mejor escuela para señoritas de Salzburgo.

—El sueño de cualquier muchacha humilde —replicó Karl—. La preparación debió costar una pequeña fortuna.

Johann siguió perdido en sus recuerdos.

—Con la influencia de mi padre ingresó en la corte sirviendo a la emperatriz, tiempo después regresé a Viena.

—¿No le mencionó de quién era hija?

Johann volvió a negar, pero en esta ocasión con un gesto de pesar auténtico. Tenía en el rostro una expresión indescifrable.

Recordó de forma nítida lo que Gisela le había hecho sentir en el pasado. Ninguna otra mujer le había nublado así la razón y la cordura. Ninguna otra lo había abrasado vivo simplemente con la mirada.

—Me enamoré perdidamente de ella. La amé con todas mis fuerzas y, cuando quise hablar con su familia para pedir su mano, ella se negó una y otra vez. No podía comprender su actitud. Su rechazo. Finalmente me convenció de que estaba prometida a un duque que podría ser su padre... —Los recuerdos lo golpearon con violencia—. ¡Me mintió! ¡Me engañó!

Karl pensaba en la historia que contaba su padrino.

—Tendría miedo de que descubriera la verdad, que era hija de un jardinero de Bramberg, y no la hija de un rico comerciante o de un noble venido a menos.

Johann inspiró profundamente.

—Seguí insistiendo y amándola, pero entonces comenzó la revolución húngara de 1848. Una parte del ejército austriaco tuvo que marchar a Budapest, entre ellos me encontraba yo y dos de los mejores hombres del emperador, Albrecht von Habsburg y Julius Jacob von Haynau.

Johann seguía inmerso en el pasado violento que había vivido Austria. El 15 de marzo de 1848 un grupo de jóvenes intelectuales húngaros se habían reunido para redactar un manifiesto para exigir más independencia de la Corona austriaca. Sandor Petöfi lideraba a otros intelectuales como Mór Jókai, Paúl Vasvári y Gyula Bulyovszky, entre otros muchos, y pronto fueron seguidos por una multitud de profesores, médicos e ingenieros que fueron proclamando el manifiesto independentista por todos los rincones del país.

—Cuando años después regresé a Viena —continuó Johann—, Gisela había desaparecido de la corte. Pensé que finalmente se habría casado con su duque porque nunca más supe de ella hasta la noche que Alois Moser me mostró la carta que Gisela le había dejado a su hija, y el sello que yo le había entregado como prueba de mi amor y para que esperara mi regreso de la guerra —Johann seguía perdido en recuerdos que se tornaban dolorosos—. Nunca imaginé que me llevaría tanto tiempo regresar.

—Debió ser un descubrimiento asombroso para usted.

Su ahijado no podía imaginarse la tortura que significó para él la acusación de Alois Moser. Las pruebas que le mostraba desencadenaron una fuerte discusión entre ambos y la posterior muerte de Alois.

—Tras el entierro de Alois hice averiguaciones en Viena. Así descubrí que Gisela había registrado a Amalie con el apellido von Laufen. Todos estos años una niña llevaba mi apellido, y yo no tenía modo de saberlo.

Karl no tenía palabras para su padrino.

—¡De estar viva querría matarla! —exclamó, herido.

—Registrar a la niña con su apellido podría haberle costado la horca —afirmó Karl, con voz muy seria.

Que una muchacha de origen humilde implicase a un noble en un nacimiento ilegal podría costar la vida a la madre si el noble no lo reconocía y la denunciaba a las autoridades pertinentes.

—Pero me ha permitido asumir y aceptar mi paternidad. Su maniobra me ha facilitado mucho el trabajo.

—Gisela se mostró muy osada —dijo Karl, admirado—, porque su respuesta podría haber sido otra muy diferente.

—Gisela aprovechó mi ausencia de Austria para hacerlo. Sabía que estando lejos no podría oponerme, y una vez nacida la criatura, todo se simplificaba.

—Quizás esperaba que Amalie fuera un varón, y con su nacimiento suavizar su conducta en Viena cuando tuviera que enfrentar al hombre que le había pagado sus estudios, su padre el conde.

Johann no tenía modo de saber lo que pensaba Gisela por aquel entonces. Se había negado en rotundo a que conociera la verdad sobre sus orígenes familiares, sobre su embarazo. Era una completa desconocida para él porque se había comportado de forma muy diferente a una mujer enamorada. A la mujer que él creía enamorada.

—Mi padre jamás sospechó nada, porque, de haberlo imaginado, me habría escrito para mencionarme lo que sucedía. Me habría alertado para pedirme explicaciones por mi conducta.

Karl pensó que ahora no tenían forma de conocer qué había sucedido realmente en el pasado, pues las únicas tres personas que podían clarificar el asunto habían fallecido.

—¿Y qué va a suceder con Amalie?

La pregunta de Karl desconcertó a Johann.

—Es mi hija —dijo llanamente el conde.

—Es ilegítima.

—Por desconocimiento, no por omisión —confesó Johann y marcando una sutil diferencia que tenía mucha importancia en el ámbito legal—. El emperador ya conoce toda la historia y sabe que deseo legitimarla en todo sentido.

—Ello sería contrario a ley —arguyó Karl.

Johann era consciente. Un hijo o hija ilegítimo no podía ser declarado heredero legal, pero él pretendía cambiar esa circunstancia.

—La emperatriz es una romántica soñadora y se ha mostrado a favor de que esta historia de amor termine bien —reveló Johann.

Karl se tomó un sorbo de coñac de la copa que había calentado con su mano. Gracias a su lealtad a la Corona, su padrino se había granjeado el respeto y la admiración de los emperadores.

—De ser aceptada la legitimidad de Amalie, se podría crear un precedente que no gustará a la mayoría de nobles que esperan heredar un título a pesar de existir herederos, aunque sean ilegítimos.

—Creí que te alegraría conocer los orígenes de Amalie —protestó el conde.

Karl le mostró a Johann una sonrisa abierta.

—Conozco lo más importante de Amalie —le replicó Karl—. Que es una muchacha honesta, hermosa y sencilla.

—Además de austriaca y noble —remató este.

—¿Ello quiere decir que ahora sí cumple los requisitos para ser mi esposa?

El conde miró a su ahijado con dureza. No le gustaba en absoluto el tono arrogante que observaba en él.

—Tengo la potestad para elegir a su esposo...

Karl no le permitió continuar.

—Y a mi esposa, gracias a la cláusula del testamento de mi padre.

Johann se alzó de la silla y se sirvió otro coñac, aunque en esta ocasión no se lo tomó de un trago. Regresó a su asiento con la misma celeridad con la que se había levantado.

—Amalie no podrá heredar mi título, pues es una mujer —expresó el conde pensativo.

Karl no se lo pensó.

—Pero si es declarada legítima por la Corona, podrá heredar el título Salzach su primer hijo, es decir, su fututo nieto.

Johann meditó un momento las palabras que iba a decir.

—Si muero antes de que eso suceda, el título pasará de forma directa a un familiar que después luchará en eternos litigios para conservarlo.

Karl comenzaba a comprender todo.

—Algo que debemos evitar a toda costa, ¿no es cierto?

Karl miraba con ojos diferentes al conde Salzach. No lo movía un interés genuino en Amalie, sino preservar su título y sus propiedades. A él, que había estado dispuesto a renunciar a todo por ella, le parecía inaudito que su propio padre antepusiera sus intereses a los de su hija recién descubierta.

—No presupongas acciones que todavía no he cometido —lo censuró Johann, entendiendo la mirada que le dedicaba su ahijado.

Karl soltó la copa de licor encima de la mesa de forma súbita.

—Se está dando mucha prisa en normalizar la situación legal de su recién descubierta hija, sin tener en cuenta los sentimientos de ella como persona.

La pulla le dio de lleno y lo desconcertó.

—Te recuerdo que acordamos en investigar su pasado para tu provecho, no el mío, y ahora me censuras que haga lo propio.

Karl apretó los labios con cierta ira porque Johann había traído a colación precisamente ese detalle.

—Y mientras acordó conmigo indagar sobre su pasado, le ofreció a ella mediar en la corte para que la emperatriz la aceptara como dama de compañía a cambio de que me abandonara.

Entre padrino y ahijado se sucedían las acusaciones.

—Esto no es un juego sobre quién yerra más —le replicó molesto Johann—. He descubierto que tengo una hija que ha vuelto mi mundo del revés, pero no como resultado de una noche lujuriosa con una mujerzuela de la calle, sino por el amor que sentía hacia Gisela Moser, aunque fuera engañado por ella al ocultarme sus orígenes humildes, sus ambiciones —Johann hizo una pequeña pausa—. Puedo llegar a entender sus motivos, aunque no comparta las decisiones que tomó porque ello me apartó de mi único descendiente directo.

Karl aceptó la corrección, y tuvo el tino de mostrarse azorado.

—No pretendía ofenderlo —se disculpó.

—Lo has intentado al mostrarme mis acciones interesadas en que mi título y herencia pase a manos de la hija que engendré, en lugar de un pariente avaricioso.

—Lamento mis palabras apresuradas, y mis conclusiones fuera de lugar. Mi único interés es proteger a Amalie.

Johann soltó al aliento que contenía. Estaba agotado.

En Viena había pasado días enteros sin descansar tratando de desenmarañar la madeja que le había dejado Alois Moser en las manos la noche que falleció. Le había mostrado el certificado de nacimiento de Amalie y la carta que Gisela le dejó a su pequeña. Le había enseñado el sello que él le había entregado como prueba de su amor, pero sin poder explicarle nada porque Gisela no había sido sincera con su padre. Después todo había convergido en un caos completo.

—Cuando vi por primera vez a Gisela —recordó Johann—, estaba de espaldas. Observé su postura erguida. Su blanco cuello de cisne. Y ella, como si presintiera que la observaban, se volvió y clavó sus bellos ojos en los míos. Me gustó su arrogancia femenina porque no parecía temer el interés que demostré al verla. A partir de aquel momento, me desafiaba con cada mirada. Gisela se convirtió en un poderoso enigma que tenía que descifrar. Nunca sospeché quién era ni dudé de sus palabras.

Johann enmudeció mientras los recuerdos lo fustigaban.

—Si se parece a la hija, no me extraña que quedara atrapado por su mirada azul —dijo Karl.

Johann miró a su ahijado.

—Gisela no tenía los ojos azules sino castaños.

Karl contempló a su padrino y exclamó incrédulo. Acababa de darse cuenta de que los ojos de zafiro de Amalie eran los mismos de Johann. ¡Había estado ciego!

—Amalie von Laufen es una hija reconocida —le espetó Johann a su ahijado, con el ceño fruncido, como si un recuerdo lo hubiera hostigado—. El único impedimento que existe para que sea mi heredera legítima es que su madre y yo no llegamos a unirnos en matrimonio por culpa de la guerra.

—¿Y qué piensa hacer? —le preguntó.

—El emperador comprende que mis deberes como militar me mantuvieron alejado de mis asuntos personales, como celebrar mi matrimonio y conocer a mi hija.

Karl ahora entendía la explicación que Johann von Laufen le había ofrecido al emperador: un súbdito dedicado que debe posponer sus asuntos legales para defender el imperio.

—La muerte de Gisela ocurrida durante los años que luché en Hungría lo ha simplificado todo.

—¿Y qué dice Amalie de todo esto? —quiso saber.

Johann sintió el impulso de reír a carcajadas, si bien se abstuvo. Amalie no le había permitido una explicación. Era tan terca como su abuelo Alois, que simplemente se dedicó a acusarlo sin dejarle esgrimir una sola razón para su defensa.

—Espero que comprenda que mi ausencia en su vida no fue premeditada, ya que desconocía su existencia hasta hace poco.

—¿Hubiera cambiado en algo sus intenciones si hubiera conocido el embarazo de Gisela Moser antes de marcharse a la guerra?

El rostro de Johann se endureció por completo. Le parecía absurdo ese continuo reproche que observaba en su ahijado en cada palabra que pronunciaba sobre su conducta en Viena.

—¿Realmente necesitas que te responda a esa pregunta?

Durante unos momentos, Karl no dijo nada, aunque, finalmente, hizo un gesto con los hombros bastante elocuente.

—Creo que yo habría actuado de la misma forma que usted, de estar en su lugar.

—Me alegra que te muestres tan magnánimo con mi persona.

—Quise decir —se excusó él—, que si Amalie estuviera embarazada, trataría de protegerla de todas las formas posibles, y que no me gustaría en absoluto que me lo ocultara.

Los hombros de Johann se tensaron al escucharlo.

—¿Quieres decir que existe la posibilidad de que Amalie esté encinta?

En ese momento, Karl tomaba de nuevo un trago

de coñac. Se atragantó y tosió con aspavientos. Carraspeó varias veces para aclararse la voz.

—¡Por supuesto que no!

Los ojos de Johann se entrecerraron.

—¿No te has tomado ninguna libertad con ella cuando simplemente era la doncella de las flores en Bramberg?

Karl optó por guardar silencio porque se había tomado más de una libertad con Amalie. Le había hecho el amor en el invernadero con sus labios, con sus caricias hasta provocarle su primer orgasmo. La había iniciado en el camino del deseo, del amor, pero esa verdad no podía revelársela a su padrino, porque de hacerlo sería hombre muerto.

—Mis intenciones para Amalie siempre han sido honorables —se justificó orgulloso—. Sabe que deseo casarme con ella desde que llegué a Bramberg.

Algo en el tono de Karl previno a Johann que, sin embargo, no deseó ahondar en el tema porque, de hacerlo, tendría que retar a su ahijado a un duelo y entonces, Amalie se quedaría sin pretendiente.

—Mi padre se sentiría orgulloso de la mujer que será la próxima condesa Wienerwald —terció Karl, sonriendo de oreja a oreja.

—Tu padre era uno de mis mejores amigos —le respondió el conde—. Que mi hija sea tu esposa colmaría el más ansiado de sus sueños —admitió.

—¿Y yo como yerno no colmo el más ansiado de los suyos? —bromeó este.

Johann tardó unos minutos en responderle. Su ahijado se mostraba insolente. Había sido criado fuera del control y de las normas de la nobleza austriaca. No sabía discernir si ello podría ser bueno o no en el futuro.

Karl comprendió que estaba banalizando demasiado el asunto de la legitimidad de Amalie. Sin embargo, se sentía tan feliz del resultado final que no sabía cómo contener la alegría que se le escapaba del cuerpo sin parecer un loco descerebrado.

—Tenemos que hablar sobre la fecha del enlace —aventuró Karl, aunque en esta ocasión tan serio como el tema requería.

—Amalie es muy joven todavía —le respondió el conde.

Karl inspiró aire de forma profunda. Estaba a un paso de estallar de dicha porque las palabras del conde le decían cuál era su postura.

—Le recuerdo, padrino, que tengo menos de cuatro meses para encontrar a una joven austriaca de origen noble para que sea mi esposa, o perderé mi herencia.

Johann no tuvo más remedio que aceptar la lógica de su ahijado. Todo podía salir bien si Amalie lo perdonaba. Si estaba dispuesta a olvidar.

—Antes tenemos que hablar de la dote.

Amalie, prisionera de las circunstancias y de los sentimientos, hacía planes para escapar de Bramberg sin sospechar que dos hombres decidían, bajo ese mismo techo, sobre su futuro y su vida.

Capítulo 16

Amalie seguía dando vueltas en la preciosa alcoba que el conde había destinado para ella. Estaba en la mejor zona de Bramberg, donde se hospedaban las visitas distinguidas. La orientación a mediodía hacía que la alcoba fuera alegre y muy iluminada, gracias a las altas ventanas que daban a un pequeño huerto con jardín. Los tonos crema y lila eran muy femeninos. También la tela que cubría el amplio lecho que estaba bordada con hilos de seda. Las puertas del armario macizo de roble estaban abiertas de par en par y ella podía ver su escaso vestuario perfectamente colocado en su interior.

Su vida había cambiado mucho desde que recuperó la cajita de su madre con los secretos que albergaba. Se giró sobre sí misma y fijó sus pupilas en el jarrón con flores que ella había arreglado por la mañana.

«Seguiré siendo la doncella de las flores, no puedo vivir de la caridad del conde por tiempo indefinido», se dijo Amalie desconsolada. «No admito su caridad. No la he necesitado en el pasado, tampoco la necesito para mi futuro».

Unos golpes en la puerta la trajeron de vuelta de sus pensamientos. Ignoraba quién estaba detrás de ella. Temió que fuera el conde y decidió guardar silencio para que la creyera dormida.

—Sé que estás despierta —sonó la voz de Karl—. Vamos, Amalie, abre la puerta.

La muchacha dudó un instante, y al siguiente corría para permitirle el paso. Karl estaba ligeramente apoyado sobre el marco, con una sonrisa deslumbrante.

—Pareces el gato que se ha comido al ratón —le dijo Amalie, haciéndose a un lado para permitirle el acceso.

—Pues soy un gato bastante satisfecho, he de admitirlo.

Karl la siguió hasta el diván que adornaba la única pared vacía de cuadros de la estancia. En la mesita auxiliar había una bandeja de plata con una jarra de agua y un vaso que no había sido utilizado.

—En mi alcoba siempre hay bombones de chocolate.

Ella no pudo evitar mostrarle una sonrisa a pesar de las tribulaciones que sentía en el alma. Karl era como la tabla de salvación en una tormenta.

—Eso es debido a que soy yo la que coloca en tus dependencias las flores, los bombones y diversos artículos para tu disfrute.

—¿Y por qué motivo aquí no los hay?

—Porque esta alcoba suele estar vacía. Únicamente colocamos flores en todas y cada una de las estancias que están ocupadas —le aclaró ella—. Curiosamente, Theresia, el ama de llaves, me ordenó en la mañana que también colocara flores en la alcoba de las lilas.

La estancia era denominada así por el papel entelado que cubría sus paredes: lilas y mariposas en los mismos tonos. Karl hizo algo inesperado. Abrió la palma de su mano y ante los ojos de Amalie aparecieron varios bombones. Tomó uno y lo mordió, el chocolate estaba prácticamente derretido, si bien no le importó.

—Ahora ya no está vacía.

—No tenía forma de saber que sería yo la que ocuparía esta alcoba. Nadie me informó en la mañana.

—Admite que es muy bonita, casi tanto como tú.

—Todo Bramberg es muy bonito.

—Bramberg es ahora tu hogar.

Ella estaba a punto de tomar otro bombón, sin embargo dejó la mano suspendida en el aire.

—Mucho has tardado en recordarme mi infortunio —le reprochó, dolida—. ¿Te envía el conde para inquirir sobre mi ánimo?

—¿Te extrañaría que tu padre se interesara por tu bienestar?

—¿Hablamos del conde Salzach?

—Es normal que te sientas herida, aunque, en vista de las circunstancias, te has tomado los acontecimientos con una madurez extraordinaria. Lo tienes asombrado.

Amalie resopló de forma poco femenina porque se tomó las palabras de Karl de forma muy diferente.

—Tengo dieciocho años, estoy en mi derecho de mostrarme inmadura. Impulsiva, desobediente...

Él no la dejó terminar.

—Entonces no serías la Amalie que amo.

—... y desagradecida —concluyó.

Tras escuchar las palabras de Karl, la muchacha agachó la cabeza. Era como si quisiera ocultar su tristeza al hombre que amaba.

—Esta insólita circunstancia nos ha simplificado el problema, Amalie —le dijo él con rostro serio.

—Es mi problema.

—Tu padre está conforme con nuestro matrimonio.

—Querrás decir tu padrino.

—Me gusta cuando te pones terca —la acicateó él.

Ella lo miró seria, con ojos muy grandes y llenos de angustia.

—Pienso marcharme de Bramberg muy pronto —le confesó contrita.

En esta ocasión, Karl no sonrió. Se tomó las palabras de ella al pie de la letra.

—Estoy de acuerdo —le respondió él—. Te marcharás de Bramberg a Linz cuando seas mi esposa.

—No bromeo —insistió con voz aguda.

—Ni yo —contestó rápido—. Es mi deseo que no te compliques la existencia cuando falta tan poco para que estemos por fin juntos como marido y mujer.

—Había decidido huir de ti.

—Lo sé.

Ella lo miró sorprendida. Karl suspiró porque Amalie ignoraba que su rostro era como un libro abierto. Nada quedaba escondido tras esos maravillosos zafiros.

—Mi padre quería como futura condesa de Wienerwald a una joven austriaca de noble familia —ella iba a interrumpirlo, pero él no se lo permitió—. Estaría muy orgulloso de mi elección.

Amalie se quedaba sin objeciones porque precisamente ella reunía todas las cualidades establecidas en el testamento de Maximilian von Amerling, salvo que era ilegítima. Bastarda. El fruto de un amor ilícito o de una pasión pecadora.

Karl la miraba profundamente arrobado. Estaba hermosa, tanto que le costaba horrores no tomarla en brazos y besarla de forma apasionada. Tenía que hacer un verdadero esfuerzo para controlarse.

—Mi vida va a cambiar —se quejó ella.

Amalie, con sus conclusiones, había colocado la respuesta precisa en los labios masculinos. Karl disparó directamente a su corazón.

—Tu vida cambió desde que regresé a Austria. Desde que te hice el amor en el invernadero...

—¡Calla! —exclamó avergonzada—. Te pueden oír.

El dedo que Amalie había puesto en los labios de Karl fue besado por él con absoluta reverencia.

—He salido perdiendo con el cambio. Era mejor lidiar con el entrañable Alois que con el implacable conde Salzach.

Ella no comprendió sus palabras.

—¿Sabe que estás aquí en mi alcoba? —inquirió, preocupada.

Karl le hizo un gesto negativo con la cabeza.

—Y tampoco esas dos guardianas que te ha buscado tu padre. Duermen en la planta baja, en las dependencias del servicio.

Ella respiró profundamente aliviada. No estaba acostumbrada a que la vigilaran.

—¡Bésame, Karl! —le ordenó de pronto—. Hazme olvidar esta pesadilla.

Karl no necesitó más invitación. La atrajo hacia sí y la besó con infinita suavidad, saboreando la tersa piel de los labios femeninos. Oliendo el embriagador perfume de las flores que manejaba a diario. No sabía precisar si olía a rosas, a hierba fresca, o a tierra mojada. Amalie nublaba todos sus sentidos.

Ella estaba tirada prácticamente sobre él. Percibía la turgencia de sus senos en su torso. La redondez de sus caderas sobre su pelvis. Había entrelazado sus manos sobre su nuca y le impedía moverse. Amalie era la que llevaba la iniciativa en el beso, él simplemente se dejaba llevar.

Cuando estaba junto a ella, le hervía la sangre.

El cuerpo femenino pesaba poco sobre el suyo. Se amoldaba a la perfección a sus brazos, y Karl la sujetó con fuerza. Con deseo. Con pasión loca. Sin saber cómo, se encontró acariciando la piel desnuda de sus muslos. Colocó las manos bajo las tersas nalgas para apretarla contra la dureza de su miembro, que había despertado por ella. Le mordió los labios y hurgó con la lengua en su interior cálido como si necesitara para sobrevivir el aliento que exhalaba. Ella movía las manos con frenesí y, hasta que no puso la suave piel de su escote en sus labios para que la besara, no se percató de que se había desabrochado el vestido para permitirle el acceso a sus senos.

Karl estaba envuelto en una neblina espesa de deseo. Tenía los sentidos borrachos del olor y del sabor femenino. Como seguía sujetándola por las nalgas, la fue moviendo hacia arriba y hacia abajo imitando el acto del amor. La oyó gemir mientras buscaba de nuevo su boca y, al escucharla, la razón lo golpeó con fuerza.

La separó un poco de su cuerpo y la sostuvo en alto, completamente superado por los acontecimientos.

Amalie parpadeó porque ignoraba qué sucedía. Un instante antes Karl la estaba besando, otro después la había separado bruscamente de su cuerpo. Abrió los ojos y lo observó. La mirada masculina quemaba.

—Estoy a punto de hacerte el amor —le explicó, con voz enronquecida por el deseo—, aquí mismo.

Ella le mostró una sonrisa de afecto sincero.

—¡Lo deseo!

Las palabras de ella resultaron como un jarro de agua fría.

—¿Bajo el mismo techo que tu padre? —preguntó atónito—. No sería correcto.

Amalie no comprendía la reticencia de él. Ambos se deseaban.

—No te importó hacerme el amor en el invernadero —le reprochó ella—, pero claro, solo tenía la protección de mi ignorancia sobre lo que querías mostrarme.

Karl la dejó de nuevo sentada junto a él, aunque seguía mirándola de forma intensa. Casi sin pestañear.

—No es correcto hacerte el amor bajo el mismo techo que tu padre. No podría avergonzarlo de ese modo.

Amalie crujió los dientes ofendida. Se levantó del diván enojada con ella misma. Con él, con el maldito conde Salzach.

—Por supuesto —dijo ella, envarada—, ahora soy una dama respetable. Cuando me creías una doncella, estaba disponible. Ahora que has descubierto quién es el hombre que me engendró, te llenas de escrúpulos.

—No me malinterpretes, Amalie —protestó él—. Ardo en deseos de hacerte el amor de forma completa, no a medias como en el invernadero —siguió—, pero estás bajo la protección de tu padre.

El brillo en los ojos femeninos cortaba mucho mejor que una daga afilada. Ella se arreglaba el escote de su vestido, y él, al contemplar su gesto airado, entendió.

—¡Deseas desafiarlo!

Amalie lo miró como si no supiera qué le estaba diciendo.

—Me utilizabas para mostrarle que no tiene poder sobre ti. Que todavía puedes decidir sobre tus acciones.

—¿Acaso pensabas contarle que me habías hecho el amor? —le preguntó ella, con sarcasmo—. Entonces

¿cómo podría mostrarle que no tiene poder sobre mis acciones? Y me molesta que pienses que te estaba utilizando —lo censuró con voz aguda—. Creía que estaba besando al hombre que amo.

Amalie se sorprendió de la capacidad de deducción que tenía Karl. La conocía incluso mejor que ella misma. Sentía la urgente necesidad de saber que tenía el control sobre sus decisiones. Sobre su futuro. Que Karl le hiciera el amor era una consecuencia lógica a todo lo que sentía en esos momentos: miedo, desconcierto, ansiedad.

—Es la primera vez que lo dices. —Ella lo miró sin saber a qué se refería—. Que me amas —le recordó él—. Es la primera vez que lo dices.

—Será mejor que te marches —le aconsejó ella, que había retomado de nuevo el control sobre su voz y sus actos.

—¡Dímelo de nuevo! —le imploró en el mismo tono que utilizaría un sediento para pedir un vaso de agua.

—¿Vas a hacerme el amor si lo hago? —inquirió ella con ojos entrecerrados.

Él ya negaba de forma enérgica.

—No estoy tan loco, aunque sí desesperado.

—Buenas noches, Karl —lo despidió Amalie.

Lo acompañó hasta la puerta. La abrió en silencio y le mostró con una mano la salida.

—¿Ni un último beso de despedida? —preguntó él esperanzado.

Amalie cerró la hoja de madera con suavidad. Después, apoyó la frente en ella. No podría dormir esa noche.

Capítulo 17

La voz airada de Amalie despertó la curiosidad de Johann, que estaba revisando unos papeles en su despacho. Era muy temprano, apenas había amanecido. Normalmente a esa hora, él seguía durmiendo, sin embargo los asuntos personales de los que se había ocupado satisfactoriamente habían retrasado algunos informes que tenía que enviar a Viena con urgencia. Oyó la voz de Theresia y de Paul, y se preguntó qué diantres ocurría en la cocina para que se suscitara semejante alboroto. Si él no hubiera estado trabajando en su despacho, no se habría enterado de la discusión que mantenía el personal de servicio.

Se levantó raudo y enfiló hacia la cocina. Cuando asomó su cabeza por el hueco abierto de la puerta, lo que vio lo dejó atónito. La dama de compañía de Amalie trataba de quitarle un cubo de madera lleno de flores. Esta tiraba de él hacia sí misma para retenerlo. El ama de llaves tenía las manos en las caderas y la miraba con reprobación. El mayordomo carraspeaba nervioso.

—¿Qué sucede aquí? —La potente voz del conde hizo que muchacha y mujer se giraran con ímpetu hacia él.

Helene, la mujer que había contratado Karl como dama de compañía de Amalie, soltó el cubo y entrelazó las manos.

—Es su hija, señor, no ha permitido que la doncella la vista, ni he podido impedir que se levantara al alba y cortara las flores. Ahora mismo se disponía a arreglar los diversos jarrones de palacio. Como comprenderá, es un dislate.

Johann la miró sin contemplaciones y Amalie bajó los ojos, turbada.

—Tanto Paul como yo —terció el ama de llaves—, le hemos explicado que no es correcto que siga desempeñando esa labor.

Amalie apretó el cubo lleno de flores todavía más a su cuerpo. Se había levantado muy temprano como era su costumbre. Había comenzado su trabajo diario con absoluta normalidad hasta que Theresia se había posicionado en su contra con la ayuda de Paul.

—No necesito que nadie me vista ni necesito vivir de la caridad —se excusó ella, que había entrecerrado los ojos poniéndose a la defensiva—. Tengo dos buenas manos para trabajar, y pienso seguir haciéndolo.

Johann se preguntó si acaso pretendía que él no supiera realmente lo que pensaba al respecto al ocultarle el brillo de sus pupilas.

—No eres una sirvienta, Amalie —le reprochó el conde—, sino mi hija, y se te debe tratar como tal. Permite al servicio que haga su trabajo como corresponde.

—No estoy acostumbrada a estar ociosa.

Johann se percató de que ahora sí lo miraba de frente, con ojos grandes y acusadores. Comprendió que ella no podía cambiar de la noche a la mañana. No podía pasar de ser la doncella de las flores a la hija del conde Salzach. Había encarado todo el asunto mal, y decidió cambiar de estrategia.

—No permitiremos que estés ociosa —le respondió el conde—, estaré encantado de tener una ayudante en los diferentes informes que tengo que realizar para Viena y que se acumulan sobre mi escritorio.

Ella no tenía ni idea de cómo podría ayudar al conde en esos menesteres, aunque no dijo nada.

—Son tediosos, aburridos y me llevan demasiado tiempo.

Amalie supo que el conde pretendía ayudarla, si bien no se lo agradeció. Estaba demasiado nerviosa.

—Me encanta organizar los diferentes arreglos florales para Bramberg —dijo ella con rostro serio—. Adoro todo lo que tiene que ver con el jardín y el invernadero porque significaron todo en la vida de mi abuelo Alois.

Johann aceptó que ella necesitaba tiempo para adaptarse a las nuevas circunstancias.

—Entonces respetaremos que sigas encargándote de los diversos arreglos florales de Bramberg si ese es tu deseo. Además, supervisarás con el nuevo jardinero todo lo que esté relacionado con el cuidado del jardín y del invernadero.

Amalie le ofreció al conde una mirada de gratitud.

—También podré ocuparme de ayudarlo con esos informes que ha mencionado.

Johann la estaba llevando a su terreno y le enterneció que ella no se percatara de ello. Era una muchacha encantadora, y era su hija.

—Sin embargo —continuó él—, los arreglos florales deberán hacerse a una hora más tardía de la mañana, ¿te parece bien sobre las once? Es una hora apropiada porque habrás terminado tu desayuno.

Amalie quería seguir detestando a ese hombre. No obstante, cada vez le resultaba más difícil porque su comportamiento no era el que esperaba.

Se giró hacia el ama de llaves y el mayordomo.

—Está bien —dijo ella—. Tomaré mi desayuno ahora.

Amalie caminó hacia la mesa de la cocina donde estaba preparado el desayuno del servicio. Helena lanzó una exclamación ahogada al ver que tomaba asiento entre la silla de Theresia y la de Paul.

Johann soltó un suspiro largo.

—Desayunarás a las ocho en el comedor familiar con tu padre y con tu prometido.

Amalie abrió los ojos con espanto.

—Mientras llega esa hora, permitirás que la doncella que he contratado especialmente para ti te ayude a vestirte de forma apropiada. Helene te acompañará para guiarte cada vez que la necesites.

Los ojos de la muchacha se llenaron de lágrimas. Cada palabra del conde la sentía como un eslabón de cadena que la aprisionaba. Si aceptaba todo eso, quedaría empeñada con él para siempre, y Amalie no quería deberle nada.

La entrada de Karl vestido con ropa de montar desvió la atención sobre ella. Acababa de terminar su cabalgata matutina.

—Veo que hay reunión familiar —dijo Karl en un tono bromista, clavando los ojos en ella y en el sencillo vestido que llevaba—. Buenos días, amor... —Caminó directamente hacia la muchacha y la besó en la frente.

Amalie enrojeció hasta la raíz del cabello.

—Acompáñame —le pidió el conde—. Tengo que decirte algo.

Amalie inspiró profundamente y después soltó el aire poco a poco. Se levantó de su asiento para seguir a Johann von Laufen a la biblioteca.

Una vez dentro, este cerró la puerta con suavidad. Ella se preparó para enfrentarlo.

—Te guste o no —comenzó él—, no podemos cambiar el hecho de que eres mi hija y que tengo que actuar en consecuencia.

La muchacha lo miró sin creerse sus palabras.

—¿Quiere ello decir que ya no dispondré de mi vida como hasta ahora?

Johann dio un paso y cruzó los brazos al pecho. Si ella seguía a la defensiva no llegarían a ningún lugar.

—Si has decidido casarte con Karl, la respuesta es no.

Amalie estuvo a punto de protestar, sin embargo, lo pensó mejor.

—He decidido casarme con Karl —concluyó razonable—. Lo amo. Me ama, es una consecuencia lógica a lo que sentimos ambos.

—Me alegra que pienses así —respondió Johann—. Aunque me gustaría tenerte más tiempo en Bramberg. Que lleguemos a conocernos.

—¡Oh! —exclamó ella—. Pero si lo conozco muy bien.

Johann se molestó por el sarcasmo femenino. No obstante, entendió su postura. Amalie tenía que aceptar por las buenas o por las malas cada decisión que él adoptara sobre ella. Y era demasiado pronto para que se acostumbrara.

—Lamento profundamente la muerte de tu abuelo.

Ella tardó un momento en responderle.

—Lo sé —respondió contrita—. No le culpo por ello.

—Espero entonces que aprendas a aceptar que las decisiones que tome con respecto a ti a partir de este momento son lógicas y razonables.

—¿Puedo marcharme? —preguntó, exasperada.

Amalie no estaba preparada para mantener ese tipo de conversación con él. Se sentía demasiado dolida.

Johann le hizo un gesto con la cabeza y ella se marchó rápidamente. Como si huyera.

Durante las siguientes dos horas, Amalie permitió que la ayudaran a bañarse. Dejó que la peinaran, y que desecharan la mayoría de sus vestidos porque estaban demasiado gastados. Permitió que Helene le tomara medidas. Ella ignoraba que era una excelente costurera y que tenía el encargo de organizarle y elegir un completo vestuario. No tenía modo de saber que Helene había cuidado a distinguidas damas de la corte hasta que todas y cada una se habían casado con hombres ilustres e importantes. Tenía una reputación intachable, y había aceptado cuidar a Amalie porque su hijo había servido en el ejército de Viena bajo las órdenes de Johann von Laufen. La reputación del conde le precedía allá por donde iba.

La doncella le había cortado las puntas del cabello antes de secarlo y organizó los suaves mechones en preciosos bucles alrededor de su cabeza, dejando algunos rizos sobre el rostro.

—¡Querida Amalie! —exclamó Helene cuando la doncella terminó de hacer su trabajo—. No parece la misma.

Amalie se observó en el espejo, y la imagen que le devolvió no era la suya. Parecía una completa extraña a pesar de que llevaba puesto el vestido gris que utilizaba para asistir al servicio religioso los domingos. La doncella había hecho un trabajo impresionante con su cabello y rostro.

—Es del todo censurable que su padre no la presente en sociedad —dijo Helene, con voz crítica.

—Acaba de perder a su abuelo —respondió su doncella particular—, y se casará muy pronto con ese joven y apuesto caballero.

Amalie estuvo a punto de sonreír porque hablaban como si ella no estuviera presente.

—¡Vamos, Caroline! —la animó Helene—. Tenemos mucho trabajo que hacer todavía.

Amalie se percató de que, hasta ese momento, desconocía el nombre de la doncella que había contratado el conde para ella.

—La acompañaré al comedor —le dijo Helene—. No es correcto hacer esperar a dos caballeros más de cinco minutos.

Cuando Amalie miró el reloj de pared, se dio cuenta de que pasaban quince minutos de las ocho. El tiempo había pasado veloz. Fuera, en el amplio corredor, la esperaba Karl que sonreía de oreja a oreja. Ignoraba cuánto tiempo llevaba aguardándola.

—Estás realmente preciosa —musitó él, admirado.

Amalie se ruborizó, si bien aceptó el brazo que le ofreció él para conducirla al comedor familiar de Bramberg.

—Gracias por tus ánimos y por apoyarme cuando haga mi espectacular entrada.

Sus palabras habían sonado algo despectivas.

—Me apena que no disfrutes de tu nueva posición.

Parecía que él la censuraba.

—Es una posición impuesta pues no la elegí —se defendió ella.

—Es el destino el que eligió por ti al escoger al conde von Laufen como tu padre y no a un mozo de cuadras que se hizo pasar por noble.

Al recordarle sus palabras del pasado, Amalie lo

miró con cierto enojo. Sin embargo, un instante después suavizó la mirada que le dirigía. Karl tenía razón. Otra muchacha humilde como ella se sentiría dichosa de convertirse de la noche a la mañana de sirvienta en princesa. Su madre se sentiría dichosa, pero no ella, porque no estaba hecha del mismo material ambicioso. Su madre aspiraba a ser parte de la nobleza, y ese deseo insano la había llevado por mal camino. Ella simplemente quería ser la doncella de las flores en Bramberg. Amalie lo pensó mejor: quería ser la esposa de Karl y hacerlo muy feliz por el resto de sus vidas.

Se había rendido a lo inevitable: amarlo con desesperación.

—Me resulta difícil —dijo Amalie mientras descendían por las escaleras—, mantenerme todo el tiempo ociosa. —Karl le respondió alzando las cejas perfectas y simétricas—. Tendrás que enseñarme a no hacer nada durante el día —continuó ella.

—¿De verdad piensas que estoy todo el día mirando las musarañas? —el tono masculino había sonado falsamente ofendido.

—Me cuesta imaginar que un hombre de tu talento —matizó ella, burlona—, tenga algo más importante que hacer salvo cabalgar, dormir y llenar el estómago de suculentos alimentos.

Karl terminó por soltar una carcajada.

—¿Me estás llamando holgazán?

—Te estoy llamando noble aburrido.

—¿Y qué piensas hacer para cambiar ese enorme defecto que has podido observar en tu prometido? —

Karl calló de repente porque el rostro de ella se había convertido en una provocación.

—Te obligaré a trabajar en nuestro invernadero —le respondió instantes después, de forma desenfadada—. Aprenderás el significado de cada flor, y me ayudarás a preparar todos y cada uno de los jarrones de Linz.

Los dos habían llegado a la puerta del comedor. Paul la empujó y ambos se adentraron en el interior cálido. Johann se levantó del lugar que presidía al verlos entrar. Karl la dirigió a la silla que estaba situada a la derecha de su padre. La apartó con gentileza y esperó a que ella se sentara antes de tomar su lugar a la izquierda del conde.

El mayordomo comenzó a servir el desayuno.

Amalie se sentía fuera de lugar. Estaba sentada junto a dos hombres que conversaban de política y de negocios, tema de conversación que ella no podía seguir debido a su ignorancia. Se limitó a mordisquear su tostada y a tragar pequeños sorbos de su té con leche. No se daba cuenta, pero su padre la observaba de tanto en tanto. Aunque no lo parecía porque tenía una apostura firme y elegante, se sentía tan cohibido como ella, pues no estaba acostumbrado a su faceta de padre. Todo era nuevo para él.

—Gracias, Karl, por pasar en Bramberg estos días, a pesar del poco tiempo del que dispones.

Amalie alzó los ojos del blanco mantel para mirar al conde.

—Las reformas en Linz casi están acabadas, aunque

el papeleo de la herencia resulta agotador. No terminamos de concretar el acuerdo sobre un tema, cuando tenemos que afrontar otro igual de importante.

—Tu padre controlaba un patrimonio muy extenso —le dijo Johann.

—Siempre he creído que los títulos pasaban al heredero de forma directa y sin necesidad de tanta burocracia —respondió Karl, apurando el último trago de café.

—Así suele ser. No obstante, tu padre era un hombre muy prudente.

—Quizás demasiado.

—Es normal que quisiera dejarlo todo bien atado para que no pudieras escaparte a París nada más finalizar la lectura del testamento.

Karl hizo una mueca un tanto resignada.

—¿Regresaréis muy tarde de Salzburgo?

—El tiempo que Amalie necesite para escoger las prendas del ajuar.

Amalie miraba a uno y a otro. Nuevamente hablaban de ella como si no estuviera presente. ¿No se cansaban las damas nobles de que las ignoraran?

—¿Tengo que ir a Salzburgo? —preguntó alarmada.

Padre y prometido la miraron a la vez.

—Debes escoger tu ajuar —dijeron al unísono.

—¿Ajuar?

Karl aprovechó la pregunta de ella para llevarse el vaso de agua a los labios. Se moría de ganas por oír la respuesta del conde. Este carraspeó incómodo.

—Ya sabes —comenzó Johann—, todo aquello que necesita una novia de tu posición. Mobiliario, ropa, y demás enseres.

Amalie tensó la espalda con aprensión.

—Linz está amueblado, ¿no es cierto? —la pregunta iba dirigida directamente a Karl, pero fue el conde quien respondió.

—Es tradición que la familia de la novia aporte el ajuar al matrimonio. Es una responsabilidad de la madre ir preparándolo antes de la boda y de acuerdo con su posición económica.

Amalie miró al conde tan sorprendida como abrumada. Éste continuó:

—Es necesario y preceptivo que la confección y especialmente el bordado de determinadas prendas con el escudo familiar sean obra de la novia.

Amalie bajó los párpados para que ninguno de los dos viera lo confundida que estaba. Ahora tenía un escudo para que lo bordaran en sábanas, toallas... ¡Ella no sabía bordar! Había cosido las prendas de su abuelo y de ella cuando era necesario un remiendo, sin embargo, bordar la ropa de cama le resultaría imposible.

—¿Es necesario? —preguntó de forma lastimera—. Quiero decir, no tiene importancia si el ajuar va bordado o no.

La mirada de Johann von Laufen resultó bastante elocuente y le indicó a ella que era mejor contener esas conclusiones en el futuro.

—Si no deseas que se borde el escudo Salzach en tu ajuar, lo aceptaré.

Amalie creyó que se equivocaba, no obstante, le pareció que el tono del conde había sonado decepcionado.

—Todo esto es nuevo para mí... —admitió con una expresión cansada en el rostro—. Bueno, no tiene importancia —concluyó—. Estaré encantada de ir hasta Salzburgo y escoger el ajuar para mi nueva vida en Linz.

Amalie no supo por qué, pero la expresión del conde se había suavizado, así que imaginó que sus palabras habían sido las acertadas.

Continuó tomando su té que ya se había enfriado en la taza.

Los hombres regresaron a su conversación de política que tanto la aburría. Un momento después miró a Paul, el mayordomo, que siempre se mostraba amable con ella y con su abuelo. Los miembros de la servidumbre se respetaban entre sí, y cuando observó en los ojos del anciano una mirada de empatía, sonrió aliviada por primera vez en semanas. Quizás se estaba preocupando demasiado.

El ajuar le importaba muy poco, sin embargo, pasar el resto del día en compañía de Karl sí le parecía un buen aliciente para mejorar su ánimo.

—Está decidido, os acompañaré a Salzburgo.

La afirmación del conde llenó de nubarrones grises el precioso día que ella pensaba que iba a compartir. Como no había prestado atención a la conversación de ambos hombres, no se había dado cuenta de cuándo von Laufen había decidido acompañarlos ni por qué.

Miró con sorpresa a Karl, pero él no la miraba a ella sino al mayordomo.

Capítulo 18

El conde Salzach se había mostrado implacable hasta un punto que ella apenas le dirigía la palabra. El hermoso pero fastuoso vestuario que había pagado no iba con ella porque no tenía nada de sencillo. Los vestidos eran impresionantes, hechos con sedas, tafetanes y terciopelos en todos los colores pastel inimaginables. Además había sombreros, guantes, zapatos, abanicos. Si ella fuera su madre sería una mujer muy feliz, pero Amalie no era Gisela Moser.

Y no era una desagradecida, simplemente se sentía abrumada por tanto lujo y despilfarro de dinero. Un dinero que no le pertenecía a ella sino al hombre que había descubierto muy tarde un error de juventud.

Cada mañana, antes incluso de abrir los ojos, ya tenía extendido sobre el lecho el vestido que Helene escogía para ella así como toda la ropa interior que debía llevar: enaguas, corsé, guantes y medias. Y debía seguir el mismo ritual de baño, secado y rizado de cabello, masajes con distintas cremas, y perfumes que la ahogaban.

No era una ingrata, únicamente quería ser la misma Amalie del pasado. Pero, cada vez que se miraba al espejo, veía a una completa extraña que le devolvía la mirada con ojos acusadores.

«Te extraño, Karl, me haces tanta falta».

Johann von Laufen había creído conveniente que Karl no siguiera en Bramberg, pues la fecha de la boda se acercaba. El conde era un hombre muy tradicional, arraigado fuertemente a las costumbres del pasado. Se comportaba con ella tal y como creía que debía hacerlo: con firmeza y fría cortesía. A pesar de su promesa, ella no lo ayudaba con los diferentes informes, pues apenas le quedaba tiempo para respirar entre clases de conducta, baile, y compras.

«Abuelo, si me vieras ahora no me reconocerías, pues apenas me reconozco yo».

Amalie se encontraba dentro del invernadero. Miraba unos bulbos de jacinto sin atreverse a tocarlos por miedo a mancharse la elegante ropa que vestía. Sin embargo, respirar el olor de las flores que tanto había mimado la tranquilizaba. Sentía la urgente necesidad de enterrar las manos en la tierra húmeda, aunque no sería correcto. Una señorita debía comportarse siempre de forma apropiada.

No pudo evitarlo. Fue más fuerte que ella. Se quitó los guantes claros y la capa de los hombros. Se dirigió hacia el lugar donde había un pequeño diván que había servido a su abuelo para tomarse algún descanso que otro en los días más duros de labor. También había un perchero de pie, y allí depositó la capa, el sombrero y los guantes.

«Es increíble que tenga que llevar todo esto para pasear por los jardines de Bramberg», se dijo, molesta.

Amalie miró su vestido azul. Según le había comentado Helene, el estilo se llamaba de paseo, y se consideraba una vestimenta casual. Ella estuvo a punto de reír. Estaba confeccionado en tonos contrastados de fino algodón azul, con el canesú de color celeste y bordado con tonos más oscuros de azul. Se podía llevar con una enagua menos voluminosa. El canesú era ajustado y hacía juego con el sombrero de plumas de ala ancha. Ella deseó llevar en su lugar su viejo vestido de lino oscuro, pero toda su ropa había sido quemada. Helene había sido muy contundente al afirmar que no servía ni para donarla a la caridad de lo vieja que estaba. Era la ropa que le había comprado su abuelo con las pocas coronas que lograban ahorrar, y, sin embargo, ahora vestía como una princesa.

—¡Sabía que te encontraría aquí!

La voz de Karl sonó a su espalda. Se giró con ímpetu y soltó una exclamación de placer al verlo.

—¡Dios mío, cómo te he extrañado!

Un instante después estaba en sus brazos recibiendo el beso de su vida. Largo, profundo, apasionado.

Karl se recreó en los tersos labios que saboreó como si paladeara el néctar divino de la vida eterna. Ella se lo devolvió más que dispuesta.

Amalie no soportaba los almuerzos y cenas con la

única compañía del conde. Los silencios pesados y las miradas que ambos desviaban la ponían muy nerviosa.

—Estar alejado de ti es como bajar a los infiernos —le dijo él.

Ella abrazó el cuello masculino y se colgó literalmente de este. Karl la llevó hasta el diván y la sentó a su lado sin dejar de abrazarla. Aunque el asiento no era muy grande, no le importó.

—No soporto estar separada de ti —afirmó ella, que alzó el rostro para ofrecerle de nuevo la boca.

—Solo quedan unas semanas —le dijo él—, y por fin estarás conmigo en Linz.

—Quédate esta noche —le imploró ella—. Cena con nosotros y haz que sople sobre mi cautiverio un poco de aire fresco.

Karl dejó de besarla y la miró con intensidad. Esa última afirmación había hecho estallar las alarmas dentro de su cabeza.

—¿Tu padre no te trata bien?

Ella buscaba los labios de él para besarlos. ¡Era tanta su necesidad de sentirse amada!

—El conde es un hombre ocupado —respondió ella, que metió las manos por los costados de Karl para percibir el calor de su cuerpo sin sospechar que atizaba el deseo masculino hasta un punto insospechado—. Frío y distante, como corresponde a su cargo.

—Para, Amalie, para... —la reprendió él, porque con sus gestos le estaba provocando una fuerte erección.

Karl sentía los latidos de su corazón en las sienes, y un sobresalto en el estómago.

—Solo quiero estar abrazada a ti —respondió ella, con un hilo de voz.

—Pero si seguimos besándonos terminaré haciéndote el amor, y este no es el lugar más apropiado.

La soledad, la nueva situación y todo lo que soportaba Amalie en silencio convergieron al punto que estalló en lágrimas.

—Lo lamento —se disculpó ella—. Me siento tan sola...

Karl volvió a reclamar los labios femeninos para darle un nuevo incentivo para que dejara de llorar. Intensificó el beso que acompañó con caricias. Percibió los latidos del corazón de ella bajo la fina tela.

Amalie luchó con el escote de su vestido, aunque logró sacar sus pechos de la prisión del corsé para ofrecérselos. Recordaba perfectamente lo que se sentía cuando él besaba y lamía la areola que los coronaba. Karl se los lamió, chupó y mordisqueó con pasión hasta provocarle pequeños gemidos de placer.

Sabía que caminaba por un precipicio, pero, al comprobar la angustia real de ella, toda su entereza y autodominio se le escapó de las manos.

Impulsado por un deseo acuciante, se encontró acariciando la suave curvatura de la cadera y le rompió las finas bragas. Ella subió una pierna sobre los muslos masculinos para que pudiera acariciarla a placer.

—¡Me estás matando! —exclamó Karl al mismo tiempo que acariciaba la grieta húmeda.

Amalie curvó la espalda ante el placer que sintió, y al hacerlo, sus pechos quedaron expuestos a la lasciva boca. Karl tomó posesión primero de uno, después del otro mientras friccionaba la pequeña perla rosada de Amalie, que había doblado su tamaño al ser acariciada.

—¡Tengo que parar! ¡Esto no está bien! —sin embargo, Karl seguía chupando los suaves pezones como si fueran un caramelo que se le deshacía en la boca—. ¡Dios!

Amalie, creyendo que él iba a dejar de hacerle sentir esas cosas maravillosas, se alzó lo suficiente para sentarse a horcajadas sobre los muslos masculinos. Percibió con total claridad la protuberancia entre sus pantalones. No sabía lo que hacía, pero se frotó para aliviar la quemazón que sentía.

Karl no podía pensar. Había perdido la capacidad de razonar en el momento en que había besado los deliciosos pechos femeninos. Se encontró liberando su pene henchido porque deseaba que ella se frotara sobre la piel y no sobre la tela de sus pantalones. No se dio cuenta, pero, en uno de los roces, la penetró. Ella paró de golpe el movimiento al sentir el dolor agudo en el interior de su vientre. Respiró hondo varias veces para que su cuerpo se adaptara.

Karl estaba sumido en una neblina de deseo que le hizo cogerla de los glúteos para impulsarla hacia arriba con suavidad y dejarla caer sobre el tumescente miembro al mismo tiempo que exhalaba un pequeño grito de placer. Era delicioso enterrarse en el interior estrecho y cálido.

—Espera, Karl, me duele.

Al oírla, abrió los ojos y la miró lleno de horror.

¡Le estaba haciendo el amor en el maldito diván!

Amalie movió las caderas para acomodarse mejor sobre la pelvis de él y para que la penetración no le resultara dolorosa. Después de un momento soltó el aliento con alivio.

—Mucho mejor.

Un instante después comenzó el mismo movimiento que él había iniciado cuando la sujetó por los glúteos: ascendente y descendente.

—Ya no podemos parar, lo sabes —le dijo Karl en un tono avergonzado porque había perdido el control por completo.

—No quiero parar —le respondió ella—. Deseo sentir lo mismo que aquella vez.

Amalie se movía de forma lenta, pausada. De esa forma lograba que la penetración fuera menos molesta.

Ya no había remedio. La había deshonrado. Sin embargo, atizado por el deseo acuciante que ella le desataba, Karl optó por abrazarla más fuerte.

—Me duele y me gusta a la vez —confesó sorprendida.

Karl se rindió a lo inevitable: hacerla suya con todas las consecuencias.

—Ahora ya no te dolerá.

Él había tomado posesión de la boca de ella mientras le acariciaba el clítoris con el dedo. Se tragó como un sediento los gemidos femeninos. Celebró los escalofríos que recorrían el cuerpo suave porque hacía que los pezones se le pusieran duros, señal inequívoca del placer que recibía. Él sentía ganas de gritar cada vez que ella descendía y engullía su pene por completo. La respiración de ambos se fue acelerando así como los movimientos. Los pechos de ella se agitaban frente al rostro de Karl que chupaba uno y otro con idéntico placer.

Amalie sintió que su vientre se tensaba. Que el corazón se le salía por la boca. Y el orgasmo le llegó de pleno y la hizo tensarse hacia atrás. Karl tuvo que sujetarla por la espalda para que no se cayera, y al percibir los espasmos de placer que la recorrían, gritó y la siguió en el clímax.

Necesitaron largo tiempo para normalizar el pulso y la respiración.

El conde Gyula Andrássy miró a Johann von Laufen sin un pestañeo. Lo acompañaba una pequeña delegación húngara. Aunque habían llegado a Bramberg sin avisar, Johann ya había dado las órdenes oportunas para acomodarlos en la casa de sus ancestros. Gyula traía noticias de Viena y debía concretar algunos asuntos con el conde Salzach antes de regresar a Budapest.

El conde Andrássy sostenía los guantes en la mano y no se había quitado la corta capa que cubría la totalidad de su hombro. Había sido un hombre muy importante para su pueblo. Durante la revolución había defendido la causa de la independencia húngara con suma pasión y, por su intrínseca implicación en ella, fue posteriormente expatriado a Francia y después al Reino Unido. Cuando el emperador ofreció la amnistía en el año 1857, Andrássy se acogió a ella para poder regresar a Hungría, donde defendió la política húngara dentro del Imperio Austriaco.

Tenía cuarenta y dos años. No obstante, seguía siendo un hombre imponente, con mucho poder y decisión entre la nobleza húngara.

—¿Estás seguro de rechazar el cargo de primer ministro? —la pregunta de Johann había sido directa.

—La política me mantiene viajando constantemente —explicó Andrássy—, deseo retirarme a mi hogar durante un tiempo.

Los tres nobles que acompañaban al conde húngaro se levantaron con celeridad de sus asientos cuando Amalie irrumpió en el estudio. Iba acompañada de Karl, y Johann, al ver su aspecto desaliñado y despreocupado, apretó los labios con reprobación.

—Disculpen —dijo ella, azorada—. Ignoraba que hubiera visita en Bramberg.

Gyula Andrássy miró a la joven con inusitado interés. Tenía el pelo revuelto, las mejillas sonrosadas y los ojos brillantes.

—Permíteme que te presente a mi hija, Amalie von Laufen. —La voz del conde había sonado estricta.

Amalie lamentó de veras que ni Theresia ni Paul le hubieran informado de la presencia de su padre y de la distinguida visita. Cuando se percató de que ella misma había pensado en el conde von Laufen como su padre, contuvo un jadeo de sorpresa. El pensamiento libre había surgido de forma natural, y se preguntó en qué momento había cambiado la palabra conde por la de padre.

Gyula caminó directamente hacia ella, y, tomándola de la mano, se la besó con galantería empalagosa.

—Y a su prometido Karl von Amerling, conde de Wienerwald —añadió Johann.

Karl y Gyula se saludaron con la cabeza, como era propio entre aristócratas. El resto de caballeros hicieron el mismo gesto.

—Es un placer, conde Andrássy —correspondió Karl, que lo había reconocido.

—Es toda una sorpresa conocer a tu hija —replicó Gyula sin dejar de mirarla.

Amalie no tenía forma de saberlo, pero su aspecto desaliñado le daba mucho que pensar a su padre. Johann se sentía furioso y decepcionado por el aspecto de ella. Por su vestido arrugado, su pelo revuelto, y los labios hinchados. Además observó una marca oscura en el blanco cuello. Amalie ya no miraba como el día anterior, con una cálida inocencia. Johann clavó la mirada dura en Karl, que tuvo el tino de desviar la vista avergonzado.

—Pocos conocen que tengo una hija —explicó Johann a Gyula.

Este sonrió, aunque sin dejar de mirar a la muchacha.

—Comprendo tus motivos para mantenerla oculta, es en verdad una joya.

Amalie se sentía muy incómoda bajo el escrutinio

del húngaro. Dio un paso atrás y su espalda chocó con el pecho de Karl, que la sujetó por los hombros para transmitirle confianza.

—Casi tanto como nuestra emperatriz —apostilló Karl con ojos entrecerrados.

El conde Andrássy tensó los hombros y caminó hacia el centro de la estancia.

Johann miró a su ahijado con sorpresa. El ataque directo al conde húngaro había sido inapropiado aunque certero. Corrían rumores en Viena sobre la estrecha amistad que compartían la emperatriz y Gyula. Amistad que desaprobaba su suegra, la archiduquesa Sofía, y la mayoría de nobles austriacos.

Amalie deseaba huir, pero le habían enseñado que debía moderar sus gestos, sus palabras, y contener su impulsividad natural. Necesitaba el permiso del conde para poder retirarse, y este le hizo un gesto afirmativo con la cabeza cuando ella se lo pidió con los ojos.

—Si me disculpan... iré a prepararme para la cena —dijo de pronto Amalie, sintiendo que era un inconveniente en la estancia.

Parecía que el aire se había enfriado demasiado, que la tensión se acentuaba, y se preguntó el motivo. Se giró rápida y clavó los ojos en Karl, que seguía sonriéndole como si entre ellos no hubiera pasado nada. Logró tranquilizarla su actitud despreocupada.

—Te veré en la cena —respondió Karl.

Amalie abandonó la sala de visitas sin mirar atrás. Tras un silencio prolongado, Johann miró a su ahijado con suma frialdad.

—Discúlpame un momento, Gyula, debo hablar con mi ahijado de un asunto importante. Regresaremos en seguida —continuó—. Paul os traerá un refrigerio antes de la cena.

Karl no dijo nada y se limitó a seguir a su padrino al despacho. Cuando la puerta se cerró tras Johann, su ahijado se quedó parado en el centro de la estancia esperando.

—No volverás a ver a Amalie.

Los ojos castaños se entrecerraron.

—¿Es un ultimátum?

Johann respiró profundo y avanzó para situarse muy cerca de su ahijado.

—No volverás a ver a Amalie hasta el día de vuestra boda.

Capítulo 19

Cuando Amalie estuvo preparada para la cena, la persona que llegó hasta su alcoba para escoltarla no era su prometido sino su padre. Este despidió a su dama de compañía y a la doncella porque quería tener unas palabras a solas con ella, como las había tenido anteriormente con su prometido.

Johann miró el bonito vestido que llevaba puesto. Estaba confeccionado con un tejido fino y brillante en color crema. Tenía un canesú ajustado con mangas amplias. El largo arrastraba un par de centímetros por el suelo. Estaba terminado con puntilla en el dobladillo y en el escote. La doncella le había sujetado algunos rizos con joyas que brillaban bajo la luz de las lámparas de gas. Las alas de mariposas de oro y brillantes pertenecían a la colección de joyas de la casa Salzach desde hacía varias generaciones, pero ella no tenía modo de saberlo.

Amalie llevaba puesta en la cabeza una pequeña fortuna, pero Johann se alegró de que las llevara. Desde la muerte de su madre, habían estado guardadas en la caja fuerte.

—Hasta el día del enlace no volverás a ver a Karl —soltó el conde a bocajarro.

La muchacha parpadeó varias veces porque creía que no lo había entendido bien. Cuando el significado de las palabras de él calaron en su cerebro, irguió los hombros como si se preparara para un inminente ataque.

—¿Por qué motivo? —inquirió en un tono de voz seco.

Johann la miró con cierta dureza. Le molestaba la actitud recelosa de ella. Su decisión era la correcta en vista de las circunstancias que ambos habían propiciado.

—¿Realmente necesitas que te lo diga?

Amalie sondeó el rostro del hombre que estaba frente a ella. No se había cambiado para la cena y, al mirarlo fijamente, supo que él sabía lo que había ocurrido entre Karl y ella. Enrojeció hasta la raíz de los cabellos. Desvió los ojos hacia un punto indeterminado de la estancia para recuperarse del sofoco que la recorrió de pies a cabeza. Sentía una vergüenza abrumadora.

—Tu prometido ha entendido que no puede comprometer, de nuevo, tu reputación, pues el nombre von Laufen está en juego. Y no me gustaría que sea arrastrado por conductas inmorales.

Amalie, cuando tuvo de nuevo el control sobre su respiración, inició un contraataque inesperado.

—Karl será mi esposo en unas semanas —respondió firme—. No tenemos por qué ocultar nuestro amor.

Johann había preferido hablar a solas con Amalie antes de que ella notara que Karl no estaría cenando esa noche con ellos ni con los delegados húngaros. Como no quería dar explicaciones innecesarias, había optado por advertírselo.

—Estás bajo mi techo —le contestó él—. Te alimentas de mi despensa, te vistes con mi dinero —ella iba a protestar, pero Johann no se lo permitió—. Espero respeto y obediencia.

—No le he faltado el respeto ni le he desobedecido —argumentó dolida.

—Has tenido una conducta inmoral impropia de una joven que va a desposarse en breve —la censuró él—. Con estas medidas solo trato de que no vuelvas a tentar a nadie con tu conducta frívola. Detesto la actitud licenciosa.

Ella no pudo contenerse.

—¿Porque mi actitud le recuerda a mi madre?

Johann apretó tanto el mentón que le crujieron los dientes.

—Me engañé pensando que no eres como ella, que eras una dulce joven que agradecía el golpe de suerte que le había dado la vida. Me engañé por completo por segunda vez.

Las palabras de él se le clavaron como finas mordeduras de serpientes.

Amalie lo miró hosca y llena de despecho porque recordaba perfectamente sus palabras del pasado. ¿Se había engañado pensando que no era como su madre? ¿La llamaba desagradecida?

—Dijo que la catadura moral de mi madre fue muy comentada en Salzburgo, y que arrastró el nombre de mi abuelo por el fango —dijo ella trayendo a colación las palabras que Johann había pronunciado en la casita del lago cuando advertía a su abuelo sobre ella—. Me tildó de descarada que deseaba aprovecharse de un sentimiento de amistad que ya no debía conservar porque no era la mujer adecuada para su ahijado, ¿lo ha olvidado? —le preguntó herida—. Mi comportamiento puede ser una consecuencia de aquello.

No, Johann no había olvidado ninguna de las conversaciones que mantuvo con Alois Moser. Sin embargo, le parecía una insensatez que viniera a echárselas en cara, que lo culpara de su conducta.

—Ahora me explico el antagonismo que muestras hacia mi persona desde que descubriste que soy tu padre.

Ella redujo los ojos a una línea.

—Fue cruel hablar así de mi madre —le reprochó enojada—. No podía defenderse, ni defenderme de sus acusaciones. Me hirió su arrogancia, la superioridad que mostraba sin motivo. No soy una joven licenciosa sino una muchacha que va a casarse por amor, y el amor nunca es licencioso.

—Todos tenemos derecho a formarnos una opinión sobre las personas, aunque erremos al hacerlo.

—¿Trata de decirme que erró al formarse una opinión sobre mí? —Amalie no podía creerlo cuando le decía con la mirada lo contrario.

—¿Acaso no te la has formado tú de mí? ¿He tenido alguna oportunidad para no ser el canalla insensible que ansías que sea?

Ella no iba a responder a esa pregunta contenciosa.

—¿Cuántas veces le hizo el amor a mi madre mientras le prometía un futuro maravilloso y pleno aquí en Bramberg? ¿De verdad no se portó como un canalla insensible?

Johann la miró perplejo sin saber a dónde quería llegar con esas preguntas.

—No tengo por qué responder a una jovencita insolente sobre un hecho que ocurrió hace casi diecinueve años.

Ella sintió deseos de gritar.

—No es una información banal para una jovencita insolente, sino para una hija que no tiene modo de saber cómo engañó a mi madre. ¡Qué le prometió!

Johann dio un paso hacia ella. Amalie no retrocedió. Siguió plantada frente a él con la cabeza muy alta. El momento de la verdad había llegado al fin.

—No la engañé —le confesó—. No la reconocí bajo las telas de seda y el sofisticado maquillaje. Ignoraba que era la hija del jardinero de Bramberg.

—¡Miente! —exclamó con las mejillas encendidas—. ¿Cómo no la reconoció cuando nació y se crio aquí en la propiedad?

Johann se dio cuenta de que no había mantenido una conversación con Amalie sobre su madre, sobre Viena, el ejército o la guerra. Todas las circunstancias que habían propiciado su marcha a Budapest y el tiempo que tuvo que quedarse allí.

—Sabes que no miento —la rectificó él—. Leíste la carta que te dejó Gisela porque es la misma que me mostró tu abuelo la noche que falleció. —Johann calló un momento para tomar resuello—. Y mi actitud severa tiene el único propósito de protegerte. De proteger el apellido que llevas.

Ella se mordió el labio inferior alterada. Su frialdad y compostura no lo convertía en culpable, era cierto. Su madre se había dejado llevar por la ambición, no obstante, el conde no era inocente del todo en su concepción, pero ella necesitaba descargar su frustración sobre él. Estaba herida por su comportamiento en el pasado.

—Yo no soy mi madre —le replicó en voz baja, a pesar de las circunstancias.

—Hoy te has portado como si lo fueras. —La recriminación masculina le había dolido de verdad.

—Al contrario que usted, Karl es un caballero y me convertirá en su esposa.

Johann estaba furioso porque se mostraba terca y empecinada en detestarlo a pesar de los esfuerzos que él hacía para ganarse su confianza. Parecía que lo necesitaba para purgar de alguna forma los pecados de la madre. El abandono, las actuales circunstancias que la habían lanzado bajo su amparo.

—Mientras estés bajo mi techo —le advirtió él— acatarás mis decisiones y te comportarás como una joven ejemplar.

Ella se limitó a guardar silencio un instante.

—Puedo ver a Karl y comportarme de forma ejemplar —le dijo ella.

—He tomado mi decisión —le respondió él—. No verás a tu prometido hasta el día de la boda.

Un instante después, Johann le ofreció el brazo para guiarla hasta el comedor donde esperaban los invitados húngaros. Amalie deseaba quedarse en su alcoba porque le resultaba muy duro mirar al conde sabiendo lo que conocía sobre ella y lo que había compartido con Karl en el invernadero. Sin embargo, se armó de valor y aceptó el brazo que este le ofrecía.

Johann decidió suavizar su tono y relajar la postura firme.

—No importa lo que sientas o pienses sobre mí, porque no es relevante en tu vida presente ni futura —indicó él mientras la llevaba escaleras abajo—. El destino ha decidido que sea tu padre, y he de comportarme como tal te guste o no.

—Lo sé —admitió ella—. Pero no por ello debo aceptarlo.

Ya no hablaron más. Amalie se sumergió en un silencio que rayaba el desaire.

Cuando la delegación húngara se marchó de Bramberg, Johann recibió una misiva de la corte de Viena anunciando la llegada de la emperatriz de Austria. Era inusual que Isabel se hospedara en Salzburgo, no obstante, Bramberg quedaba en la ruta del hogar de la empera-

triz, el palacio de Possenhofen, y seguramente ella deseaba hacer un alto en el camino antes de llegar.

De nuevo Bramberg se sumergió en una vorágine
de actividad. Se airearon las estancias que normalmente se mantenían cerradas. Si Isabel viajaba con el séquito que acostumbraba, la casa iba a estar llena hasta los
topes. El mensaje de la emperatriz se lo había hecho
llegar Rudolf Von Alt, asesor del emperador Francisco
José. En ese momento se encontraba en el despacho
junto a él repasando unos correos urgentes y revisando
el tratado de paz que se había firmado en el año anterior entre el reino de Dinamarca por un lado, y el Reino de Prusia y el Imperio Austriaco por otro.

Con ese tratado se había puesto fin a la Guerra de
los Ducados un año antes.

—¿Sigues preocupado por el tratado que se firmará
en Bad Gastein? —La pregunta de Rudolf hizo que
Johann alzara la vista del documento que revisaba.

La Convención de Gastein era un tratado que se
iba a firmar el 14 de agosto de ese mismo año en Bad
Gastein, muy cerca de Salzburgo, entre Prusia y Austria. En él se fijaban los acuerdos establecidos sobre las
provincias de Schleswig y Holstein, que habían sido
arrebatadas a Dinamarca un año antes en la Guerra de
los Ducados.

—El canciller prusiano Otto von Bismarck lleva
tiempo buscando un conflicto que inicie la guerra con
Austria, y pienso que este tratado le va a ofrecer la oportunidad que desea —respondió Johann.

—Este tratado establecerá que el ducado de Holstein quede bajo dominio de Austria, y los de Schleswig y Lauenburgo bajo el de Prusia —contestó el asesor.

—Sospecho que Bismarck no quedará satisfecho con el acuerdo —terció Johann, a quien le preocupaba mucho que Austria se embarcara en una guerra con Prusia.

—Si mantienes esa actitud escéptica —le dijo Rudolf serio—, encenderás los ánimos de los anarquistas prusianos, también de los austriacos, y te puedes buscar un enorme problema.

—No nos conviene una guerra con Prusia —alegó Johann, que se tomaba demasiado en serio el tratado y sus posibles consecuencias—, y este tratado nos conducirá a ella.

—Escúchame, Johann —respondió Rudolf—. Modera tu postura y deja de aconsejar al emperador que cuestione los motivos de Bismarck para firmar el tratado. Te lo aconsejo como amigo y como austriaco.

Johann ya no le respondió. Siguió leyendo los acuerdos que quedarían establecidos y que habían sido suscritos por el mismo emperador.

Rudolf entendió en el comportamiento de Johann que este no quería seguir conversando sobre el tema.

—Estoy impaciente por conocer a tu hija.

La mención de Amalie hizo que Johann dejase el documento sobre la pulida madera del escritorio. Y, de repente, sus ojos se fijaron en el bonito jarrón chino que estaba lleno de flores.

—La hija secreta del conde Salzach... —apostilló Rudolf.

Amalie seguía con el cometido de adornar el palacio como antaño. Sin embargo, cumplía el horario que habían acordado.

Johann escudriñó el ramo porque, aunque era bonito, transmitía una sensación rara de inquietud. Los claveles amarillos estaban entrelazados con unas hojas que no había visto nunca, aunque reconoció las ramas de encina tierna.

El olor no era intenso ni dulce.

—La noticia de tu paternidad ha corrido como la pólvora entre la nobleza vienesa. Ni te imaginas la expectación que hay por la boda de tu ahijado con tu recién descubierta hija.

Johann parpadeó varias veces para centrar su atención en las palabras de Rudolf.

—Será una ceremonia sencilla y familiar —respondió Johann, que miraba de tanto en tanto el ramo con interés.

—Presumo que los emperadores piensan asistir, y si ellos lo hacen, lo hará toda la corte de Viena.

Johann entrecerró los ojos para que Rudolf no viera la alarma que asomó por ellos. Había esperado que el descubrimiento de su hija quedara en secreto. Sin embargo, nada gustaba más a las damas de la corte que los chismes sobre amoríos, y él les había propiciado uno muy jugoso, aunque se hubiera descubierto diecinueve años después.

—Confío en el buen juicio de nuestro emperador —matizó Johann—. La boda de mi hija y mi ahijado no es motivo suficiente para la asistencia a la misma de los emperadores.

Rudolf mostró en su rostro la sorpresa que las palabras de Johann le produjeron. Estaba frente a uno de los hombres de más confianza del emperador. Francisco José no tomaba una decisión sin consultarla antes con él.

—Tu ahijado debería casarse en Viena —apostilló Rudolf, que seguía en sus trece de conocer todos los detalles sobre el enlace.

Sin embargo, los toques en la puerta y la posterior entrada de Paul, el mayordomo, desviaron la atención de Rudolf sobre la inminente boda.

—Joseph von Maron y la señorita Michelle Boissieu esperan ser recibidos.

Johann lo miró atónito. Se había olvidado por completo del hombre que se había hecho pasar por el prometido de su hija. ¿Cuándo había regresado de París? ¿Y quién diantres era la señorita Michelle Boissieu?

—¿Ha dado aviso a la señorita von Laufen sobre la llegada del señor von Maron?

El mayordomo hizo un ligero asentimiento con la cabeza.

—Su hija ha sido avisada de la inesperada visita.

—Bien —respondió Johann—, hágalos pasar a la sala de visitas y dígales que me reuniré en breve con ellos.

Paul hizo una reverencia y se marchó tan silencioso como había llegado.

—¿Cuándo esperas la llegada de la emperatriz? —preguntó Rudolf.

Johann tardó unos instantes en responder. Como la casita del lago estaba ocupada por el nuevo jardinero y su familia, von Maron y la señorita Boissieu deberían hospedarse en Bramberg, aunque Johann lo pensó mejor. Tendrían que hospedarse en Linz, pues von Maron era al fin y al cabo amigo íntimo de su ahijado. Johann tocó el pulsador para llamar al mayordomo. Paul atendió la llamada con prontitud. Nada más entrar al despacho, Johann le dio una orden.

—Que se envíe un mensaje urgente a Linz avisando a mi ahijado de la visita de su amigo y la señorita Boissieu. Sírvales un refrigerio y dígales que los atenderé cuando termine los asuntos personales que me ocupan en estos momentos.

Paul hizo un gesto de aceptación.

Johann y Rudolf siguieron, durante gran parte de la mañana, revisando documentos.

Capítulo 20

El nuevo jardinero era un hombre muy amable. Se mostraba servicial con ella, pues era consciente de que la muchacha amaba las flores y que el hermoso invernadero había sido diseñado con amor y dedicación por ella y por su abuelo. No había un solo sirviente en el palacio que no le hubiera explicado lo que significaban las flores para la hija del conde. Y él, que quería congraciarse pronto con el personal, había decidido ser paciente y tolerante con cada sugerencia que le ofrecía la joven sobre las diferentes flores que quería plantar en la parte más templada del invernadero.

Amalie se encontraba trasplantando unas rosas sin espinas cuando la llegada de su doncella personal la sacó de su abstracción. Caroline estaba sin resuello.

—Señorita von Laufen —dijo—. Ha recibido visita de París.

Por un momento, Amalie no supo a qué se refería la doncella, sin embargo, un instante después, recordó a Maron y los ojos se le iluminaron.

—¿De París? —preguntó, todavía asombrada.

—El señor von Maron.

Amalie comenzó a desanudar el lazo del enorme delantal blanco que llevaba puesto. Se limpió las manos en un pequeño lienzo, y se despidió del jardinero. Acompañó a la doncella impaciente. Ella nunca había recibido visitas en el pasado, salvo las de Karl cuando era una niña. Estaba emocionada por saber nuevas de Joseph. De París.

—Su padre ha enviado un mensaje urgente a Linz para su prometido.

Al escuchar a la doncella, el corazón de Amalie dio un salto dentro de su pecho. Llevaba muchos días sin ver a Karl por exigencias del conde Salzach, y, con la visita inesperada de Joseph, tenía la oportunidad de verlo y de abrazarlo. Se sentía dichosa, tanto que ahora se arrepentía de su enfado, y de haber colocado en el despacho del conde y sus estancias privadas claveles amarillos y ramas de ajenjo, que significaban desdén y amargura. Amalie dio gracias de que su padre no conociera el significado de las flores. Se llevó la mano a la garganta para contener un gemido. ¡Nuevamente había pensado en él como su padre! Y se dio cuenta de que su cerebro lo había aceptado como tal aunque su corazón se resistiera a ello.

—La muchacha que lo acompaña es en verdad bella y muy sofisticada.

—¿La muchacha que lo acompaña? —de repente, Amalie disminuyó la velocidad de sus pasos.

—Es como siempre imaginé que serían las francesas —respondió Caroline, entusiasmada—. Exóticas, distinguidas.

Durante un instante, Amalie se miró el ruedo de su bonito vestido lila, y se preguntó si ella se vería tan bonita como hermosa describía la doncella a la desconocida que había llegado con Joseph.

Nada más llegar a las escalinatas de la entrada trasera de palacio, el conde Salzach la interceptó. Extrañada por la súbita aparición, Amalie miró a su padre con atención.

—Acompáñame, Amalie, necesito que me ayudes en un asunto.

—Ha llegado Joseph —le dijo ella—. De París.

Los ojos del conde tenían un brillo caliente que le produjo un estremecimiento.

—Lo sé —contestó él—, sin embargo, necesito tu ayuda. En unos momentos podrás reunirte con él y su acompañante. Te esperan en el salón de visitas.

Ella se moría de ganas de ver a su amigo. No obstante, no podía desatender una orden de su padre porque, a pesar de que había disfrazado su petición como de ayuda, para ella quedó claro que se lo ordenaba.

Durante las dos horas siguientes, Johann entretuvo a su hija con informes sobre asuntos del invernadero, gastos y detalles del futuro enlace y consejos sobre la visita de la emperatriz, que debía ocurrir de un momento a otro. Cuando Paul anunció la llegada de Karl, Johann respiró con alivio. Amalie miraba a su padre y al mayordomo con inusitada atención.

—Llévelo con la visita, y dígale que mi hija y yo iremos en unos momentos.

Paul asintió. Cerró la puerta del despacho de forma suave.

—¿Qué sucede? —inquirió Amalie, que comenzaba a ponerse muy nerviosa.

La actitud de Johann era inusual. Casi parecía tan inquieto como ella.

—Es mejor que Karl hable a solas con el señor von Maron y la señorita Boissieu.

—¿Por qué? —preguntó, cada vez más impaciente.

—Quería evitarte una aflicción hasta que Karl pueda defenderse y ofrecerte una explicación.

¿De qué aflicción hablaba su padre? ¿De qué tenía que defenderse Karl?

—No entiendo qué... —Ella no pudo continuar. Un nudo cada vez más grande se iba gestando en su interior.

Amalie comenzaba a conocer al conde Salzach en profundidad. Johann von Laufen nunca se precipitaba. Cada decisión que tomaba era muy meditada. Sopesaba cada opción muchas veces antes de decidirse a dar un paso en un sentido o en otro.

—Ha sucedido algo inesperado que tendrá que explicarte Karl, simplemente le he dado un tiempo para que se haga a la idea y para que enfrente los hechos antes de verte.

Cada palabra del conde suponía una incertidumbre más para ella.

—¿Ya no se opone a que vea a mi prometido?

Algo en la expresión de su padre tenía que haberla advertido de la gravedad de la situación. Ambos escucharon perfectamente el grito femenino y las voces airadas de Karl y de Joseph. Amalie no pudo esperar más. Se giró rápida hacia la puerta de salida para saber qué ocurría en la sala de visitas. Johann la sujetó del brazo antes de que diera el primer paso.

—No quiero que sufras —le dijo de pronto.

Amalie entrecerró los ojos y miró los de su padre con inusitada atención. Lo que vio en ellos le provocó un espasmo en el vientre.

—Recuerda que Karl tenía una vida antes de su regreso a Salzburgo.

Amalie se soltó de la sujeción de su padre con cierta ansiedad. Caminó con paso inseguro la distancia que separaba ambas estancias. No se dio cuenta de que su padre la seguía de cerca. Cuando accionó la manilla y empujó la puerta de la sala de visitas, no supo qué iba a encontrarse, pero las palabras que le había dicho su padre momentos antes, no la habían preparado para lo que descubrió.

Joseph sostenía por los brazos a una mujer que estaba llorando. Ambos se encontraban de espaldas a ella. Karl se había desplazado hacia un rincón y mantenía los puños apretados en las caderas en un claro gesto de ira. La mujer tenía el rostro inclinado hacia el suelo. Vestía de raso rojo con encajes. Y el sombrero que adornaba su cabeza tenía unas enormes plumas de avestruz del mismo color rojo del vestido. La mujer tenía el cabello oscuro. Sus facciones le parecieron perfectas, y, cuando la miró, creyó que la Venus de Milo había cobrado vida ante sus ojos. Le pareció exótica, bella, aunque vistiera como una mujer de vida alegre. Quizá lo fuera.

—¡Karl, Joseph! —exclamó llena de felicidad.

Joseph se volvió hacia ella, y la mujer hizo algo asombroso. Se puso de perfil. Cuando los ojos de Amalie se clavaron en su vientre, sus pasos se pararon de golpe. Sintió que el corazón se le encogía dentro del pecho, que la respiración se le aceleraba, y no precisamente por la alegría.

¡La mujer estaba encinta! Aunque su estado no debía de estar muy avanzado porque, si no se hubiera colocado de perfil, ella no se habría percatado.

Amalie no se dio cuenta de que su padre le había pasado el brazo por los hombros para sostenerla. No era consciente de que le temblaban las rodillas como si se le hubieran convertido en gelatina.

—¡Qué sorpresa, Joseph! —logró decir, aunque con un hilo de voz—. ¿No me presentas a tu amiga?

Ella iba dando pasos cortos. Johann le apretaba el hombro para infundirle ánimo.

No quería pensar. La sospecha comenzaba a echar raíces profundas en su corazón enamorado: la contención de su padre. Los gritos de Karl. Este se había girado también y Amalie descubrió en sus ojos un mar turbulento que la sobrecogió. Se había tomado su tiempo en mirarla.

Joseph dejó de sostener a la mujer y caminó hacia ella. Antes de tomarla por los hombros para besarla, Johann se había desplazado un paso para permitirles el gesto.

—Estás preciosa, Amalie —le dijo mientras la besaba en ambas mejillas.

—Me alegro mucho de verte —le correspondió ella.

Karl seguía en un mutismo premeditado que la llenó de intriga.

—Permíteme que te presente a Michelle Boissieu —la presentó Joseph—. Una buena amiga de Karl y mía.

Amalie se hacía un montón de cábalas. Buscaba incesantemente la mirada de Karl, pero él la rehuía. Se armó de valor y extendió la mano hacia la francesa.

—Bienvenida a Bramberg.

La otra mujer le hizo una ligerísima y altanera inclinación con la cabeza.

—Confío en que el viaje no les resultara incómodo en su estado —medió Johann, tomando la iniciativa—, porque es una bonita época del año para viajar.

Amalie, en su naturaleza sencilla, caminó hasta Karl y se alzó de puntillas para darle un beso en la mejilla.

—Te he extrañado mucho, amor.

La frialdad de él le resultó inesperada y el carraspeo de la francesa, inoportuno.

—He ordenado que dispongan tres cubiertos más en la mesa —anunció Johann, que veía a su ahijado muy incómodo.

—No queremos ser una molestia —dijo Joseph, que no le quitaba la vista de encima a Amalie.

La muchacha se había posicionado al lado de Karl esperando una muestra de afecto por su parte.

—Imagino que no querrán marcharse a Linz con el estómago vacío.

Con esas palabras, Johann había dejado claro que no pensaba hospedarlos en Bramberg. Los alimentaría y después los despacharía. Eran problema de su ahijado, y este debía hacerse cargo.

—Estoy encinta —dijo la francesa de pronto.

Todas las miradas se clavaron en ella, incluida la de Amalie.

—Es algo obvio, señora —apostilló Johann con voz seca.

—El padre es Karl —espetó de pronto—. He venido hasta aquí para que se responsabilice.

Amalie inspiró hondo y después soltó el aire muy lentamente. Lo había sospechado desde el mismo momento en que la había visto. Las palabras que su padre le había ofrecido en su despacho previniéndola habían sido un mazazo para sus sentimientos. Sin embargo se lo agradeció porque, de lo contrario, habría entrado como una tromba y habría hecho el más sonado de los ridículos.

Miró a Karl de forma insistente, si bien su prometido rehuía la mirada azul de ella.

—Me extraña que no se lo haya contado —remató la mujer, con falso decoro.

Amalie miró a la francesa directamente, sin pestañear. Por dentro sentía los huesos de gelatina, sin embargo no pensaba demostrar flaqueza. Acababa de recibir un disparo directo al corazón. Pensó en su niñez, en la educación tan singular que había recibido de su abuelo cuando cada día era una proeza para sobrevivir. Esos recuerdos le hicieron mostrarse prudente como en el pasado, meditando y valorando cada palabra que había escuchado antes de decidirse a decir nada.

Observó a la mujer con atención y se dio cuenta de que tenía un brillo en los ojos que le pareció cruel, y de repente supo que no estaba en Bramberg porque le importara Karl. Bajo la espesa capa de pintura, advirtió que ya no era una jovencita. Debía rondar la treintena. Y las ropas que antes le habían parecido sofisticadas, no eran más que un disfraz que trataban de ocultar su vulgaridad.

Indudablemente la francesa había llegado para presentar batalla. Miró a su padre y observó un brillo de protección en sus ojos que le hizo sentir un inmenso alivio. En ese preciso momento, se alegró de ser una von Laufen porque sentía que la maldad de la mujer no podía alcanzarla. ¡Nadie podía hacerlo si ella no lo permitía! Si Amalie hubiera sido la misma muchacha del pasado, ahora estaría herida de muerte, agonizando a los pies de la francesa, pero Dios había querido que se enfrentara a la mayor dificultad de su vida estando en el otro lado. En el lado de los vencedores, pues era la hija del conde Salzach. Inspiró hondo, tensó los hombros y entrecerró los ojos antes de sisear con profundo desprecio acorde a su rango.

—Los hombres no cuentan a sus prometidas los affaires que suelen tener con meretrices. ¿Por qué bendita razón llegó a pensar que yo sería una excepción?

La francesa contuvo un pequeño gritito y Johann miró a su hija estupefacto al escucharla. Nada en su comportamiento indicaba que se sentía molesta o contrariada por el descubrimiento. Todo lo contrario, tenía en los ojos un brillo de fastidio que le hizo preguntarse qué pensaba realmente. Estaba plantada junto a la francesa como si fuera una reina frente a su súbdita más desleal.

—¡Amalie! —exclamó Joseph, atónito—. Michelle no pretendía ofenderte.

Karl contenía el aliento en el interior de su cuerpo. La inesperada visita y traición lo había dejado suspendido en el vacío. Nada lo había preparado para ver a su mejor amigo y amante en el salón de Bramberg con una acusación tan grave.

—¿Pretendía violentar a mi hija con sus palabras? —La pregunta del conde tenía un timbre peligroso—. Porque le advierto que su sola presencia lo consigue.

—Pretendían impedir mi boda —respondió Karl, tomando el control de la situación—. Anunciar una supuesta verdad para desbaratar un compromiso.

—Vas a ser padre —le respondió Joseph sin ambages.

—Supuesto padre —lo corrigió este—. Cuando me marché de París, Michelle no estaba encinta —aclaró, firme, aunque apesadumbrado.

Oír de labios de Karl los amoríos que había tenido

con la francesa fue como si le despellejaran el corazón
tira a tira.

—¡Por supuesto que estaba encinta! —protestó
ella—. Voy a parir a tu hijo.

Amalie no quería seguir escuchando.

Le parecía un insulto a su padre, a su hogar, a ella
misma, la situación límite que había provocado Joseph
trayendo a esa mujer a Salzburgo. Ella había escuchado de los propios labios de Joseph, y el mismo día que
lo recogieron de la estación, la lista de amantes que había tenido Karl. Además, no era tan ingenua para ig-
norar que su prometido había tenido una vida antes
de ella, a pesar de lo que sufriera por ello en ese preciso
momento. Su padre se lo había recordado en su despacho, sin embargo no estaba preparada para esa situación. ¿Qué mujer enamorada lo estaría al conocer a la
amante del amor de su vida? ¿Y qué decir del fruto de
esa relación?

—Bramberg no es el lugar idóneo para mantener
una discusión sobre la veracidad o no de una reclama-
ción de paternidad —Las palabras de Johann eran duras, secas, con un timbre de advertencia que no pasó
desapercibido para ninguno de los presentes en la
sala—. Si nos disculpan —continuó—, mi hija y yo
iremos a prepararnos para el almuerzo.

Amalie sentía ganas de correr. No obstante, contuvo su ímpetu y permitió que su padre la acompañara
fuera de la estancia. Karl los miró sin creerse que lo de-
jaran a solas con Joseph y Michelle.

—¡Pero qué impertinentes! —exclamó la francesa

cuando la puerta se cerró tras padre e hija—. Típico de los nobles que se creen por encima del resto del mundo.

Karl miró a Michelle con ojos que rezumaban desprecio.

—¿Te presentas en casa de mi prometida, la insultas, y dices que se ha mostrado impertinente? —la recriminó con dureza—. ¡Debería estrangularte! —explotó.

—Michelle no tiene la culpa de su situación —la defendió Joseph.

Karl miró al que había creído su amigo hasta ese preciso momento. Lo traspasó con la mirada de una forma tan aguda que Joseph carraspeó, incómodo.

—¿Qué esperáis conseguir? —le preguntó de pronto—. ¿Que Amalie rompa nuestro compromiso? ¿Dinero? —La última pregunta la había formulado sin dejar de mirar a la mujer francesa.

—Tienes una responsabilidad, Karl, no puedes darle la espalda —aseveró Joseph.

Karl crujió los dientes. Estaba terriblemente furioso. Cuando recibió el aviso de su padrino pidiendo su presencia en Bramberg, jamás hubiera podido llegar a imaginar lo que iba a encontrarse: su mejor amigo y la amante de ambos perpetrando una felonía, porque Joseph había omitido una parte muy importante y sustancial en el escabroso anuncio: que él también había sido amante de Michelle Boissieu, una de las más famosas cortesanas de París.

—A buen seguro que no está embarazada de mí —

aclaró con voz atronadora Karl—. Incluso puede que lo esté de ti.

Joseph apretó la mandíbula y lo miró con ira mal disimulada.

—Y habéis maquinado juntos ese sin sentido para obtener un beneficio lucrativo.

—Eso que dices es una sandez —dijo Joseph.

—Ambos hemos gozado de sus atenciones, ¿no es cierto?

—Yo no la he dejado preñada —le espetó, molesto.

—¿Y cómo lo sabes?

Joseph se mantuvo en silencio. No tenía forma de rebatir las palabras de su amigo porque, en verdad, la mujer le había asegurado que Karl la había dejado encinta poco antes de marcharse de París.

—Ella dice que es tuyo.

—Por supuesto, porque he sido yo el que ha heredado un título y una herencia. ¿No es cierto?

La mujer decidió intervenir al fin.

—No pagues tu mal humor con Joseph —dijo, altiva—. Estoy embarazada de tu hijo —afirmó—. Es tuyo, Karl.

Karl se pasó la manos por el pelo en un intento de controlar su malestar.

—Todo esto me parece un complot que pienso desentrañar.

—Amalie necesitaba saberlo —apuntó Joseph en voz baja.

Karl lo miró tan sorprendido como asqueado. Con esas palabras se había delatado él solo.

—De modo que albergas la esperanza de que Amalie rompa nuestro compromiso y se refugie en tus brazos.

La francesa miraba a uno y a otro muy interesada por el rumbo que había tomado la conversación.

—Será muy difícil para ella sobrellevar este golpe —respondió Joseph.

Las cejas de Karl se arquearon.

—Será muy difícil para ella superar este disgusto, si bien no olvides que se casará conmigo pese a esta treta sucia que habéis planeado.

—Ella no confiará en ti —apuntó Joseph—. No después de haber visto a Michelle.

Karl respiró hondo y soltó el aire de golpe. Necesitaba templar los ánimos, hablar con Amalie, tratar de explicarle. Y golpear a su amigo hasta dejarlo inconsciente.

—Es posible que gracias a vuestra conspiración, Amalie ya no confíe en mí, pero, indudablemente, tampoco confiará en ti. ¡Nunca lo hará! —exclamó Karl con voz atronadora—. Porque has manchado el afecto que sentía por ti con esta despreciable maniobra.

Karl se giró de golpe para marcharse.

—¿Adónde vas? —inquirió Joseph.

—A pedir un carruaje para que os lleve a Salzburgo —les respondió—. No pienso tolerar que os quedéis en Bramberg ni en Linz. Demasiado daño habéis causado ya con vuestra presencia.

Capítulo 21

Amalie no bajó a almorzar y pidió a su padre que la disculpara frente a los dos invitados. No se creía con la suficiente capacidad para tolerar una comida con la compañía de Joseph y la amante de Karl. Toda mujer tenía un límite y ella había rebasado el suyo con creces.

Seguía encerrada en sus dependencias, negándose a soltar una lágrima porque durante su vida había derramado demasiadas. Tampoco había aceptado el ruego de Karl de mantener una conversación. Él había insistido mucho, incluso golpeado durante horas la puerta de su alcoba. Su padre había mediado para que le permitiera estar un tiempo sola. Le había explicado que ahora necesitaba hacerse a la idea del nuevo cambio en la vida de ambos. Karl había insistido en verla, pero el conde Salzach se había mostrado inflexible.

Amalie se miró las manos que todavía le temblaban. No se había cambiado de vestido, pero sí se había soltado el cabello y lo había dejado suelto sobre los hombros porque las horquillas le habían provocado un fuerte dolor de cabeza.

«¿Qué puedo hacer?». Esa pregunta se la había formulado en infinidad de ocasiones a lo largo de esa tarde. La más larga de su vida. «¿Qué voy a hacer?», insistió.

Unos ligeros toques a la puerta le hicieron alzar los ojos.

—Soy yo, Amalie, abre. —La voz de su padre se escuchaba al otro lado.

Ella no tenía ganas de compañía, únicamente de estar a solas para compadecerse de sí misma. No obstante, a pesar de lo que sentía, se levantó y enfiló hacia la puerta. Giró la llave y abrió. Su padre esperaba con una bandeja con comida en las manos.

Amalie se hizo a un lado para permitirle el paso.

—Te he traído un poco de pollo y ensalada.

—No tengo apetito.

—Pero debes alimentarte —Johann dejó la bandeja en el aparador y se giró hacia ella—. Estás muy pálida.

Amalie desvió los ojos porque la inquietaban los de su padre. La observaban tan minuciosamente que lograban ponerla nerviosa.

—Gracias por tener presente mi bienestar.

—Te extrañé mucho.

—¿Almorzó solo?

—Con Karl —aclaró—. El señor von Maron y la señorita que lo acompañaba se marcharon a Salzburgo un poco antes del almuerzo. Se hospedarán en un hotel de la ciudad hasta que retornen a París.

Ella suspiró con cansancio. Sentía alivio al saber que la mujer no se quedaría en Bramberg. Si tuviese que verla, se desmoronaría.

—Trata de alimentarte, debes reponer fuerzas.

—Lo haré más tarde, lo prometo.

Johann tomó asiento en el sillón orejero que utilizaba Amalie para leer. Tenía un escabel que apartó con cuidado hacia un lado. Su hija tomó asiento a los pies del lecho muy cerca de él.

—Estoy muy orgulloso de ti —le soltó de sopetón—. ¿Qué padre no lo estaría al contemplar tu prudencia y mesura?

Amalie tomó aire abrumada. El halago de su padre la había tomado por sorpresa.

—Es una pena que yo no pueda sentir lo mismo con la falta que me hace —trató de mostrarse despreocupada.

—Tienes que hablar con Karl. Es el que tiene todas las respuestas.

Su padre no se andaba con rodeos.

—Todavía no —dijo ella—. No me siento con la suficiente capacidad para ser objetiva o mostrarme razonable.

—No puedes ser objetiva en vista de las circunstancias.

Esa era una verdad innegable. El hombre que amaba tenía una amante que iba a tener un hijo. Y todo se descubría un par de semanas antes de la boda entre ambos.

—Me gustaría cerrar los ojos, abrirlos, y comprobar que sigo todavía en la casita del lago junto a mi abuelo. Que sigo ocupándome del jardín y de las flores en Bramberg sin ninguna preocupación más.

—El pasado nunca vuelve.

Ella miró a Johann con sus ojos grandes y azules. Le mostraban el profundo dolor que la laceraba, que la sumergía en un abismo negro e insondable.

—El pasado siempre vuelve para pedirnos cuentas por nuestros actos.

Johann sabía que su hija se refería a la amante de Karl y al inesperado embarazo de esta.

—Te mencioné que tuvieras en cuenta que Karl tuvo un pasado antes de tener un presente contigo. Todo hombre lo tiene antes de tener un futuro.

Ella soltó pequeños suspiros de pesar.

—Karl... Michelle. Usted.... Mi madre. —Las palabras parecían una acusación directa hacia él y hacia su prometido—. El pasado siempre regresa para atormentarnos.

—¿Qué piensas hacer? —preguntó interesado.

—¿Qué puedo hacer? —le respondió ella con otra pregunta.

Johann miró el rostro femenino que estaba contraído por la duda.

—Seguir adelante —le aconsejó, sin contemplaciones.

Amalie tragó la saliva que se le había acumulado en el cielo de la boca.

—No puedo actuar como si nada hubiera cambiado.

—Karl te ama. Está loco por ti. Ni te imaginas las discusiones que mantuvimos en el pasado porque quería casarse contigo al margen del testamento de su padre y de lo que yo opinara al respecto.

—Karl tiene una responsabilidad que no puede eludir —le recordó ella.

—Pero esa responsabilidad no cambiará vuestros planes.

Amalie calló un momento, como si necesitara meditar las palabras antes de pronunciarlas.

—Es cierto —apuntó ella—. Esta responsabilidad no puede cambiar nuestros planes porque hay mucho dinero en juego.

Johann pensó que su hija se refería a la pequeña fortuna que había gastado en la dote de ella. En su ajuar y vestuario, pero Amalie se refería a otra cosa muy distinta: a la cláusula en el testamento que el padre de Karl había dispuesto.

—Si deseas cancelar la boda, lo aceptaré —confesó Johann serio—. Si deseas romper tu compromiso, te apoyaré.

Amalie miró a su padre y abrió la boca por la sorpresa.

—¿Hay alguna posibilidad de que Karl tome por esposa a Michelle si cancelo nuestro compromiso?

Johann la miró atónito por la pregunta.

—Algo así nunca sucederá.

—¿Por qué?

—Porque está en juego una herencia importante como has mencionado anteriormente —le explicó—.

Karl no puede perderla, y si esa mujer busca la posición que le daría un matrimonio ventajoso, temo que se ha equivocado de lleno porque un noble no puede desposarse con una meretriz.

Johann le había recordado sus mismas palabras.

—¡Pero hay un hijo en camino! —protestó con energía.

—Si realmente es hijo de Karl, este se asegurará de que no le falte nada. Lo reconocerá y mantendrá hasta que sea un adulto responsable.

—Como usted debió hacer conmigo.

—Tu madre no me permitió ejercer mis derechos de padre. Tomó las decisiones por los dos. Decisiones censurables, debo añadir.

—Se muestra contradictorio, pues reprocha la actitud de mi madre al esconderle su paternidad, y censura a esta mujer que no la esconde sino que trata de que el responsable lo sea de lleno.

—No debes comparar a tu madre con esta mujer de la vida.

Esas palabras le insuflaron esperanza a su corazón. Ella siempre había pensado que su madre era una mujer sin principios y, sin embargo, su padre le decía todo lo contrario. Observó sus ojos, y vio en ellos la verdad. Que nunca había pensado mal de Gisela hasta que hubo desaparecido.

—¿Amaba a mi madre?

La pregunta hecha en un tono incrédulo lo exasperó.

—No tengo forma de convencerte, máxime cuando

en tu corazón alimentas la mala opinión que siempre te has forjado sobre mí. Que deseas forjarte sobre mí —le aclaró.

Era cierto, se dijo Amalie, siempre resultaba más cómodo culpar a los otros del infortunio de uno.

—¿Se habría casado con ella de haber conocido mi existencia?

Johann no lo pensó ni un momento.

—Sin dudarlo un instante.

—Pero mi madre no era noble.

—No, no era noble —admitió, repitiendo las palabras de ella—. Era dama de la emperatriz de Austria —le recordó él—. Esa posición le daba la ventaja de elegir para esposo a un hombre de una cierta posición.

—Pero nunca un noble —concluyó ella.

—Gisela Moser era la mujer que amaba, y nunca me cuestioné su origen o ascendencia mientras me creí el hombre de su vida. Si me hubiese confesado que era la hija del jardinero de Bramberg, no me habría importado —le confió él—. Como tampoco le importó a mi ahijado tu origen ni antes ni después de descubrir quién era tu padre. Te amaba antes de todo.

Amalie se dijo que todo podría haber sido muy distinto si su madre le hubiera confesado a Johann que estaba encinta. Ella habría tenido un padre. Su vida habría sido diferente. Habría estado siempre protegida.

—¿Deseas conocer mi opinión al respecto de este asunto con Karl?

—Sí, me gustaría —admitió sincera.

—Pienso que todo esto está orquestado para chantajear a tu prometido.

Ella también había considerado esa posibilidad. Sin embargo, la redondeada barriga de la francesa, mostraba que había un niño en camino.

—El padre de esa criatura puede ser cualquier otro hombre.

Su padre le había leído el pensamiento.

—Incluso Karl.

—Incluso Karl. Sin embargo, olvidas que tu prometido posee un título y una herencia. Un candidato más que aceptable para una paternidad bastante dudosa.

—¿Por qué se pronuncia así?

—Porque tu prometido no es un jovenzuelo sin experiencia, ni esa mujer una muchacha inocente. Un hombre tiene sus recursos para no dejar embarazada a una mujer.

Amalie se puso encarnada. No sabía si quería seguir escuchando. Le parecía insólito mantener una conversación tan íntima con un hombre, aunque ese hombre fuera su padre.

—Pero usted dejó embarazada a mi madre —le replicó.

Johann tomó aire y lo soltó. Estaba pasándolo fatal tratando de explicarle a una muchacha detalles tan inusuales sobre la conducta sexual de un hombre. Sentía la necesidad de que ella entendiera la actitud de algunos varones. O de la mayoría de los varones que se dejaban arrastrar por sus pasiones.

—Cuando un hombre está enamorado, olvida toda precaución. Se deja llevar por sus sentimientos, porque poco nos importa que nuestros actos generen consecuencias y con ellos la correspondiente responsabilidad. —Amalie miró a su padre sin un parpadeo—. ¿Comprendes lo que trato de decirte?

Ella le hizo un gesto negativo bastante elocuente.

—Un hombre enamorado es como un barco sin timón.

—¿Un barco sin timón? —repitió ella.

—Un barco que es impulsado de un lugar a otro por las olas caprichosas del amor. De la pasión, la lujuria...

Amalie seguía tan roja como las amapolas del campo, porque recordó vívidamente su encuentro amoroso en el invernadero. Ella no recordaba que Karl hubiera puesto precauciones para no dejarla encinta. Se llevó la mano a la boca y contuvo un jadeo. ¿Qué precauciones podían tomar los hombres? Amalie sentía viva curiosidad y lamentó sinceramente no haber tenido una madre que se lo explicara.

—Ahora me has comprendido —afirmó el conde con voz contenida al ver las continuas exclamaciones de ella.

El rostro de su hija era una ventana abierta al interior de su alma. Por ese motivo supo que ella sopesaba cada opción. Cada posibilidad, porque, en ese sentido era igual a él. A todos los von Laufen. Había recibido un golpe tremendo, y seguía en pie.

—Quizás comprendas ahora el motivo por el que

os prohibí a Karl y a ti que os vierais antes del día de vuestra boda.

—Por el barco sin timón —respondió ella.

—Por el barco sin timón —reiteró él.

Amalie seguía sin poder mirar a su padre a los ojos. Era la única persona que había hablado de forma tan abierta y sin tapujos sobre personas enamoradas y la responsabilidad que conllevaba dejarse arrastrar por la pasión que se profesaban.

—Me siento profundamente avergonzada —logró decir con voz entrecortada.

—Entonces permíteme que te pregunte de nuevo, ¿qué piensas hacer?

Ella no quería responder porque no quería precipitarse, sin embargo, su padre esperaba una respuesta, y se la ofreció sin dudar.

—Imagino que casarme para que Karl no pierda su herencia.

Johann chasqueó la lengua porque la respuesta de su hija no era la esperada. Se la había dado demasiado rápido. Como si se resignara a ello.

—¿Y podrías vivir sabiendo que tiene un hijo con una meretriz y que deberá cuidarlo y educarlo el resto de su vida?

Esa parte no resultaba tan dura porque, como una hija que había crecido sin padre, ella no deseaba que ningún otro niño sufriera su misma situación.

—Me atribula la pérdida de confianza —expresó Amalie, con ojos entrecerrados y voz susurrante—. Que me pregunte cada día de mi vida si habrá más niños como el de Michelle y que aparezcan cuando menos lo espero, cuando más feliz discurre mi existencia a su lado.

—No tengo a mi ahijado por un descerebrado.

—No sabía cuánto me importaría esta situación hasta que he tenido que enfrentarme a ella.

—Karl no ha actuado de forma consciente para herirte. Si presuponemos lo peor, este suceso aconteció antes de enamorarse de ti y decidir que deseaba pasar el resto de su vida a tu lado.

Ella miró un punto indeterminado de la pared.

—Podría haber sido sincero.

—Los hombres no hablan de sus asuntos ilícitos con sus prometidas o con sus esposas —su padre le recordó sus mismas palabras.

—¿Ni por amor?

—¿Qué te preocupa, Amalie?

—Que no me quiera tanto como necesito.

Él podía entenderla. Amalie había vivido siempre rodeada de inseguridad. Sin padre. Sin madre. Viviendo en un hogar que no era suyo. Pendiente de la salud de su abuelo. Tras aceptar a Karl, había pensado que la inseguridad se transformaba en confianza. Sin embargo, en unas semanas, su barco hacía agua por todos lados.

—No podría soportarlo.

Johann ya lo sospechaba.

—Siempre estaré a tu lado, en lo bueno y en lo malo.

—¿Siempre?

—No puedo ser simplemente un padre cuando me conviene. Te acepté por completo y decidí protegerte mientras viva.

Amalie se sentía emocionada.

—Mañana hablaré con Karl —afirmó decidida.

Capítulo 22

Karl caminaba de un lugar a otro de la estancia. La espera le estaba resultando insoportable. Cuando el mayordomo de Linz le dio la misiva que llegaba de Bramberg, su corazón sufrió un sobresalto inesperado. ¡Amalie lo citaba para conversar con él! Estaba impaciente. Nervioso. Nunca unas horas le habían parecido tan largas y exasperantes.

La puerta se abrió, pero no fue Amalie quien cruzó el umbral sino su padrino.

—¿Dónde está Amalie? —la impaciencia se advertía en el tono de voz.

Johann dio varios pasos hasta situarse muy cerca de su ahijado.

—La emperatriz Isabel está cruzando la verja principal de Bramberg.

Karl parpadeó atónito porque ello quería decir que tendría que posponer la conversación que tenía pendiente con Amalie.

—¿Se quedará mucho tiempo?

—Va camino de Possenhofen.

Karl pensó que la llegada de la emperatriz de Austria era un inconveniente, no obstante, hacer una parada en Bramberg era del todo normal, pero él se moría de ganas de conversar con Amalie. De abrazarla y besarla con pasión para hacerle olvidar el mal trago que había vivido con la llegada de Michelle. No obstante, la llegada de la emperatriz lo retrasaba todo.

—¿Dónde se encuentra Amalie?

—Supervisando con las doncellas y el ama de llaves las estancias privadas que ocupará Isabel.

Las cejas alzadas de Karl resultaron cómicas.

—Ya sabe que no es necesario que supervise pues Theresia hace su trabajo de forma excelente, pero mantenerse ocupada le ayuda a sentirse útil.

Karl tensó la espalda y miró fijamente a Johann.

—¿Puedo quedarme en Bramberg? ¡Lo deseo!

—¿Lo crees conveniente?

—Quiero arreglar este asunto con Amalie, y lo haré hoy aunque sea a última hora de la noche.

—La emperatriz no es una mujer que se retire pronto.

Karl se sentía exasperado. Tendría que soportar una cena interminable. Conversaciones políticas sobre Hungría que resultaban largas y tediosas. Sin embargo, podría estar junto a Amalie. Mirarla y decirle con los ojos que era la mujer más importante para él. Explicarle el terrible error que había cometido Joseph con ambos.

—Iré a buscarla.

Johann lo detuvo.

—Amalie está muy nerviosa con la visita de la emperatriz. Te ruego que te muestres paciente con ella.

—¿Cómo puedo mostrarme paciente cuando me devora la impaciencia?

—Todavía tenemos una conversación pendiente tú y yo.

—Le prometí que la tendríamos, si bien antes deseo mantenerla con ella.

Finalmente, Johann aceptó. Veía a su ahijado atribulado, lleno de angustia. Cuando supo el grave incidente que había suscitado la visita de la francesa y de Joseph von Maron se había sentido furioso, pero, acostumbrado a analizar los asuntos con ecuanimidad, pudo ver más allá de una primera impresión. Por ese motivo había mantenido una conversación con Amalie, porque quería que ella también percibiera que la visita de Michelle y Joseph escondía mucho más de lo que parecía a simple vista. Johann nunca daba un paso sin meditar en profundidad las posibles consecuencias. Razonaba con lógica aplastante los pros y los contras de cualquier decisión. Por eso supo que debía indagar en las razones escondidas de la mujer francesa antes de tomar una decisión al respecto.

Amalie tenía que cambiarse antes de la llegada de la emperatriz. Se pasó las manos por el suave tejido de su vestido para secarlas porque las sentía húmedas por los nervios. Sin embargo, Bramberg resplandecía. Todo estaba dispuesto para recibir a la mujer más adorada por las muchachas austriacas. En los jarrones de las estancias que iban a ocupar tanto ella como el séquito que la acompañaba había colocado lirios blancos, mimosa y hojas de mirto. Pensó que el conjunto creaba una imagen muy agradable. Además tenían un significado muy apropiado para ella. Los lirios blancos denotaban pureza y dulzura. La mimosa, sensibilidad.

La puerta de su alcoba se abrió y ella se giró de golpe. Karl estaba plantado en el umbral.

—¡Necesito hablar contigo!

Karl se veía muy ansioso, tanto que se había olvidado de la regla más elemental de la cortesía y la prudencia: llamar a la puerta para solicitar su permiso para entrar.

—Tengo que cambiarme para la cena —le dijo, sin moverse un paso.

Él terminó entrando a la estancia con paso ligero.

—No puedo sentarme a la mesa contigo sin explicarte antes este malentendido que nos tiene a ambos en jaque.

Amalie retrocedió un paso porque le asustaba el ímpetu que mostraba su prometido. Lo veía decidido, serio, y con una gran determinación en los ojos.

—Después de la cena podrás ofrecerme tu versión.

—Karl negaba de forma insistente. A ella la envalentonó su actitud—. Si fuera a la inversa, ¿qué harías?

—Te habría matado. —La respuesta masculina la dejó noqueada—. No poseo esa controlada frialdad para analizar los asuntos como los von Laufen.

—No insultes a mi padre.

—¿Te estoy diciendo un cumplido y tú piensas que te ofendo de forma premeditada? ¡Increíble!

—¿Me halagas llamándome fría y controladora?

Karl había llegado hasta donde estaba ella. La tomó de una mano y la miró fijamente a los ojos.

—No puedo sino sentir admiración por la firmeza y ecuanimidad que mostraste el otro día al manejar la adversa situación de forma tan razonable.

Ella trató de deshacer el contacto que mantenían, sin embargo Karl no se lo permitió.

—Te pido que me perdones por el mal momento que te hice pasar con mis acciones del pasado.

—No estoy acostumbrada a estar prometida, ni que la amante de mi prometido venga a reclamar una paternidad que me preocupa realmente, debo admitir.

Karl le apretó las manos entre las suyas en un claro gesto de confianza.

—El hijo que espera Michelle no es mío.

Ella parpadeó una única vez, y se puso a la defensiva. Le molestaba que hablara de la mujer con tanta familiaridad.

—¿Es imposible que sea tuyo? —inquirió en tono irónico.

Karl suspiró profundamente porque no había encarado el asunto muy bien.

—Es harto improbable que sea mío porque, cuando me marché de París con rumbo a Viena, ella estaba menstruando.

Amalie enrojeció por el sofoco que sintió al escucharlo. Le parecía increíble que los dos hombres de su vida, su padre y su prometido, le hablaran con tanta claridad sobre asuntos tan íntimos.

—¿Cómo lo sabes? —preguntó.

Karl calló un momento porque ahora venía la parte más complicada de la explicación.

—Quise hacerle el amor —mientras hablaba, Amalie no pudo contener un gemido de sorpresa y de humillación— antes de despedirme, pero Michelle me advirtió que estaba en los días del mes. Por supuesto, desistí.

—Pudo haberte mentido.

—¿Por qué lo haría cuando después dice que va a tener un hijo mío? Muestra una actitud incongruente y falsa.

—Tienes un título nada despreciable y una herencia jugosa —le recordó ella.

—Michelle no sabía que regresaba a Austria por la muerte de mi padre. No se lo dije, debió hacerlo Joseph cuando regresó a París. También que había heredado el título de Wienerwald. El resto puedo imaginarlo.

Amalie no podía apartar los ojos del rostro de Karl. Veía en el brillo de sus pupilas lo importante que era para él que aceptara su versión de los hechos.

—No te desentenderías de un hijo, ¿verdad? —quiso saber Amalie.

—¿Cómo puedes preguntarme algo así? —El tono masculino había sonado envarado, como si le hubiera molestado su duda.

—Porque está en juego tu herencia —le respondió—. Necesitas casarte con una austriaca y además noble. Te recuerdo que Michelle no cumple ni uno solo de los requisitos que estableció tu padre en su testamento —Amalie tomó aire antes de continuar—. Negando tu paternidad, te libras de la responsabilidad.

Karl la miró con un brillo en los ojos que no supo descifrar.

—Me hieres con esas palabras porque me presupones acciones censurables que no he cometido.

—Trato de que se haga justicia.

—La justicia solo la imparte Dios —le espetó, duro.

—Y la vida, Karl —concluyó ella—. No soportaría estar casada contigo y que hubiera más mujeres reclamando irresponsabilidades tuyas en un futuro no muy lejano. Sería una desgracia para mí, para nosotros.

—Michelle es una prostituta —le recordó—. Una mujer que vende sus favores a hombres como yo, y como Joseph.

—No lo metas a él en esto —protestó débilmente.

Karl hizo oídos sordos a las palabras femeninas.

—También fue amante de Michelle... —Amalie parpadeó varias veces confundida—. No te has preguntado cuál es su grado de participación en esta intriga?

—No deseo saberlo.

—Entonces, ¿no piensas perdonarme?

—Ya lo hice —le respondió, cauta.

Los ojos de Karl mostraban un grado de sorpresa

que le hubiera provocado a Amalie una carcajada si el asunto que trataban no fuese tan serio.

—¿Te casarás conmigo?

—Tengo que hacerlo.

Amalie observó que la espalda de su prometido se tensaba. Que sus ojos se entrecerraban con suma cautela.

—¿Estás encinta?

—¿Podría estarlo? —ella le respondía una pregunta con otra.

Un silencio pesado pendió entre los dos. Amalie no apartaba los ojos del rostro de él y pudo comprobar como se oscurecía su mirada por el pesar que sentía.

—No fui capaz de protegerte cuando te amé aquella tarde en el invernadero —le confesó, abrumado por la vergüenza—. Me vuelvo loco cuando te beso, cuando te sostengo entre mis brazos... No soy capaz de pensar con lógica o coherencia porque solo deseo amarte de forma desesperada.

—Un barco sin timón —susurró ella al recordar las palabras de su padre.

Karl no supo por qué motivo Amalie murmuraba para sí.

—Pero no me importaría que lo estuvieras. —Amalie lo miró atónita—. Nada me haría más feliz que tener un hijo contigo.

—¿Fueron esas las palabras que le ofreciste a mi padre para que tomara la decisión de prohibir que nos viéramos hasta el día de nuestra boda?

—Tu padre no desea un solo chisme sobre ti —le explicó él—. Que nada manche tu reputación o ensombrezca el día de tu boda. Mi comportamiento puso en peligro ese deseo.

La boca de Amalie se amplió en una sonrisa de afecto. Resultaba muy agradable tener un padre que la protegiera.

—Pero no has respondido a mi pregunta —insistió él.

—¿Qué pregunta? —Ella se había perdido.

—¿Estás encinta?

—No lo sé —admitió sincera—, aunque me preocupa estarlo.

Karl se tomó las palabras femeninas de la peor forma posible, como un agravio. Creyó sinceramente que ella no quería tener un hijo suyo.

—Que tengamos un hijo será una consecuencia lógica cuando estemos casados. Cuando te ame cada noche de forma completa y absoluta —Karl calló un momento inseguro—, porque vas a casarte conmigo, ¿verdad?

Amalie estaba estupefacta. Habían pasado de la conversación sobre Michelle y su embarazo, a su boda y sus futuros hijos.

—Si mi padre no desea ninguna mancha sobre mí, yo tampoco deseo que su bien lograda reputación se vea alterada por mi conducta. Por eso acepté no verte hasta el día de nuestra boda.

Karl soltó el aire de forma abrupta. Ahora entendía las palabras anteriores de ella. Se había sentido injuriado de forma estúpida. Quiso darle una respuesta, si bien la entrada impetuosa de Caroline y de Helena se lo impidió.

—¡Señorita Amalie! —protestó Helene—. Es inapropiado que su prometido esté en sus dependencias privadas. No es correcto.

Amalie contuvo una sonrisa.

—Vamos con demasiado retraso —medió la doncella, que ya había dispuesto el largo y bonito vestido de noche sobre el lecho.

—Joven, tiene que marcharse o me veré obligada a echarlo sin contemplaciones.

Esa sola posibilidad hizo que Amalie sonriera. Karl puso las manos en sus caderas esperando una respuesta de ella. Estaba formidable, y ella lo amaba con locura, a pesar de los nubarrones que se habían cernido sobre ellos.

—Después de la cena continuaremos esta conversación —le dijo Amalie.

Pero Karl siguió plantado en medio de la alcoba esperando.

—Sí —respondió al fin Amalie—. Me casaré contigo sin dudarlo.

Karl hizo algo que generó un aluvión de protesta de Helene y de Caroline. Caminó hasta su prometida, le sujetó el rostro con ambas manos y la besó larga y profundamente en la boca.

Amalie recibió el beso con sumo placer. Había pasado demasiados días sin su contacto, y le resultaba maravilloso poder sentirlo de nuevo.

—¡Tiene que marcharse! —lo apremió Helene, que desaprobaba con la mirada la conducta masculina.

—Te amo —le dijo él nada más soltarla.

Karl clavó las pupilas en los brillantes ojos femeninos y los mantuvo ahí, como si quisiera grabar en su mente el contorno del rostro de ella. Cuando se giró para marcharse, Helene resopló aliviada. Caroline tenía en los ojos una mirada almibarada al contemplar la escena entre enamorados.

—¡Vamos, Caroline!

Capítulo 23

La emperatriz de Austria era tal y como Amalie la había imaginado: bella e inteligente, de andar seguro y mirada felina.

—Alteza —reverenció Johann—. Bienvenida a Bramberg.

Isabel aceptó la venia con una ligera inclinación de cabeza. Karl y ella misma hicieron la correspondiente reverencia un instante después.

—Conde Salzach, es un placer estar de nuevo en Bramberg, ya sabes que adoro la bonita ciudad de Salzburgo.

—Alteza —dijo Karl juntando los talones e inclinando la mitad del cuerpo.

—Alteza —saludó Amalie mientras le hacía una profunda reverencia y mantenía la cabeza inclinada.

Tras la emperatriz entraron su dama de compañía de confianza, y el resto de su séquito, además de dos perros que se mantenían junto a ella.

Johann dio la oportuna orden de que llevaran a los perros a las estancias privadas que se habían destinado a la emperatriz. Paul acató la orden solícito.

—Lamento que nos hayamos retrasado tanto —comenzó Isabel—, pero tuvimos que hacer un alto inesperado porque una de las ruedas del carruaje tuvo problemas.

—Por favor, alteza —respondió Johann, apurado—. No tiene que disculparse. Estamos encantados de disfrutar de su presencia.

—¿Y qué tenemos aquí? —dijo Isabel que miraba directamente a los ojos de Amalie.

—Permitidme que haga los honores, alteza —dijo Johann, y ella le hizo un rápido gesto afirmativo—. Mi hija Amalie von Laufen, y su prometido, Karl von Amerling, conde de Wienerwald.

La emperatriz correspondió con una sonrisa a ambos jóvenes.

—Tu hija debería estar conmigo en la corte —contestó la emperatriz, sin dejar de mirarla—. Con ella a mi lado no sería tan aburrida.

Johann conocía que la emperatriz detestaba el ridículo protocolo de la corte imperial de Viena, de la que procuraba permanecer alejada el mayor tiempo posible. Por ese motivo viajaba constantemente hacia Hungría, para disfrutar de la libertad que no podía tener en Austria.

—Mi hija contraerá matrimonio dentro de dos semanas —apuntó el conde en un tono de voz mesurado—. Difícilmente podría estar en la corte de Viena.

Amalie, viendo la gran personalidad de la emperatriz, agradeció no vivir en la corte porque no sabría cómo comportarse ni cómo actuar. Se sentía incapaz de despegar los ojos del atractivo rostro, y por eso pudo apreciar en la profundidad de su mirada una cierta melancolía que llegó a sobrecogerla.

La mujer más importante de Austria parecía triste.

—Espero que mis pequeños animalitos no resulten un inconveniente —dijo, con una sonrisa deslumbrante—. Adoran correr libremente por Possenhofen, y no pude resistir la tentación de traerlos conmigo.

—Estarán bien atendidos en Bramberg —respondió Johann.

Los salvajes parajes que rodeaban el palacio de Possenhofen eran ideales para la caza, e Isabel adoraba cazar, sobre todo con su padre. La construcción había sido erigida a orillas del lago Starnberg. El duque Maximiliano José de Wittelsbach lo había adquirido en un principio para ser utilizado como residencia de verano. No obstante, toda la familia adoraba vivir allí y por eso pronto se convirtió en la residencia habitual de la familia. La emperatriz regresaba a él varias veces al año.

Johann la dirigió hacia el enorme comedor de Bramberg y que solo se utilizaba para visitas importantes. La emperatriz presidiría la mesa, y se sentó en el lugar de honor situado en la cabecera.

Todos la imitaron y se posicionaron en sus sitios correspondientes. La cena comenzó en silencio. No era habitual que tras la llegada de la emperatriz se pasara directamente a la cena, pero Isabel había enviado un mensajero de forma urgente para que todo estuviese dispuesto ya que llegaban con bastante retraso.

Amalie aprovechó el silencio para observarla. Se sentía poderosamente atraída por su fuerte personalidad.

Karl miraba a Amalie por el mismo motivo. Estaba especialmente bella. Tenía las mejillas sonrosadas y los ojos brillantes.

—Háblame sobre tus gustos —pidió la emperatriz a Amalie—. Qué pintores te gustan, y qué autores lees.

Amalie tragó con cierto horror. Ella no conocía ningún pintor famoso, ni ningún escritor. Había sido educada de forma sencilla y en el hogar que había compartido con su abuelo. Únicamente conocía lo que Alois Moser creyó conveniente que supiera y estaba relacionado con las flores.

—Yo disfruto con un buen libro —siguió Isabel—. Me enamoran las obras de William Shakespeare, también las de Friedrich Hegel.

—¡Comparto sus gustos! —exclamó Karl en lugar de su prometida, a quien veía sumamente nerviosa e incapaz de responder.

—Mi poeta preferido es Heinrich Heine —finalizó la emperatriz—. Siempre llevo algunos de sus poemas para recitarlos en la tranquilidad de mi hogar en Possenhofen.

Los ojos de Johann iban de su hija a la emperatriz porque esta no le quitaba la vista de encima.

—Mi hija es una experta en todo lo concerniente al mundo de las flores —dijo de pronto Johann, tratando de desviar la conversación hacia otros temas que

Amalie controlaba—. Bramberg posee uno de los mejores invernaderos de Austria.

—Lo sé —concedió la emperatriz—. Tus orquídeas de la Tierra del Fuego son muy comentadas en la corte.

Johann era plenamente consciente de la incomodidad que sentía su hija por la atención que le dispensaba la emperatriz.

—¿Se puede ser una experta en flores? —preguntó Ida von Ferenczy, dama de confianza de la emperatriz, la mujer húngara que siempre la acompañaba en sus viajes.

Los ojos de todos los comensales se clavaron al unísono en los arreglos florales que había en el centro de la larga mesa. Los mismos estaban compuestos por rosas rojas, irises blancos y pequeñas margaritas amarillas, y también hojas de hiedra.

—Los colores escogidos para los ramos son un sentido homenaje a la bandera de nuestro poderoso imperio —explicó Amalie—. Y un tributo a la visita de nuestra emperatriz.

Isabel entornó los ojos con sorpresa.

—Interesante —contestó con voz pausada.

—Amalie posee una voz maravillosa. Podría cantar en la ópera de Viena.

La muchacha enrojeció violentamente. No estaba acostumbrada a los halagos aunque estos vinieran de su padre y de su prometido.

—Me encantaría escucharla.

Amalie retorcía las manos con nerviosismo bajo el blanco mantel de hilo.

—¡No, por favor! —exclamó temerosa—. Mi prometido exagera.

—Insisto —continuó la emperatriz, que la miraba fijamente.

Amalie entrecerró los ojos y alzó la barbilla. No estaba acostumbrada a los caprichos de los nobles y, porque era una muchacha sencilla, respondió de forma llana.

—No, no insista, por favor.

Isabel abrió la boca por la sorpresa porque jamás nadie le negaba nada, sin embargo pudo apreciar en el gesto altanero de Amalie lo que trataba de esconder: un espíritu indomable. Decidió no tener en cuenta su tajante negativa porque le recordó a sí misma unos años atrás. Siempre la habían considerado en la corte una muchacha de gran belleza, pero rebelde. Culta, aunque demasiado liberal, lo que le había traído no pocos problemas con su suegra y su esposo.

—¿Qué flores quedarían bien sobre mi cabello?

Amalie inspiró hondo porque parecía que a la emperatriz no le había disgustado su negativa. Ella se sentía insignificante, inculta y mediocre. No podía mantener una conversación con la mujer más importante de Austria, porque no estaba a su altura y temía quedar en ridículo.

—Orquídeas encarnadas —respondió tras unos instantes, aunque con voz convencida.

Hablar sobre las flores la tranquilizaba.

—Las orquídeas de la Tierra del Fuego —apuntó—, sin embargo, me gustan mucho las rosas blancas.

—Y sin lugar a dudas las rosas realzarían su belleza

todavía más —continuó Amalie—. Sin embargo, las orquídeas encarnadas serían el mejor acompañamiento para su aura exótica y su arrolladora personalidad.

Las palabras de Amalie debieron gustar a la emperatriz porque aplaudió con entusiasmo.

—¡Bravo! Veo que eres una muchacha inteligente que sabes llevar la conversación a tu terreno.

El resto de la cena discurrió de forma mucho más placentera para Amalie porque la emperatriz comenzó a hablar de política con su padre. El nombre de Gyula Andrássy salió a relucir demasiado a menudo, no obstante, ella se limitó a observar a Karl que tenía en los ojos una mirada de auténtico orgullo.

Karl pensó que ninguna mujer podría eclipsar en belleza a Amalie. Su juventud y su inocencia realzaban todavía más el candor que transmitían sus ojos. Le había respondido a la emperatriz sin dudar, sin mostrarse orgullosa.

¡La amaba con toda su alma!

Amalie iba a tener su prueba de fuego con la nobleza de Salzburgo. Esa noche debía acudir a un baile ofrecido por el marqués de Anger en el palacio de Starberger en honor a la emperatriz antes de que esta continuara su viaje hacia Possenhofen.

Todo era nuevo para ella. Y le parecía emocionante aunque desconocido.

Sentada en el carruaje de su padre, con el escudo Salzach en la puerta, Amalie se sentía afortunada. Helene y Caroline se habían esmerado en vestirla como si fuera una princesa de cuento de hadas. Ambas estaban seguras de que la joven eclipsaría con su natural y etérea belleza a la propia emperatriz.

Cuando la doncella sacó el vestido del armario y lo desplegó sobre la cama, Amalie no recordó cuándo lo habían encargado. Era el vestido más hermoso que había visto nunca. Volante tras volante de tul crema claro era recogido en un enorme polisón en la parte posterior. Estaba bordado con hilos de oro y el talle, que se ceñía a su figura como un guante, tenía un bordado de perlas que se repetía en las pequeñas mangas ahuecadas. Llevaba también perlas entrelazadas en el cabello que estaba perfectamente recogido sobre su nuca, exceptuando algunos mechones que Caroline había dejado sueltos.

Helene incluso había exclamado con deleite al verla ataviada con el vaporoso vestido y peinada para la ocasión.

—Estás realmente hermosa —le dijo su padre, que estaba sentado frente a ella en el interior del carruaje condal.

Ella se miró el vestido y sonrió.

—Parezco una novia —dijo, con voz humilde.

Johann pensó que ninguna mujer podría opacar su belleza esa noche, y que posiblemente la emperatriz de Austria no se lo iba a perdonar en mucho tiempo porque le gustaba ser el centro de atención.

—Tu vestido de boda será aún mucho más espectacular.

Amalie miró a su padre con atención. Faltaban menos de dos semanas para su enlace, y todavía no se lo creía.

—Espero que esté terminado a tiempo o tendré que repetir con este.

Johann no advirtió en el tono femenino censura o desilusión. Amalie agradecía todo lo que él le compraba mostrando una sencillez que todavía le causaba sorpresa.

—Estoy deseando ver el vestido de la emperatriz —le confió a su padre—. Y si la hace tan bella como recuerdo.

—Dudo que pueda igualarte en belleza y serenidad.

—Es una mujer alta —comentó Amalie—. Y me sorprende su delgadez.

—Sí —reconoció el conde—. Rubens nunca la habría pintado.

Johann no le explicó a su hija las excentricidades de la emperatriz para mantener su belleza y su delgadez.

—Me siento a su lado como una vaca —el tono de Amalie desmentía sus palabras porque se sentía en verdad una princesa—, aunque una vaca muy bien vestida.

Su padre decidió que le daría un poco de confianza para que superara con éxito esa noche. La más importante de su vida en la alta sociedad de Salzburgo.

—Tienes un porte erguido. Y la longitud de tu cuello y la estrechez de tu talle, sin estar estrangulado por la tiranía del corsé, te hace parecer más alta porque alarga tu silueta.

Amalie se preguntó atónita cómo sabía su padre que ella había prescindido del corsé. Con el corte del vestido no lo necesitaba.

—Vas a imponer criterios nuevos.

—Gracias —le agradeció ella—. Me hace sentir especial.

—Eres especial —reiteró su padre—. Eres mi hija.

Amalie soltó una risa auténtica. Esa noche se sentía una muchacha muy feliz.

—Espero no hacer nada que lo avergüence.

Johann pensó que algo así era impensable. Por el simple hecho de ser una von Laufen, los nobles disculparían cualquier desliz que cometiera.

—Tendrás a tu prometido todo el tiempo pegado a tu falda. —Amalie mostró en el rostro la sorpresa que las palabras de su padre le producían—. Ningún hombre puede resistir ese escote que solo saben llevar las reinas. Tienes una mirada fascinante, con una inocencia que apaga la insolencia de tu belleza. Karl se va a pasar toda la noche apartando a moscones.

Amalie no pudo contener una exclamación de deleite.

—Si pretendía que me sintiera poderosa —respondió— lo ha conseguido.

El carruaje se paró de pronto en la escalinata principal. Se podía escuchar la música incluso desde el interior.

—Disfruta la noche —le aconsejó Johann—. Mañana tendrás tiempo de mostrarte discreta y sencilla. De volver a ser la Amalie de siempre.

Karl los estaba esperando ansioso. No permitió que el lacayo les abriera la puerta, lo hizo él mismo y se llevó una mirada reprobatoria del conde. Cuando Amalie descendió después de su padre, su prometido maldijo por lo bajo.

—¿Pretendes que rete a duelo a todos los nobles de Salzburgo?

Amalie le mostró una sonrisa de oreja a oreja.

—Es el mejor cumplido que me has dicho nunca.

Siguiendo el protocolo, Amalie aceptó el brazo que le ofreció su padre. Karl se posicionó tras ellos para subir las escaleras. Sin embargo, antes de comenzar el ascenso, una voz airada tras ellos detuvo los movimientos de los tres. Johann, Amalie y Karl se giraron al unísono.

—Von Laufen —bramó un hombre que apuntaba al conde Salzach con un arma de fuego—, eres un perro traidor.

Amalie contuvo el aliento porque vio en el rostro del hombre un odio visceral. Pretendía matar a su padre.

—¡Suelte el arma! —ordenó Karl, enfrentándose al individuo y dando el primer paso para interceptarlo.

—¡Sí a la Convención de Gastein! —gritó el sujeto con voz potente.

Amalie por instinto se colocó un paso por delante de su padre justo en el momento que el hombre apretaba el gatillo. La fuerte detonación los pilló a todos por sorpresa. Karl había logrado reducirlo y lo mantenía sujeto por el cuello, pero no había podido impedir el disparo.

Amalie se llevó la mano al torso porque notó que una sustancia caliente le manchaba el vestido. Se miró la mano y la vio roja. Alzó los ojos hacia Johann con horror y sin comprender qué sucedía, pero, antes de que cayera al suelo, su padre la había sujetado entre sus brazos.

Ella miró el severo rostro masculino atónita.

Lo vio gesticular, pero ningún sonido salía de su garganta. Amalie ignoraba que Johann gritaba aunque en silencio, porque el terror al verla herida de muerte le había producido un shock que había enmudecido sus cuerdas vocales. La sostuvo allí en las escalinatas de Starberger mientras una gran mayoría de invitados salían al exterior para indagar qué había sucedido.

—¡Pa... padre! —exclamó Amalie antes de cerrar los ojos y quedar inerte en el frío suelo.

—¡No!... ¡No! —gritó Karl, que había soltado al asesino y se lanzaba a los pies de Amalie lleno de desesperación.

Johann seguía gritando en silencio.

Alrededor de ellos se fue formando un corro de invitados que exclamaban horrorizados. El vestido blanco de Amalie se iba tornando rojo como la sangre que se escapaba de su cuerpo de forma irremediable.

Johann cerró los ojos ante el desastre que se cernía de nuevo sobre su vida. Había encontrado a su hija y ahora agonizaba entre sus brazos.

Capítulo 24

Abrió los ojos y emitió un quejido.

No reconoció la estancia, aunque por el olor intuyó que debía encontrarse en un hospital. Trató de moverse, pero el latigazo de dolor que la sacudió de pies a cabeza la mantuvo paralizada. Cerró los párpados y soltó el aliento de forma brusca. Ignoraba por qué motivo le dolía tanto. Un instante después lo recordó todo.

Un hombre había intentado matar a su padre, pero ella lo había impedido.

—¡Amalie! —oyó que la llamaban.

Abrió los ojos de golpe y vio el rostro de Karl inclinado sobre el suyo.

—¡Me duele! —exclamó, con un hilo de voz.

—¡Gracias a Dios!

—¿Mi padre? —le preguntó, angustiada.

—Estoy aquí, hija.

Amalie giró el rostro y vio a su padre que estaba

sentado en una silla junto a la camilla donde estaba acostada.

—Estoy bien.

El doctor que atendía a Amalie obligó a Karl a que se separara del lecho. Este lo hizo renuente. Durante la siguiente media hora, tanto su padre como su prometido aguardaron en silencio mientras el doctor la examinaba. Poco después este se giró hacia su padre y lo sacó fuera de la habitación. Karl se quedó con ella. La tomó de la mano con suavidad, y le sonrió con dulzura.

—Nos has dado un susto de muerte —le dijo él—. Afortunadamente el plomo no alcanzó ningún punto vital de tu cuerpo, de lo contrario no estaríamos aquí.

—Le disparó a mi padre —respondió ella entre susurros.

Le costaba organizar las palabras en su mente y expresarlas, porque sentía la boca arenosa.

—Ese hombre malvado quería matar a mi padre —reiteró, llena de horror.

Johann acababa de entrar otra vez a la estancia y tomó asiento junto a ella. Amalie giró el rostro para observarlo mejor. Karl seguía sosteniéndola de la mano.

—Era un agente prusiano —le respondió este.

—¿Por qué pretendía acabar con su vida? —ella necesitaba saber.

Durante los instantes previos al disparo, Amalie había tomado decenas de decisiones con respecto a su vida. Quería casarse con Karl a pesar de las dificultades. A pesar de todas las Michelles del mundo. Quería amar a su padre sin trabas. Quería ser feliz porque la felicidad era esquiva en la vida de uno, y cuando se presentaba, había que aprovecharla al máximo. ¡Había aprendido la lección!

Amalie tragó con dificultad.

Cuando vio el arma apuntar al pecho de su padre, su instinto la impulsó a ponerse en el trayecto de la bala. No podía perderlo cuando lo había recuperado hacía tan poco. No pensó en sí misma. No pensó en nadie más salvo que no podía permitir que muriera sin decirle que lo amaba.

Los ojos se le llenaron de lágrimas. La felicidad era tan selectiva y caprichosa.

—¿Por qué quería matarlo? —le preguntó de forma directa.

Johann cruzó una pierna sobre la otra y la miró de lleno.

—Porque siempre me he opuesto a la Convención de Gastein —respondió, sincero.

—¿Qué es la Convención de Gastein? —quiso saber ella.

—No hables. Tienes que conservar fuerzas porque estás débil —la censuró Karl, aunque su tono desmentía sus palabras.

Ella dejó de mirar a su padre para clavar sus ojos en su prometido.

—Necesito saber... —le dijo muy seria.

En ese momento le resultaba imperativo conocer si

su padre tenía más enemigos que buscaran cobrarse su vida.

—La Convención de Gastein —comenzó Johann—, es un tratado que se firmará este mismo año. Concretamente el 14 de agosto, entre Prusia y Austria.

—¿Por qué se opone a su firma? —indagó.

Amalie no entendía de política, pero sí conocía el vacío que se sentía por las ausencias de las personas que se amaban y que se morían, y ella quería seguir teniendo un padre vivo. Quería seguir conociéndolo. Escucharlo. Para alguien que había crecido sin afecto paternal y maternal, las prioridades en la vida cambiaban.

—Porque estoy convencido de que el canciller prusiano Otto von Bismarck va a utilizar los términos del tratado para iniciar un conflicto que dé comienzo a una guerra con Austria —respondió de forma directa.

—¿Una guerra? —preguntó horrorizada.

—El resto de asesores del emperador no comparten mi opinión sobre el asunto.

—¿Y por qué motivo querría ese hombre asesinarlo?

Johann tomó un poco de aire antes de responderle con toda la serenidad que pudo. Sin embargo, no fue necesario, Karl retomó las palabras de él.

—Porque el canciller prusiano teme que la influencia de tu padre haga desistir a nuestro emperador de firmar el tratado.

Amalie comprendió entonces el alcance del poder de

decisión que tenía su padre sobre la política de Austria.
Era uno de los asesores más respetados del emperador.
El más escéptico, porque todo lo analizaba a conciencia
sopesando los pros y los contras, máxime cuando se trataba de decisiones tan importantes para el futuro del
imperio.

—Entonces, lo volverán a intentar —argumentó ella,
horrorizada.

Johann negó con la cabeza para tranquilizar a su
hija.

—Le he comunicado al emperador que abandono
la política. —Karl miró atentamente a su padrino porque era la primera noticia que tenía al respecto—. Deseo retirarme a Bramberg. Disfrutar de la tranquilidad
y de los nietos que vengan.

—¿Dejar la política?

A ella le parecía impensable ahora que conocía el
alcance de su influencia.

—Nunca más decisiones que tome u opiniones que
mantenga pondrán de nuevo tu vida en peligro.

Ella suspiró profundamente antes de responder.

—No era mi vida la que estaba en peligro sino la
suya.

—¡Basta, querida! —le ordenó Karl.

Amalie iba a protestar con energía, pero Karl la
conminó a que guardase silencio.

—Tienes que reponerte para tu boda, querida mía
—le recordó Karl—. No deseo casarme aquí en el hospital.

Ella asintió en silencio. Habría tiempo para explicaciones. Lo único verdaderamente importante era que su padre estaba vivo.

Amalie no se había curado del todo, pero ya podía caminar sin necesidad de apoyarse en un bastón. Cuando el doctor lo creyó prudente, le permitió marcharse a Bramberg para continuar su recuperación allí.

Todo el personal de servicio, y que tanto aprecio le demostraban, la tenían entre algodones. La mimaron y consintieron hasta la extenuación. Amalie no supo lo cerca que había estado de la muerte, esa muerte que trató de evitarle a su padre cruzándose entre la bala del asesino y él.

Todos los días llegaban ramos de flores de todos los rincones de Salzburgo, incluso uno muy especial del mismo emperador. Karl solía bromear a diario porque decía que se había convertido en la heroína del imperio. Ella reía por sus ocurrencias. En Bramberg no cabía un ramo de flores más, ni la despensa y cocina podían contener tantos dulces y chocolates que le enviaban.

Amalie se sentía agradecida por las numerosas tarjetas que recibía a diario. En ese momento se encontraba sentada junto a la ventana de la biblioteca de Bramberg leyendo ingente cantidad de ellas. Alzó el rostro y miró hacia el exterior, donde una brisa primaveral mecía las flores que ella había plantado tiempo atrás con su abuelo. El recuerdo la entristeció porque lo que más deseaba era que Alois Moser hubiera podido contemplar su dicha.

Había tenido tantas dudas con respecto a Karl y tanto despecho hacia su padre que la serenidad y la paz que sentía ahora la hacían sentir abrumada. El carraspeo de Paul hizo que dejara de mirar a través de la ventana.

—Joseph von Maron espera ser recibido.

Amalie se sorprendió. Desde aquella vez en el salón de visitas, cuando apareció junto a la francesa, no había vuelto a saber más de él.

—Si se encuentra indispuesta o cansada, le informaré de que no puede recibirlo.

Amalie hizo un gesto negativo con la cabeza. Habían pasado muchas cosas desde entonces. Ahora era una mujer distinta. Más madura y preparada para las adversidades. Amaba a Karl. Confiaba en él. Nada de lo que pudiera decirle Joseph podría cambiar esa circunstancia.

—Hágalo pasar. Siempre es agradable recibir visitas de los amigos.

Paul cerró la puerta mientras farfullaba lo inapropiado de la visita del músico. Cuando la hoja de la puerta se abrió de nuevo, Amalie estaba de pie junto al enorme piano que decoraba el centro de la estancia que más le gustaba de Bramberg.

Joseph se mantuvo quieto durante unos momentos, como si dudara en avanzar hacia ella. Amalie lo animó al extender su mano hacia él y mostrarle una sonrisa auténtica.

—Bienvenido a Bramberg —lo saludó.

Joseph reaccionó al fin y enfiló los pasos que los separaban. Tomó la mano femenina y se la llevó a los labios con sumo respeto.

—Estás preciosa —le correspondió Joseph, sin soltar la mano de ella.

—Siéntate por favor —lo animó Amalie con voz dulce mientras tomaba asiento también—, Paul nos traerá un refrigerio...

Joseph no la dejó continuar.

—Me marcho a París —soltó de pronto.

Amalie entrecerró los ojos con cautela.

—¿Acompañas a la señorita Boissieu de regreso?

Joseph le hizo un gesto con la cabeza bastante elocuente.

—Eres demasiado indulgente llamándola señorita —contestó, en un tono bastante despectivo y que no iba dirigido hacia ella—. Pero no, Michelle regresó a París dos días después de nuestra llegada.

Amalie parpadeó sorprendida. Ignoraba que la mujer ya no estuviera en Salzburgo.

—No tenía modo de saberlo —respondió en un susurro.

Joseph la observó con inusitada atención. Estaba más delgada, pero con el cabello suelto estaba realmente hermosa. Algo había cambiado en el brillo de los ojos femeninos y se preguntó qué podría ser.

—¿Karl no te lo dijo?

Amalie no supo si debía responder a esa pregunta que le pareció retórica.

—Tenía una boda que preparar, apenas me quedaba tiempo para menudencias.

—¿Podrás perdonarme, pequeña Amalie?

A ella le molestó el apodo cariñoso porque el primero en decírselo había sido Karl, y no le gustaba especialmente que otro hombre lo usara, sobre todo uno que había estado implicado en un complot para desbaratar su felicidad.

—¿Te ha perdonado Karl? —quiso saber ella.

—Le ha costado lo suyo, aunque finalmente comprendió que fui una marioneta en las manos de Michelle como lo había sido él.

—Debiste pensar que decía la verdad para traerla hasta aquí y crear dificultades —le concedió ella bastante magnánima.

—Soy un hombre crédulo por naturaleza —le confesó él—, y creí lo que me convenía porque se adecuaba a mis planes.

—¿Qué planes?

—La casita del lago, Salzburgo...

Amalie iba a decir algo, pero Joseph se lo impidió.

—Creí de verdad que Karl era responsable del embarazo de Michelle.

—Karl me dijo que tú también podías ser responsable, pues ambos gozasteis de sus favores.

Joseph tuvo el acierto de mostrarse avergonzado.

—Yo fui amante de Michelle mucho antes que Karl, sin embargo, una vez que ella puso sus ojos en él, ya no tuve más opciones de seguir disfrutando de sus afectos.

Amalie se preguntó cómo dos hombres maduros y responsables podían caer tan fácilmente en las argucias de una mujer como Michelle.

—¿La amabas? —indagó.

—Te amaba a ti ... —Joseph rectificó—. Te amo a ti, por eso quise creer la mentira que dijo Michelle cuando le conté lo feliz que era Karl en Salzburgo con su herencia, con su prometida.

—Me alegro de que mi padre no la creyera.

Y era cierto. Gracias a la sagacidad de Johann y sus palabras, ella había podido comportarse con madurez y templanza.

—El conde Salzach es un hombre acostumbrado a mirar más allá de lo que se ve a simple vista —admitió Joseph.

—Me hizo razonar que podía ser una argucia para conseguir una posición mejor.

—Karl también trató de explicarme lo mismo, no obstante, me negué a creerlo.

—Me alegro de que hayas cambiado de opinión con respecto a tu amigo.

El músico estuvo a punto de soltar una carcajada. Casi había perdido la preciosa amistad de Karl por culpa de una mujer ambiciosa.

—Karl me obligó a hacer las mismas averiguaciones que él —le explicó Joseph sin ambages—. Me di de bruces con mi propia estupidez.

Amalie lo miró asombrada. ¿Karl había hecho averiguaciones para desenmascararla? ¿Por qué motivo no se lo había contado? Porque había estado al borde de la muerte. Porque la amaba y no deseaba inquietarla, razonó.

—¿Cuándo te marchas?

—Mañana a primera hora.

—Entonces, no estarás aquí para mi boda.

—Si fuera otra la novia me quedaría sin dudarlo — le respondió, con un brillo admirado en los ojos.

—Me alegro de que hayas venido a verme y a contarme todo esto —le dijo con voz sincera—. Ni te imaginas lo que significa para mí.

—También te he traído mi regalo de boda.

Ella lo miró con afecto genuino. Tanto él como Karl habían sido manipulados por una mujer perniciosa. Afortunadamente, ella tenía un padre que la protegía incluso de sí misma y de sus pensamientos negativos. Johann la había hecho razonar y evaluar una situación tan singular. Estaba muy orgulloso de cómo había llevado un tema tan espinoso para una mujer.

—¿Un regalo? —preguntó emocionada.

Joseph abrió la cartera de piel que llevaba todavía colgada del hombro y sacó lo que a ella le pareció una partitura de música.

—Tu aria, pequeña Amalie —le respondió él—. Aprenderás a cantarla cuando la hayas escuchado un par de veces, y será sublime escucharte.

Joseph caminó directamente hacia el piano, abrió la tapa y tomó asiento en la pequeña butaca almohadillada. Tocó varias teclas antes de colocar la partitura en el atril. Respiró hondo y se giró hacia ella.

—Pequeña Amalie —repitió él.

Ella comprendió que la había titulado así en su honor.

Juntó las manos y esperó, si bien antes de las primeras notas ya estaba rebosando de dicha.

Joseph lograba arrancarle al piano cantos de pájaros. El sonido del agua cuando discurre mansa por los prados. La brisa del viento que mecía a las amapolas del campo en primavera. Amalie siguió escuchando y sintiendo cada emoción que Joseph le entregaba. Se preguntó cómo unas notas podían ser tan sublimes y expresar tantos sentimientos.

Cuando acabó tenía los ojos llenos de lágrimas.

—¡Maravilloso!

La voz de Karl sonó fascinada. Estaba plantado en el hueco de la puerta.

Amalie no aplaudió. No podía hacerlo porque estaba demasiado alterada tras escuchar la preciosa composición musical.

Karl salvó la distancia que los separaba de ellos.

—Me alegro de que mi mensaje haya llegado a Linz —le dijo Joseph.

Cuando alcanzó el lugar donde estaba sentada Amalie, se inclinó ceremoniosamente sobre ella y la besó en la mejilla.

—Estás preciosa —le dijo, con ojos que ardían de pasión.

A ella le gustó el cumplido. Karl tomó una silla y la colocó muy cerca de Amalie. Después cogió la mano femenina y la encerró entre las suyas.

—Soy muy feliz de que todo esto haya acabado bien —dijo ella, que miraba a uno y a otro con gran interés.

Le importaba mucho observar sus gestos y ademanes. Quería comprobar si realmente Joseph le había contado la verdad sobre su relación actual con su mejor amigo. Si ambos habían arreglado y salvado sus diferencias.

—La toco una vez más y la cantas —la animó el músico, con mirada sapiente.

Amalie negó varias veces con la cabeza. La pieza que acababa de interpretar Joseph era demasiado complicada para ella. Necesitaba escucharla varias veces antes de animarse a cantarla.

—No quiero estropear una melodía tan hermosa —se excusó, sonriente.

Karl se inclinó sobre el oído femenino y le dijo algo en un susurro. Amalie se puso tan encarnada como las orquídeas que le había recomendado a la emperatriz que luciera en su preciosa melena.

El mayordomo hizo su entrada en la biblioteca llevando una bandeja con café y pastas. Joseph se sentó de espaldas al piano.

—Deja de murmurarle cosas impropias, porque la despistas y me encantaría que aprendiera su aria antes de que me marche.

Karl acariciaba la palma de la mano femenina sin darse cuenta. En un gesto tierno y dulce que a ella le encantó.

—El conde de Salzach les informa que se reunirá con ustedes en breve.

Amalie alzó el rostro y clavó sus pupilas en el mayordomo que tenía en la cara un gesto de complacencia.

—Infórmele a mi padre que lo esperaremos el tiempo que estime necesario.

Paul asintió y, haciendo una ligera inclinación, se marchó tan silencioso como había llegado. Amalie siguió mirando su marcha con atención.

El resto de la tarde pasó sin incidentes. Desde la biblioteca de Bramberg solo se oían risas, bromas, y la música que lograba arrancarle Joseph al piano.

Capítulo 25

El día había amanecido radiante.

Sobre al azul del cielo volaban pájaros que trinaban, como si le dieran la bienvenida a los rayos de sol. Nunca una mañana le había parecido tan preciosa.

—El sacerdote nos espera en la iglesia —las palabras de su padre la trajeron de vuelta a la realidad—, y ya vamos con algo de retraso.

Amalie miró a los ojos de su padre. No había necesidad de que le respondiera pues, en el poco tiempo que se conocían, no necesitaban las palabras para comunicarse. Ambos sabían lo que el otro pensaba sin necesidad de decir nada.

—Lamento que haya dejado la política —le dijo ella con mirada intensa—. Sé que era algo muy importante en su vida.

Johann la miró sin un parpadeó. Estaba preciosa, y confiaba que ese día fuese el más importante y el más recordado.

—Había llegado mi hora —le respondió él—. Quiero disfrutar de mi hija y de mis futuros nietos, y sin tener que viajar tanto a Viena. Los años no pasan en balde.

—No diga eso, pues es un hombre fuerte.

Johann medio sonrió al escucharla porque realmente se sentía viejo.

—Confío en que nos visitará a menudo en Linz —aventuró Amalie, a quien la entristecía dejarlo en Bramberg.

Para ella era muy importante mantener el contacto diario con su único familiar vivo. Tener un padre era algo maravilloso.

—Confío en que me visitéis a menudo en Bramberg —respondió Johann, utilizando las mismas palabras que ella.

—Siempre volveré al hogar —musitó Amalie en voz baja—. Adoro esta casa que contiene tantos momentos entrañables para mí.

—Bramberg no será lo mismo sin tus flores —le dijo su padre—, sin ti.

Amalie contuvo un gemido. Si su padre seguía hablándole así iba a terminar llorando. Y no quería estropear con sus lágrimas esa bonita mañana de comienzos de verano.

—Ningún otro lugar se puede parecer a Bramberg —concluyó ella.

Johann von Laufen miró a su hija con atención. Era una muchacha realmente hermosa y, vestida de novia, estaba radiante. Llevaba un traje realmente bonito aunque sencillo, con una larguísima cola que iba a resultarle fascinante a las muchachas de la localidad y que, sin lugar a dudas, les haría soltar suspiros románticos. El corpiño estaba suavemente drapeado y había sido cortado con el escote en forma de corazón. La falda había sido confeccionada en tul y chantilly, bordada en los extremos con hilos de plata y perlas. Amalie cubría sus hombros con una fina chaqueta de tul con mangas hasta el codo y botones de perlas a juego con el entorchado.

Cubría su rostro con un antiquísimo velo de encaje que había pertenecido a la abuela de Johann, y que también había llevado su madre el día de su boda. Ni una joya lucía en su garganta ni en sus manos. Amalie solamente llevaba los pendientes de zafiros que hacían juego con sus ojos y con la diadema que sujetaba el velo al elaborado moño.

Ella misma había hecho el ramo de flores que sujetaba entre sus manos. Pequeños capullos de rosas de color champán, lilas blancas y pequeñas flores silvestres en color azul a juego con los pendientes.

—Estás realmente preciosa —le dijo Johann.

Amalie se limitó a sonreír porque era incapaz de decir nada. Se sentía una princesa de cuento de hadas.

La trayectoria en el carruaje se le antojó muy pequeña, pues los nervios apenas la dejaban concentrarse en el paisaje que se vislumbraba a través de la ventanilla. Cuando llegaron a la ciudad de Salzburgo, muchos ciudadanos les lanzaron vítores y flores. Amalie no se esperaba esa reacción tan cálida de personas que no la conocían.

—Es usted muy querido y respetado en Salzburgo.

—Las palabras femeninas estaban impregnadas de admiración hacia su padre.

—Maximilian von Amerling también era muy querido en la ciudad.

Amalie bajó los ojos con rubor, sentirse apreciada por las personas que respetaban a su padre y a su suegro fallecido era algo inesperado para ella.

Cuando el carruaje condal se dirigió hacia la pequeña iglesia, Amalie se preguntó si no hubiese sido mejor casarse en la catedral de la ciudad que era mucho más grande. El carruaje se detuvo en el sendero que precedía a las escalinatas de la iglesia. Johann la ayudó a bajar y le ofreció el brazo con inmenso orgullo. La guio por el pequeño tramo hasta los escalones, y le permitió un respiro para que templase los nervios. Subieron despacio los peldaños. Las dobles puertas estaban abiertas para ellos.

El interior era aún más reducido de lo que parecía a simple vista. La iglesia era muy antigua y pequeña. De su interior emanaba el aroma del suave incienso. Amalie pensó que estaba impregnada por la fe de quienes habían orado allí a través de los siglos. Miró con atención a izquierda y a derecha y vio que estaba abarrotada de invitados.

—Vienen a contemplar tu felicidad —le dijo su padre.

Amalie pensó cómo podía el conde Salzach saber lo que debía decirle en cada momento para tranquilizarla.

—Hoy es el día más feliz de mi vida —respondió, humilde.

El sacerdote que los esperaba era un anciano. Karl estaba situado a la izquierda de él, vestido de forma impecable.

Estaba tan atractivo que Amalie soltó sin querer un suspiro de emoción.

Su padre la entregó solemne y el sacerdote comenzó la ceremonia. Pronunció las palabras del servicio matrimonial con voz grave, haciéndole sentir con sus palabras que el sacramento la unía a Karl no solo de acuerdo con las leyes divinas de los hombres, sino también con la bendición de Dios. Cuando Karl le puso el pesado anillo en el dedo, Amalie supo que era un verdadero símbolo de su amor y que su unión duraría para siempre.

«Te amo con toda mi alma», recitó para sí misma completamente convencida.

Y precisamente esas fueron las palabras que Karl le obsequió cuando por fin se levantaron de los reclinatorios convertidos ya en marido y mujer. Su esposo le besó primero una de las manos, después la otra antes de inclinar el rostro y capturar, con infinita dulzura, los labios femeninos que lo recibieron como si fuera a beber de un cáliz sagrado. Amalie se sintió como la mujer más afortunada del mundo.

Cuando caminaban hacia el exterior de la iglesia, Karl le dijo en voz baja, pero llena de orgullo:

—Me cuesta creer que seas mi esposa.

Rodeó con un brazo la estrecha cintura de ella, como si creyera que iba a escaparse.

Los invitados vitoreaban a los recién casados.

—Yo haré que lo creas ahora y siempre —le respondió, sin dejar de mirarlo.

—Temo soltarte y despertar del maravilloso sueño que estoy viviendo.

—Es maravilloso y único. ¡Oh, Karl! —exclamó emocionada—. ¿Cómo es posible que nos sonría la fortuna de esta manera? —El brillo en los ojos de Karl la quemaba por dentro—. Aunque lamento que tu madre no haya asistido a nuestro enlace. Me hubiese gustado mucho conocerla.

Karl le hizo un gesto de indiferencia con la cabeza. Su madre era la mujer más fría y egoísta de todas las mujeres.

—Algún día la conocerás. Mientras tanto te haré disfrutar cada minuto de tu vida. Hoy comienza nuestro futuro juntos.

Amalie recibía las muestras de afecto que los invitados le dispensaban.

—Le he dado gracias a Dios, mientras nos uníamos en matrimonio. Encontrarte en Bramberg —continuó él— ha sido lo mejor que me ha sucedido en la vida. Pienso agradecérselo todos los días de mi existencia porque esta felicidad que siento solo puede haber sido enviada por su gracia.

—¿Cómo puedes expresar palabras tan bellas? —susurró Amalie.

—Yo también me pregunto qué hice en mi vida para merecerte.

—Y pensar que me resistía a quererte —le confesó ella.

—Por conquistarte habría contado los granos de la arena del mar —le dijo él—. Por ti habría sido capaz de escalar la montaña más alta. ¡Me enfrentaría al mismo diablo con tal de no perderte, mi amor!

Amalie suspiró llena de dicha.

Tuvieron que recorrer todavía un largo camino antes de llegar a un valle donde estaba situada una hermosa construcción que ella no había visto nunca. Amalie miró a Karl con expresión interrogante. Ninguno de los dos se percató de que los invitados los seguían algo rezagados para permitirles cierta intimidad.

—Aquí es donde pasaremos el resto de nuestra vida —le explicó él—. Es Linz, tu hogar.

Amalie se echó a reír feliz porque ella nunca había estado en Linz e ignoraba que estaba tan cerca de la iglesia donde habían contraído matrimonio.

—La iglesia es parte de nuestro hogar —le explicó él—. Todos los Amerling del pasado se casaron en ella. Y confío que también lo hagan nuestros hijos.

—Seré feliz donde tú estés —le correspondió ella—. Pero adoro haberme casado en la iglesia de Linz. Por cierto, ¿cómo convenciste a mi padre? Él deseaba que nos casáramos en Salzburgo.

Karl la miró de forma enigmática, sin embargo, no le respondió.

Cuando cruzaron los amplios y gruesos portalones, Amalie observó que por dentro era aún más bonito que por fuera. Estaba decorado con sencillez, pero con un gusto exquisito. Se notaba que había sido recientemente remodelado. Las alfombras típicas habían sido tejidas por las mujeres de Salzburgo, aunque ella no tenía modo de saberlo. La vista del interior era hermosísima.

Karl la llevó a la gran sala de recepción donde tendría lugar el almuerzo de gala.

Una fila de sirvientes vestidos para la ocasión con elegantes libreas doradas les rindieron los oportunos honores. Amalie solo tenía palabras que expresaban admiración.

—Sabía que mi hogar te gustaría —presumió él mientras la dirigía hacia el lugar preferencial donde recibirían las muestras de felicitación de los invitados—. Yo mismo escogí todo lo que contiene. Encargué los muebles a artesanos locales pues son los mejores talladores de madera de todo Salzburgo. Quería un hogar especial para ti.

Amalie frotó la mejilla en el hombro de él.

A ella le encantaron los muebles tallados y pintados. Los marcos dorados de los cuadros colgados de las paredes. Los cortinajes, y demás accesorios que adornaban el gran salón de banquetes.

—Las cortinas son azules —dijo ella mientras agradecía el regalo que le había puesto en las manos una mujer que no cesaba de sonreírle.

—Escogí esa tela porque me pareció adecuada para ti —le respondió él—. Es el color que te define. El que siempre llevaré en mi corazón.

Amalie lo miró con auténtico amor. Karl entonces hizo algo que la llenó todavía más de amor. Le colocó en el cuello un collar de zafiros. ¡Era el regalo que le había hecho muchos años atrás cuando era una niña! Y ella no supo de dónde lo había sacado.

—¡Qué sorpresa, Karl! —exclamó con júbilo.

—No te imaginas las ansias que sentía de verlo adornándote, a juego con tus ojos.

Ella no pudo responderle.

—Es un placer darle la bienvenida, condesa Wienerwald.

Al oír que se dirigían a ella con aquel título formal, Amalie se estremeció de forma involuntaria. Había olvidado que a partir de ese momento, ella también era condesa, y con una gran responsabilidad. Cuando finalmente se sentaron para disfrutar del banquete, Amalie no pudo dejar de mirar al que era ahora su esposo.

Se pasaron todo el banquete entre confidencias y sonrisas, hasta que llegó la hora del brindis. Karl no se hizo rogar. Alzó la copa en alto y miró a Amalie con ojos brillantes.

—Por la mujer más hermosa de todas: mi dulce y bella esposa.

Los invitados rompieron a aplaudir, y Amalie se llevó la copa a los labios, aunque bebió solo un poco de vino. Estaba tan emocionada que apenas podía tragar.

Durante toda la comida, Amalie no apartó los ojos de Karl, ni él de ella. Se sentía flotar en una nube de algodón. En el gran salón había un total de doscientas personas, y Amalie se preguntó por qué motivo parecía que estaban solo ellos dos.

Su padre, sentado en el lugar que le correspondía como padrino y familiar más cercano, no podía dejar de admirarse contemplando la felicidad que mostraban ambos esposos.

«Qué feliz serías, Maximilian, si pudieras contemplar este momento», se dijo Johann a sí mismo. «Nuestros hijos unidos en matrimonio... Qué feliz serías».

ÚLTIMOS TÍTULOS PUBLICADOS EN HQN

En un solo instante de Carla Crespo

La leyenda de tierra firme de J. de la Rosa

Encadenado a ti de Delilah Marvelle

Una mujer a la que amar de Brenda Novak

La distancia entre nosotros de Megan Hart

Cuando nos conocimos de Susan Mallery

Sin ataduras de Susan Andersen

Sígueme de Victoria Dahl

Siete noches juntos de Anna Campbell

La caricia del viento de Sherryl Woods

Di que sí de Olga Salar

Vuelve a quererme de Brenda Novak

Juego secreto de Julia London

Una chica de asfalto de Carla Crespo

Antes de besarnos de Susan Mallery

Magia en la nieve de Sarah Morgan